文春文庫

大空の決戦

零戦搭乗員空戦録

羽切松雄

文藝春秋

大空の決戦　零戦搭乗員空戦録／目次

大空の決戦

零戦搭乗員空戦録

第1章　大空への決意

操縦練習生時代。93中練の前で。

私の生い立ち

私は大正二年（一九一三年）十一月、奥駿河湾に臨む風光明媚な田子浦村羽切《はきり》家の次男として生まれた。村民のほとんどは農・漁業で生活を営んでおり、当時は沿岸漁業が盛んで、春秋はかなりの豊漁が続き、連日浜は賑わっていた。昔から加島五千石の平野部は、肥沃《ひよく》な土地と温暖な気象条件に恵まれ、農産物も豊富で、特産の富士梨は広く全国に知られていた。

幼少時代を回顧していまだに恐怖を感じているのは、大正七年と八年の連続の台風、大津波、大正十二年の関東大震災で、終生忘れることはできない。

松下電器の創立者・故松下幸之助翁の自叙伝によれば、昭和四十八年来の第一次石油ショックの不況は大変厳しかったが、これは日本有史以来二番目で、最大の不況は関東大震災以降昭和一桁の時代であったといわれている。大学は出たけれど就職先はなく、公務員といえば村役場の吏員か国鉄の職員、学校の先生ぐらいであった。また農家の次、三男は家事手伝いか、日雇《てい》い業で、体のいい失業者であり、青年たちは田舎の平凡な生活に満足できず、村を離れて行く者も多かった。

昭和四年（一九二九年）四月、当時田子浦出身の海軍軍人の中でも、村の誇りとして村民から敬愛されていた、花井由平特務少尉の葬儀が、異例の村葬として、忠魂碑前において盛大に行われた。花井さんは当時空母「赤城」の艦攻搭乗員で、東シナ海における連合艦隊大演習に参加していた。

その際、「赤城」から僚機八機と共に飛び立ち、敵主力艦隊（仮想）を爆撃し、母艦に帰投途中、天候急変のため、全機未帰還という大事故が起こり、うち六機は洋上に浮流中救助されたが、二機六人が行方不明となり、花井さんはこの中の一人であった。この事故は当時、海軍航空隊に大きなショックを与え、搭乗員の死を心から悼んだもので、いわゆる済州島沖多数飛行機遭難事件であった。

郷里にいても前途に希望のもてない若者たちも、満二十歳の徴兵検査が近くなるにつれ、自分たちの進路を真剣に考えてきた。夜間の青年訓練所を三年間修了すれば、現役兵になっても優遇されるとして、同窓生たちもみな訓練所に通った。座学の中で週一回、海軍のＯＢたちが交代で来ては、現役当時の苦楽を交えながら、当面する試験勉強に必要な学科を熱心に教えてくれた。この間に修得したことが私の将来にとって大変よかったと、今でも感謝している。

憧れの海兵団入団

私は両親に無断で海軍志願兵に応募した。昭和七年の志願兵には、田子浦村から十二名が志願し、試験の結果は合格者三名で、少年航空兵一、兵科一、機関科一で、私は将来の就職先などを考え機関兵を志願していた。親の同意書の提出を迫られ、心配しながら相談したところ、簡単に同意が得られ安心した。

合格通知は来たけれど、果たして採用されるか心配でならなかったが、採用通知のあったのは私一人だけであった。他の二人は陸軍に志願し、翌昭和八年一月、それぞれ静岡連隊に入隊していった。横須賀海兵団入団は六月一日と通知されており、その準備に落ち着かない毎日を過ごしていた頃、突然、天をも揺るがす大事件が起こったのである。忘れもしない五月十五日、海軍の青年将校を主とする一団による犬養毅《つよし》首相と他の要人たちへの襲撃である。当時、静岡県興津の別荘に静養中の西園寺公望公の身辺も危いとして、連日陸軍の兵隊がこの地方に大挙してやって来たのであった。しかし六月一日の入団の日は至って平穏で、心配したほどでもなかった。

私の所属は第三十二分隊四教班で、分隊員百六十二人、分隊長・下川太機関大尉、分隊士（分隊長の補佐。准士官以上）・藤巻磯吉特務少尉（静岡県富士郡上井出村出身）、教

班長・布施要二等機関兵曹。教班員十六人で、六カ月の新兵教育は楽ではなかったが、平素重労働に耐えてきた私には、それほどでもなかった。

班員はおとなしい者ばかりで、教班の座学の成績は良かったが、体力実技、即ち、柔道、剣道、相撲、カッター、通船など、いつも最後尾ばかりで教班長を嘆かせていた。私は万能選手ではなかったが、相撲と水泳の平泳ぎが得意で、教班からただ一人、分隊でも十余人の選手の中に選ばれていた。

軍艦「摩耶」に配属

昭和七年十一月、海兵団新兵教育終了と同時に三等機関兵に進級、即日軍艦「摩耶《まや》」乗り組みを命ぜられた。「摩耶」は呉で艤装を終え、第二艦隊第四戦隊に編入された。「鳥海《ちょうかい》」を旗艦とする「高雄《たかお》」「愛宕《あたご》」「摩耶」の英姿は、若い兵隊の憧れの的であった。燃料も石炭から重油に替わり、汚れる重労働の石炭艦が嫌われ、敬遠された頃でもあった。しかしその反面、軍規の厳しさは想像以上で、艦の標語も「摩耶」第一主義であり、何でも競技、勝負ごとは一番にならなければならないというのである。

昭和八、九年と連続、相撲やカッターも連合艦隊一番であったが、主砲の射撃から重油の消費量まで四戦隊で一番で、それだけに缶兵は他の機関科分隊よりも大変であった。

一航海が終わって港に入港すれば、当直缶を残して全缶（十二缶）開放され、内部掃除、外部掃除が行われるが、中に入って掃除をするのは二、三等兵の仕事であり、開放したばかりの缶内はむせ返るような暑さで、生き地獄のような日々が入港中続き、気の弱い者にはとても務まらない。朝晩の体罰や制裁は言語に絶するものであり、体力の限界まで殴る蹴るという有り様で、これまた日本海軍一番といっても言い過ぎでないと思う。

昭和八年、艦隊行動が終わり、横須賀に帰港と同時に冬休暇が許された。私たちが海兵団入団のときは、東海道線は御殿場、山北回りであったが、熱海～函南間の丹那トンネルが開通し、横須賀から富士まで一時間余りに短縮されたことは大変ありがたかった。楽しい十日間の休暇も終わり、皆帰艦したが、機関科の同年兵二人が帰ってこないという事故が起こり、後日総員集合の席上、新見艦長から厳重な注意を受けたのであった。私は人一倍勝ち気で気性が張っていたが、ほとほと缶兵が嫌になり、ひそかに飛行機乗りに転向すべく黙々と努力していた。同年兵で補機分隊にいた斧和夫君（静岡県清水町出身）は、いち早く偵察練習生に志願し、首尾よく合格、横須賀航空隊に転勤していった。

当時「摩耶」には水上偵察機が二機搭載されており、艦隊演習中ときどきカタパルトから発射され飛び立っていった。当時の操縦員・棚町整大尉（終戦直前沖縄で玉砕、大佐）の英姿は、多くの乗組員を魅了していた。

缶兵からパイロットへの転向はなかなかむずかしく、ほとんど途中で罷免《ひめん》されて帰ってくるので、工機学校に行くように再三分隊士から注意されていた。しかし私の意志は変わらず、何回目かの試験に合格し、昭和九年、艦隊訓練終了後、横須賀軍港から機関科員全員に見送られ、二年間の辛かった数々の思い出を残し、感激の涙にむせびながら、何度となく艦上をふり返り、二度と「摩耶」には帰って来ないと心に深く決意し、勇躍、霞ケ浦航空隊に転勤して行ったのである。

操縦練習生

全国から相前後して霞ケ浦航空隊に入隊してきた二十八期操縦練習生百余名は、陸上機、水上機の両隊に分かれ、私たち六十二人は陸上機に所属して、それぞれの分隊に案内された。

翌日からさっそく二次身体検査に続いて、学科試験が行われた。身体検査ではほとんどが合格したが、学科試験では早くも四、五名が不合格となり原隊に帰された。

練習生初期の教育は三式初歩練習機に関する機体の構造、発動機整備からはじまり、飛行機操縦については一通りの説明に加えて、地上練習機（シミュレーター）の操縦か

著者が新兵教育終了後、三等機関兵として乗艦した重巡洋艦「摩耶」。写真は昭和13年当時の同艦。

航空兵に転科、希望に胸膨らませてくぐった霞ヶ浦航空隊の隊門。昭和10年頃、海軍で航空機搭乗員を目指す者は必ずこの門を叩いた。

ら進められた。操縦桿による機首の上下、左右の傾斜運動、フットバーによる方向運動、双方の均衡によって滑らかな操縦ができるのであるが、言うは易く実行はなかなかむずかしく、飛行機は思うように動いてはくれなかった。初歩練習機から、中間練習機、実用機までの日程六カ月間のスケジュールは綿密に作られており、修得の遅れを待ってはくれず、遅れた者は適性がなかったものとして処置されるのであった。

いよいよ、明日から適性飛行がはじまるという。練習生たちは一段と緊張してきた。二月の筑波下ろしの寒風が肌を刺すように痛かったが、広い飛行場の西端まで駆け足で行くと、全身が汗ばんできた。まだ担当教員は決まっていないが、一日一回、それぞれ教官か教員が同乗して上空で簡単な操作を指示された。むずかしい離着陸は勘を覚える程度で、上昇降下、直線飛行、緩旋回など、習熟を兼ねて懇切丁寧に教えられたが、同時に教員たちは、各人の適性を鑑定しているのであった。

ひと通りの適性検査が終わったある日の昼食後、当直教員から、ただ今から名を呼ばれた者は、教員室前に整列するよう指示された。一同緊張する中で、次々と二十名近い名前が読み上げられた。瞬間どちらが残されるのか、双方不安が脳裡をかすめた。やがて不合格の者は騒然としながら帰ってきて、異口同音に悔しさを露骨に表しながら身仕度をはじめるのであった。

翌日、正式に第二十八期操縦練習生を命じられると同時に、三人を一組とする担任教員が発表され、私は黒川、河西練習生と古賀清澄一空曹教員に預けられた。この時点では教員の経歴などほとんどわからなかったが、誰に聞くともなく次第に明らかになってきた。古賀教員は戦闘機乗りで、艦隊母艦の経験も豊富で、技量は極めて優秀であると、整備員たちからも噂として伝えられてきた。

古賀教員は豪放磊落《ごうほうらいらく》な性格で、しかも人情味深く、地上にあっては師弟の間柄を超え、たまの日曜など私ども三人を自宅に招待してくれた。まだ新婚間もない家庭で、和やかな雰囲気の中で、過分に御馳走になりながらユーモアを交え、操縦の秘訣などを披露してくれた。しかし古賀教員の空中での指導は厳格そのもので、私には特別だったかも知れないが、まるで別人のようであった。ときにはバンドを外し、前席（教員席）から後ろ向きとなり、私の顔を睨《にら》みつけ、注意を超えて怒鳴られることもしばしばで、ときには自分の操縦がわからなくなり、自信を失ってしまうのであった。

こんな指導をしばらく続ける中で山内分隊長機に同乗し、離着陸訓練を受けたが、着陸後、特別注意もされないので、私は分隊長にも見離されたかとますます不安になってきた。あとで教員から、どうだったと聞かれても、返事のしようがなかった。いつもながら黒川や河西には懇切丁寧に注意をしている。

やがて一カ月ほど過ぎた土曜日、分隊長から状況によっては月曜から一部の者に単独飛行を許可すると訓示された。誰が先に許可されるか、戦々恐々としていた。しかし月曜日は雨上がりで気流も悪く、結局は火曜日からとなった。

単独飛行一番乗り

私はこの日最初に教員と同乗する番で、離着陸二回を終えて列線（交代する場所）に帰ってきた。教員はバンドを外し、座席から降りるなり「黒川、赤旗を持って来い」と叫んだ。アーア黒川が単独か？　私はバンドを外して座席から降りようとした。すると教員は矢継ぎ早に「羽切練習生ただ今から離着陸二回、単独飛行を許可する。出発」といいながら、前席にバラスト（六〇キロの砂袋）を積み、上下の翼間に赤旗が付けられた（赤旗は自動車の若葉マーク）。

私はとっさの命令にまったくの夢心地、しばらく心のときめきは治まらなかった。何しろ同期生で最初の単独飛行である。今まで教員から教えられたり、怒鳴られたりしたことをもう一度思い浮かべながら、離陸線に向かった。天候は小春日和の上天気で風速三〜四メートル、吹き流しも静かに揺れていた。指揮所から皆いっせいに私の飛行機に注目している。正しく機首を風上に向けて静止し、先刻の教員の指示通り、心の中で「離陸」と呼称しながら静かにエンジンを全開、いつもの通りの離陸ができた。コース上には同僚たちの機が彼方此方《かなたこなた》に飛んでいる。いつもなら教員が見張ってくれるのだが、

霞ヶ浦航空隊に入隊した当時の練習生と教官連。前列左端が著者。袖には憧れの航空兵科の徽章が付けられている。

練習生たちが初めて搭乗した3式初歩練習機。後に乗ることになる実戦機に比べればおもちゃのような飛行機だが、誰もが最初に空に舞い上がった時のことは忘れない。

前席には誰もいない。急に不安感が頭をよぎる。機はいつの間にか第三旋回、第四旋回を過ぎ、着陸コースである。高度七メートル、エンジンを絞って、徐々に機首を上げて……を心で呼称しながら、ゴツンと接地する。まずは安全な着陸ができた。私は全員注視の中でこのように慎重な着陸を二回行って、列線に帰った。黒川君たちが駆け足で迎えてくれた。

私は座席から降り、ただちに指揮所にいる山内分隊長に、「羽切練習生ただ今単独離着陸飛行帰りました」と報告した。あとで古賀教員から「どうだった」と感想を聞かれたが、私はただ不安でしたとしか答えられなかった。教員はいつもの硬い顔をほころばせながら「良い着陸だった」と一言お誉めの言葉をくださった。

この日は私と舌間栄之助君の二人だけだったが、翌日から四、五人ずつが許可され、以後一週間ぐらいで大半が単独飛行となった。だが、残った数名はひそかに不適格を言い渡され、原隊に帰っていった。以後、空中操作（垂直旋回、失速反転、急反転、宙返り）がはじまり、次は九三式中間練習機、七月に入り最後の教程の実用機へと進んだが、いつも私は真っ先に単独飛行を行い、三番以下に下がることはなかった。

この頃、同じ田子浦村出身で、私より二年先輩の宮本武三等整備兵曹が、中練の整備分隊におられた。宮本さんも一度操縦練習生として挑戦したが、単独飛行直前に罷免され、飛行機整備に転向したと聞かされた。にもかかわらず私を後輩として熱心に応援してくれる。ときどき私の成績を教員から聞くらしく、会うたびに「羽切、お前は操縦は優秀だから、首なんか心配せずに頑張れよ」と激励され、その厚意に感謝したのだった。この宮本さんも、終戦直前に九州の飛行場で戦死された。

その頃、練習生期間中ただ一回の慰安旅行が催され、一泊二日で日光方面に出かけた。これには一部整備分隊からも参加者があり、山内分隊長以下数十名となった。旅館では酒、ビールなども十分で、軍歌やら、お国自慢の民謡やら大変賑やかな演会となった。ところがその翌日、教員たちの顔色が昨日とは一変して冴えなかった。帰りの車中で誰いうとなく、昨夜宴会中の混乱にまぎれて分隊長の頭を殴った者がいる、というヒョンな噂が出はじめた。

帰隊した翌日、ひそかに酒井分隊士に呼び出され尋問をされたのは、河瀬三整曹（一年先輩の練習生）と同年兵の松本君と私であった。三人とも少々酔ってはいたが、まったく記憶にない。しかし、犯人が出るまで有力な容疑者として白眼視されていた。そのうちに誰いうとなく、犯人は整備分隊の下士官であることが判明した。が、その後間もなく河瀬兵曹と松本君は、卒業を目前に罷免されてしまったのであった。私にとってこのことは、最後の卒業の日まで悪夢のように心に焼きついていた。

予科練出身者は三年間の基礎教育中に、電信術、旗旒《きりゅう》、気象学、天測などを十分教育されていたが、操練の六カ月間の短期教育では、ほんの基本だけ教えられ、あとは各自の努力次第であった。従って夜寝静まってからの釣床の中、あるいはバス、便所の中でも所構わずポケットに入る簡単な資料を持ち込んで勉強したのであった。

別課時間の柔・剣道訓練も激しく、真冬でも全身に汗が流れた。飛行訓練のたびごとに、広い飛行場の西端にある船体格納庫（ツェッペリン号の格納庫だった）まで往復の駆け足も苦しかったが、食事前の罰則駆け足は、終わりの見えない駆け足で言語に絶するものであった。それだけに待望の卒業式は感慨無量で、期間中の苦しみや悲しみもどこへやら……。

飛行機の操縦はよく教員に似るといわれるが、私は戦闘機乗りに抜擢《ばってき》され、昭和十年八月十五日、同期生の卒業者三十二名（戦闘機十六名、艦上攻撃機十六名）は、それぞれ実施部隊に配属され、私たち横須賀鎮守府管轄の戦闘機六人は、千葉県館山航空隊に即日入隊したのである。

館山海軍航空隊付

操縦練習生卒業と同時に、実施部隊に配属され、私たち横鎮所轄は館山航空隊へ、呉、佐世保所轄は佐伯航空隊へと、それぞれ転勤して行った。

当時の館山は延長教育部隊で、戦闘機と爆撃機、その他水上機も配備されていて、学生（士官）、練習生（下士官・兵）を卒業してきた若い搭乗員を再教育する部隊であった。約一年の教育課程でここを終了すると、航空母艦、または他の航空隊に転勤していったのである。ここ房総館山は、昔から常春《とこはる》の地といわれ、四季を通じて南風が多く、面するのは東京湾だけに汽船の航行も多く、対岸奥には横須賀軍港を控え、出入りする軍艦も数知れず、夏の白浜は終日海水浴客で賑わった。外房総は海女《あま》発祥の地で、旅館や料理屋では、新鮮な磯料理がたらふく食べられるとあって、一度は館山にと憧れていた。

戦闘機分隊は一、二分隊で、三式艦上戦闘機が主力で、新鋭九〇艦戦を加えて十二、三機であった。戦闘機隊長はスマートで軍服姿のよく似合う青年将校、中野忠二郎大尉で、分隊長は大林法人大尉と板谷茂大尉であった。分隊士はいずれも飛行学生を出たての横山保中尉のほか、鈴木実、石川満男、飯田房太中尉などで、隊員は私たちより一足先に卒業した二十六期生と二十七期生、それに二十八期生で、他に先輩三、四名がおり、隊長以下約二十名の小ぢんまりとした戦闘機隊であった。

飛行作業は最初の二、三カ月は三式艦戦の訓練である。この飛行機は霞ケ浦の練習生当時、一カ月ほど操縦した機種で、昭和七年の上海事変で日本海軍機として初めて敵機を撃墜した飛行機。別名〝クマン蜂〟と愛称されていたが、すでに時代遅れで搭乗員から敬遠されるようになっていた。

やがて九〇式戦闘機に変わったが、この頃の九〇戦は日本海軍の主力戦闘機で、母艦「加賀」「赤城」の搭載機でもあった。飛行も母艦着艦をまねた定着訓練から、編隊飛行、夜間飛行、空中戦闘、射撃訓練と次第にむずかしくなっていった。単機空戦のスリルは格別で、高度、速力とも申し合わせにより同じ態勢から立ち上がり、操縦桿を引き過ぎ、少々眼が暗くなろうとも体力の続く限り、食うか食われるか、トコトンまで頑張らなければならない。全身に汗を流し、なりふり構わずの奮闘は、戦闘機パイロットならではで、その根性は意地と忍耐にプラス体力であった。また、地上であれこれ先輩たちから指導されても、いざ空中に上がるとそう簡単に飛行機は動いてくれなかった。

初めて見る飛行機事故

私どもがまだ九〇戦で離着陸訓練中のある日のことだった。搭乗員は母艦帰りの横山一正二空曹と、私より二期先輩の相原輝三一空で、単機空戦訓練中、接触事故を起こし、北條街の東方約一キロの地点に二機とも墜落した。墜落と同時に黒煙が一条、青空高く広がってゆく。誰が見てもすぐ火災とわかった。サイレンと同時に何台かの消防車に続いて、救急車が現場に急行した。私たちもやや遅れてトラックでそのあとを追った。

現場は雑木林で、飛行機の周りは人垣で機影すら見えない。どうやら火は消えたらしいが、すごい悪臭だ。トラックから降り、人垣を分けて中に入って驚いた。エンジンは地中深く埋まり、機体は提灯《ちょうちん》のようにたたまり、尾翼しか見えない。救助隊や市の消防団の協力により、ようやくにして遺体だけは引き上げた。さっきまであんなに元気で話していた横山兵曹の見るも無残な姿に、ただ啞然とするだけであった。ききしに勝る悲惨な状態に、誰もが顔をそむけていた。相原機は数百メートル離れた田圃《たんぼ》に墜落し、別動隊が救助に当たり、火災は起こさなかったが、まったく同じ状態で、残骸を引き上げるのに翌日までかかった。

二、三日してから遺族を迎え、盛大に海軍葬儀が行われたが、悲惨な思いは私たちの心に焼きつき、いつまでも残っていた。

射撃訓練

射撃訓練は、決められた洲崎《すのさき》灯台から東方、外房総の海上で実施された。曳的機が空中で長さ七、八〇メートルの曳索の先に付けた吹き流し（直径一メートル長さ約三メートルの麻袋）を引き、あらかじめ決められた高度と速力を守りながら、直線飛行をしている。この目標に対し、初めは後上方攻撃から進められ、次は後下方、前上方、前下方と順次攻撃方向を変えて行ったが、これが戦闘機の基本攻撃法とされていた。

先輩から教えられた要領で何回射撃しても、弾痕は見当たらない。目測を誤って遠くで撃ってしまうからで、極力肉薄射撃が要求されるが、あまり接近しすぎて、吹き流しにぶっつけてしまうことも珍しくなかった。翼に羽布をビラビラさせて帰ってくるのは、格好のよいものではなかった。逃した魚は大きく、今日は十分手応えがあったと意気揚々と帰っても、後続機の不手際で結果がふいになることも珍しくなかった。

一回に三機編隊二個小隊で行うときは、弾丸の着色を無色、赤、青、黄、緑、紫とし、弾丸の先一センチも着色すれば、弾痕は一目瞭然であった。落下した吹き流しは、搭乗員たちの注視の中で、一個一個の弾痕に青い検印を捺《お》されていった。何回となく飛んで射撃しても0《ゼロ》が続き、ようやく一つでも自分の弾丸の穴が見えると小躍りして喜んだものである。

命中率の高いのは後下方攻撃で、徐々に吹き流しに接近し、一〇メートル以内で同速とし、やや機を滑らせながら満点な照準で発射すると、全弾命中という神業もできるようになった。一機の携行《けいこう》弾数は十発から二十発ぐらいであったが、中でも十五発携行が一番多かったと思う。これは七・七ミリ機銃の発射速度は一分間に九百発で、毎秒十五発であるので、何となく十五発が適当であるとして採用されていた。

一撃で片銃十五発の勘の養成は、実戦でも機銃弾節約に大いに役立った。のちの零戦や紫電改など一三ミリ銃や二〇ミリ銃を四、五挺も付けた多銃機では、一撃で百発ぐらい容易に発射してしまうからである。

鋸山登山競技

館山航空隊の二大競技といえば、夏の水泳大会と春先の登山競技であろう。いずれも長い練習期間を経て盛大に行われた。

登山競技は、冬の寒稽古の長距離マラソンからその練習が進められ、天気さえ良ければ、朝晩の別課時一回は隊門を出て走った。海岸通りを四、五〇〇〇メートル走ると冬の朝でも汗だくになって帰ってくる。その頃私は善行章一線の一等航空兵、檄《げき》を飛ばして若い兵隊を励ます方で、当然四、五十名の中から十五、六人の選手の中に選ばれた。

いよいよ競技の日はきた。各分隊とも応援には大した熱の入れようで、それぞれ趣向を凝らして見事であった。

鋸山《のこぎりやま》の高さや登山距離は失念したが、所要時間三、四十分ぐらいだったと思う。出発順序は抽選で決められ、分隊ごとに時間差をつけて次々に出発。最後の選手がゴールに達した時間をもって順位が決められるが、落伍者が一人出るたびに何分かが加えられた。私たち第一分隊は何番目かに出発、私は十五人中の先頭で、牽引車的存在でもあった。全行程がやや急な登り坂で、その約半分は階段であった。ワッショワッショの掛け声も、階段を登るにつれて息切れはするし、喉は乾いてくる。次第に声もかすれ、いつしか掛け声もヨイショヨイショと変わっていく。早く早くと気ばかり焦るが、膝がガクガクで思うように登れない。とうとう四つん這《ば》いとなる。

一人抜かれ二人抜かれして、いつしか私の後ろには誰もいない。応援の方も私に一斉に向けられ、「羽切頑張れ、羽切頑張れ」の声だけ。こんな所で落伍してはならないと歯をくいしばって最後まで完走したが、駆け足と登山は大違いで、山岳地出身者には及ばないことを思い知らされた。しかしタイムは抜群で、十六分隊中の一番になって、大優勝旗を担いで意気揚々と帰隊。私は一番ビリとはいえ面目躍如たるものがあった。

二・二六事件

昭和十一年二月二十六日の早朝、けたたましい号鳴と同時に、総員起こしの号令がかかった。皆いっせいに飛び起きたが、突然の号令にまごまごしていた。そのうちに「第一戦闘配備につけ」となり、暗闇の中をすでに整備員は飛行機を格納庫の前に出して試運転をはじめている。お互いに何か重大事件が起きたなと直感しても、誰も話す者はない。暗黙のうちに出撃準備をしている。

昭和11年２月に行われた館山航空隊の鋸山登山競技の出発時風景。競技とはいえ、各分隊の対抗意識は強く、勢い登山する者も、応援する者も熱が入った。

昭和11年２月26日、陸軍の青年将校は国家革新を訴え、首相官邸などを占拠した。写真は反乱軍を鎮圧するために九段の軍人会館に置かれた戒厳司令部を警備する鎮圧軍の兵士。

指揮所の電灯がつくと同時に、搭乗員整列がかかった。外出から駆けつけた分隊長は、何か言いながら急いで飛行服を着ている。中野隊長は私室で飛行服を着替えたのか、一足先に指揮所に顔を出していた。双方とも険しい顔つきで、ただごとでないことだけは想像できた。しかし隊長の命令は「昨夜東京で重大事件が起きたので、搭乗員は飛行機に乗って待機しろ」であった。搭乗員は試運転中の飛行機に飛び乗って次の命令を待った。しかし、いつになっても発進の命令はこなかった。いつしか整備員は寒さに耐えられず、ストーブの周りに集まっていた。東の空もすっかり明るくなり、人の顔もようやく見える頃、発動機停止、搭乗員集合がかかった。

東京では珍しい大雪が降ったこの日の早暁、国家の改造を唱えるクーデターが起こり、皇道派の陸軍青年将校二十二名は、歩兵第一、第三、近衛歩兵第三連隊などの兵を率いて、首相官邸、警視庁、重臣邸、朝日新聞社などを襲い、永田町の官庁街一帯の要所を占拠した。斎藤実《まこと》内大臣（前首相）、高橋是清《これきよ》蔵相（元首相）、渡辺錠太郎教育総監や、岡田啓介首相と間違えられた松尾伝蔵大佐などが殺害され、鈴木貫太郎侍従長に重傷を負わせるという大事件であった。

政府はただちに軍隊を出動させて反乱軍を包囲し、二十七日には東京市内に戒厳令が布告された。私たちは一人前の搭乗員として、寒い何日かを飛行機とともに待機していた。この頃わが国内外の情勢は極度に逼迫《ひっぱく》し、日本の発展と民族の繁栄は、中国大陸に進出する以外になしとする軍部の考えと、政府の考えが対立し、先に起こした五・一五事件とこのクーデターは、いずれも優秀な若い陸海軍の士官の行動によるもので、主謀者のほとんどは自害、または処刑されていったが、われわれにとっては何とも割り切れない気持ちであった。

一方、加藤寛治《ひろはる》先生の提唱による満蒙開拓義友軍が、広く全国から募られ、茨城県内原訓練所で短期基礎訓練を受け、若い血潮に沸く青少年が、大挙大陸に送られていったのもこの頃であった。

下宿の女将

私の下宿は飛行場から数百メートルの距離にあり、鈴木という旧家で、座敷も広く、下宿家としては申し分なかった。主人の万之助さんはすでに物故され、残された未亡人と娘さんの二人暮らしであった。別に先輩から申し継がれた訳でもないが、搭乗員の指定下宿のようになっていて、私たち同期生六人がこの母子家庭のご厄介になっていた。

未亡人は五十歳を越したばかりで、何の変哲もない、田舎にしてはちょっと垢抜けした良い女将《おかみ》さんで、私たちには母親代わりでもあった。娘さんは少し小柄だが美人でお嬢さんタイプ、頭もよく安房高女でも優等生だったという。齢も二十三歳の結婚適齢期、女将さんはひそかに婿探しをしていたらしく、ある日たった一人の私の部屋にきて、いろいろ世間話から私の郷里富士の様子、やがて家庭の話に及び、私が次男ときいて、ぜひ家の婿養子になってほしいという。私は少々驚いたが、まんざら悪い気持ちでもなかった。だがようやくパイロットになり、これからが苦難修業時代で、前途はどうなるかわからない。私は即座にお断りした。ところがあとになって聞いてみると、長男だけを避け、次々と声をかけ、私が三人目の誘いであることが判明。何しろ娘さんは申し分なかったが、当時私たちには結婚など将来のことを考える余裕はなかった。

それからしばらく過ぎたある日、再び女将が私の部屋にやってきた。何やらいろいろ話しかけてくる。あきらめたはずなのに、またかと思いきや、羽切さんには格好の娘さんがいるが、お嫁さんにどうかという。「海岸育ちでもあるしねえ」。私は内心からかわれていると思って聞いていた。若いうちは共稼ぎがいいですよ、といいながら一枚の写真を出された。それは白浜に働く海女の姿であった。私は婿養子を断ったのでできない相談を持ち込まれ、ここは女将に軽く一本取られたが、ユーモアもあって私には微笑《ほほえ》ましい思い出として残っている。

館空に来て間もない頃、館山北條駅前の喫茶店に入った。中は都会風の小ぎれいな店で、何となく居心地もよかった。女給も美人ぞろいでお客も多く、ほとんどは海軍の兵隊であった。雑談に時間も過ぎ、コーヒー一杯であまり長居をしてはと、店を出ようとしたとき、女給の一人が顔をそむけるように奥に消えていった。横顔でも何か見覚えのある顔だったが、まさかこんな所にと思って気にもしなかった。しばらくして再びこの上野喫茶店に行くと、すでに彼女は観念したのか、私の顔を見るなり名乗り出てきた。見覚えのあるはずである。同郷田子浦出身で、一級下の斎藤ため子であった。斎藤家は私の母方の実家の遠縁でもあった。

こんな遠い所に来た一部始終を話し、初恋に破れとうとう流れ流れて館山に来てしまったというのであった。それからときどき上野に通ったが、ここに行けば世間話だけでなく、郷土出身の海軍軍人のことなら所属、存在、何でもため子に聞けばわかったのであった。

私たちが館山を転勤すると間もなく、ため子は横須賀に転居し、こんどは大瀧町の鎮守府前三叉路の喫茶店「ひばり」に勤めるようになり、田子浦出身の海軍軍人は、誰彼となくここに出入りしたので、いつも詳しい情報をきくことができた。

館空での次の飛行訓練は急降下爆撃であった。飛行場の北西の隅にT型布板を置き、この目標に対する擬襲攻撃からはじめられた。九〇戦で高度三〇〇〇メートルから緩降下接敵。順次急降下に入り、高度七〇〇メートルで爆弾投下、徐々に引き起こし、三〇〇メートル以下に下がらないというのが基本であった。

指揮所では各機の降下角度、爆弾投下高度（投下と同時に機首引き起こし点）、最低高度など、双眼鏡で見ながら記録していた。こうした擬襲訓練は各自数回で終わり、次は館山湾外の海上に設置された目標に対し、三〇キロ模擬弾の投下であった。

初めの弾着はほとんどアンダーとなり、五〇〜一〇〇メートル、それ以上も遠近に落ちた。照準器の真ん中に目標をとらえても、降下角度が浅くなるので、弾着はアンダーになることが多かった。

降下角度が六五〜七〇度だと思っても、実際は五〇度ぐらいしかなかった。こうした勘どころの養成と、回数を重ねることにより、弾着は目標に接近していった。ふつう追い風攻撃を良しとしたが、風向、風力の修正など、むずかしい訓練はできず、基本操作をもって終了した。

艦隊演習

昭和十一年六月、連合艦隊の演習が、海上演習と本土攻撃を兼ねて行われた。即ち乙軍「艦隊」が攻撃側で、館空戦闘機隊は甲軍側に編成され、伊勢湾に出入港の船舶に対し、敵潜水艦が昼夜を分かたず出没し、航行中の船舶に対し魚雷攻撃の機会を狙っている、というのが想定であった。

館空戦闘機隊は板谷分隊長指揮のもと九〇戦二個小隊の六機が、三重県の明野の陸軍飛行場に移動していった。飛行コースは伊豆大島、下田、石廊崎、遠州灘を通るので、私たちには初めてのコースであった。富士山は遠くかすんでいたが、奥駿河湾を遠望しながら、かすかに田子浦海岸がこの上なく懐しく、何回もふり返り見ながら通過して行った。

明野は陸軍戦闘機隊基地で、天候さえ良ければ毎日多数の戦闘機が発着していた。私たちは三、四日の滞在で飛行場の片隅を列線に指定され、九〇戦六機がここに並べられた。翌日早朝から一直二時間交代で、三機ずつが交互に伊勢湾入り口付近上空の警戒の任に当たった。敵潜水艦を発見すればただちに急降下爆撃により、六〇キロ爆弾を投下するのであるが、その代用に発煙筒を落とすということになっていた。

上空では連日、目を皿のようにして見張っていたが、とうとう敵潜水艦を発見することはできなかった。搭乗員はみな初めての経験で、敵潜水艦の隠密潜航を発見できなかったのが真相であった。実際は敵潜は連日、薄暮や黎明《れいめい》を利用して、湾口付近を徘徊《はいかい》しており、敵は奇襲攻撃成功であった。わが戦闘機隊は不覚をとり、板谷大尉は大変面目なかったと述懐していたが、私たちもその責任を痛感したのであった。

しかし演習は順調に終了し、板谷分隊長は、飛行機の空輪は私たちに任せ、即日夜行列車で帰隊していった。

翌日午前中に空輪、館山に帰隊する予定であったが、生憎《あいにく》の天候にたたられ、とうとう出発することはできなかった。翌日も飛行場で一日中待機していたが、天候は回復しなかった。宿泊は松阪駅前の一流旅館の二階を館空隊が独占していた。初めのうちは上官のいない旅先、解放された気分で毎晩花街を遊び回っていたが、二日、三日と逗留すると小遣い銭も乏しくなり、仲間の財布を集計しても、映画を見たあとコーヒーも飲めなくなってきた。

次の晩は旅館の夕食時の晩酌程度で街に出た。心地よい春雨にうたれながら、誰からともなく自然に出た歌は、爆発的に流行した当時のヒット曲であった。

〽月が鏡であったなら、恋しあなたの面影を、夜毎写してみようもの

こんな気持ちでいるわたし、ねえ、忘れちゃいやよォー、忘れないでねェー

あれから半世紀も経ち、歌の題名も忘れたが、この歌の甘いメロディーがこの時代にそぐわなかったとして、六月にレコードも発売禁止となり、歌うことも禁止されたことを私たちも知っていた。

同年兵の深沢等君がどこからか爆竹を買ってきて、ときどき地面にぶっつけ、音を出しては通行人を脅かしていた。こうなると遊びも過ぎ、悪ふざけであった。いつの間にか私どものあとを尾行してきた者がいた。旅館まであと一〇〇メートルぐらいかなと思った頃、突然後ろからついて来た男が、「貴様ら海軍だな、どこから来たのだ」といいながら、いきなり往復ビンタを食らわせた。深沢、鷲見信義と私が一番後ろについてい

たので災難であった。相手も軍服姿で、これは憲兵だなとすぐ直感した。以後問われるままに素直に答えていった。「館山航空隊の兵隊で明野飛行場に出張中だが、明日天候が晴れ次第、館山に帰るのだ」「君らは飛行機乗りか」「戦闘機の操縦員だ」「君らは何年に海軍に入隊したのか」「昭和七年六月だ」

彼は急に言葉が改まった。私どもはこのとき善行章一本（三年目ごとに一本）の一等航空兵でジョンベラ服（水兵服）であったが、入隊後四年余を過ぎていた。陸軍なら遅くとも軍曹（下士官）であった。この憲兵は上等兵であり、入隊はわれわれの方が先輩であったかも知れない。最後に「君らの今晩の門限は」ときかれ、十時を少し過ぎていたので、とっさに「十時半だ」。次に「責任者は誰だ」ときかれ、伊藤特務中尉（整備分隊士）の名を出すと、すぐ玄関まで呼んでくるように言われた。二階に上がり伊藤分隊士に、口早に今晩の出来事を話し、謝罪して下さるようにお願いした。分隊士は相手が上等兵とききき、少し不満のようで、ぶつぶつ言いながらも行ってくれた。しばらくすると分隊士はにこにこしながら帰ってきた。

あとで大笑いしながら、この晩の出来事を話したが、私たちはそれほど悪いことをしたとは思わなかった。しかし私たちが館山に帰隊して一カ月も経ってから、私は突然、中野隊長から士官室にくるように呼び出された。

私たちは松阪事件はあれで一件落着だと思っていたが、このことが横須賀鎮守府から中野隊長宛に話があり、館空では羽切松雄ほか二名にかかる松阪事件について、どのような処置をとられたか、との照会であり、隊長は私ども三人を呼び、松阪での行動につき詳細を質され、「今さらお前達を懲罰にかける訳にもいかないし、それぞれ一カ月宛の外出止めに処した、と鎮守府に報告をするから」と言い渡された。しかし改めて外出止めもなく済まされたが、私たちは若気の至りでは済まされない遊びであり、十分反省すると同時に、いつもながら中野隊長の温情味と部下思いには陰ながら感謝したのであった。私は長い海軍生活中、過ちを犯したとすれば、このときの出来事ぐらいであった。

館空での訓練飛行も終わりに近い頃、新鋭九六式陸上攻撃機——海軍初めての双発単葉爆撃機——が一機、館空に配属されてきた。ときどき九〇戦の攻撃目標にされたが、噂に違わない性能で、九〇戦より遥かに優速であったので、前方攻撃ならともかく、戦闘機の得意とする後上方攻撃では予想外に後落する（引き離される）ので、連続攻撃はとても不可能であった。このような爆撃機に対し、従来の海軍戦闘機ではその威力を十分発揮することはできず、攻撃方法もせばめられ、極めて制約されてしまった。この九六式陸攻の出現により、以前上層部から出ていた戦闘機無用論が、急速に高まったのもこの頃であった。

間もなく私たちは、大湊航空隊付を命じられたが、同期生の畠山金太、仲田善平、二十七期の鷲見君などは、せっかく今まで戦闘機操縦員として激しい訓練を経て、母艦乗り組みが目前のところで、急遽《きゅうきょ》中攻隊に編入され、木更津航空隊に転勤していった。厳しかった雛鷲《ひなわし》時代の二年有余をお互いに切磋琢磨《せっさたくま》してきたことを思うとき、惜別の情を禁じ得なかった。

大湊海軍航空隊付

昭和十一年当時のことである。常磐線上野発の夜行列車に乗れば、翌日午前中には大湊に着く。途中停車駅の土浦や水戸駅など練習生時代の思い出深い駅であったが、夜中の窓外は灯りも少なく何となく淋しかった。翌朝「野辺地《のへじ》、野辺地、大湊線乗り替え」の車掌の声に起こされた。眠い目をこすりながら大湊行き始発列車に乗り込んだ。十一月下旬ともなれば、この地方はかなりの寒さで、すでに列車内にはストーブが備えられ赤々と燃えていた。ストーブの周りには、数人のお客が何やら大声で喋っているが、訛《なま》りがひどくてさっぱり聞きとれない。それぞれ大きな荷物を背負っていた。ストーブが消えそうになるとお客の誰かが石炭を焚《た》く。野辺地を発車して約三十分で田名辺駅に到着、ここで二十五分間の停車である。お客のほとんどが降り、急に車内は静かになった。この車輛には私たち以外には数人しか乗っていない。窓越しに見える山々は、もはや冬景色である。雑談に時間は過ぎ、発車の汽笛が鳴り響いた。近くからあるいは遠くから大声を挙げて走ってくる人があり、見るなり先ほど降りたお客であることがわかった。息せききって乗り込んだ連中、どうやら行商人らしく、列車を待たせる常習者らしい。またひとしきり車内はざわめいた。

やがて大湊駅到着、迎えの内火艇に乗って入隊となった。本州の最北端、冷たい津軽の山々と、素朴な住民生活に、さっぱり聞きとれない津軽弁には、入隊早々うんざりした。聞きしに勝る田舎町である。その頃次第に緊張してくる日ソ関係に備え、私たちは雪上飛行の特訓で大湊空に入隊してきたことが、あとでわかった。

この頃の大湊空戦闘機隊は、分隊長・田熊繁雄大尉、分隊士・小福田租《みつぎ》中尉、先任搭乗員・柴山栄作一空曹で、以下二期乙飛の峯岸義次郎、小山内末吉兵曹などが先輩で、私たち一緒に入隊して来た数名が主力であった。飛行機は九〇戦と三式戦を合わせても十機足らずで、まだ車輪が付いていたが、近く降雪を予想して一部雪橇《ゆきぞり》の装備にかかっていた。

翌日から慣熟飛行がはじまったが、連日の天候の急変や、強風に禍いされ、思うような訓練はできなかった。

大湊空の操縦員たちが分隊長の講評を聴く。左から柴山一空曹、羽切一空兵。左後方は90艦戦３型。

大湊空で90艦戦とともに使用された３式艦上戦闘機。90艦戦の前の海軍の制式戦闘機で、昭和３年に採用された。第一次上海事変で最初に敵機を撃墜したのもこの戦闘機。写真は霞ヶ浦航空隊で練習用機材として使われた同機。

初雪

平年なら十二月下旬には初雪が降るらしく、十二月も半ばを過ぎると、それぞれスキー準備で忙しい。私も若い兵隊に頼んでスキー用具一式を借用して準備していた。落ち着かない幾日かが過ぎたある朝、「総員起こし」と同時に「スキー用意」の号令が隊内に響きわたった。飛び起きて見ると、飛行場は一面の銀世界、あたりの山々も真っ白な雪化粧だ。初めて履くスキー靴、初めてかぶるスキー帽、正門前から飛行場に通ずる道路に順次何列かに整列していった。私もこの中に入って並んだ。

間もなく当直下士官の号令と同時に、飛行場の真ん中の滑走路を西に向かって歩きはじめた。積雪約十センチ、ザクザクと音を立てての行進は爽快で、みな水を得た魚のようにはしゃいでいる。歩く者、滑る者、駆け足する者、たちまちにして二キロ近い滑走路の西端に着いてしまった。さあUターンだ。帰りは踏み固められた雪の上をそれぞれ技量の見せ場とばかり、巧みに杖を使って走りはじめた。二〜三メートル、いや五〜六メートルも一挙に突っ走り、われ先にと先頭を争ってゆく。私たち数人の初歩連は、逆に二メートル滑っては転び、三メートル走っては転んだ。何十回転んだか知れないが、でもみんな汗だくになって頑張った。ようやく兵舎にたどり着いたときは、先着連はすでに食事を終えていた。またしても初心者のスキーのむずかしさを思い知らされた。

雪上飛行

初雪が降ると飛行機も雪橇機に替えられ、われわれ搭乗員も離着陸訓練からやり直しである。しかし雪橇に変わったからとて、操縦がむずかしくなる理由はない。敢えて指摘するなら、ブレーキが付いていないので、横風滑走は極めて困難であった。新雪時の離陸はなかなか行き脚がつかず、やたらと滑走距離が伸びたが、逆に着陸時はすぐ行き脚が止まった。また根雪や氷雪時の着陸は滑走距離が長くなり、ブレーキがないだけにいらいらさせられた。空中での性能は車輪機より若干低下するものの、さほどの影響は感じさせなかった。単機空戦もやれれば、各種の射撃訓練もできた。見た目には大きく見える橇下駄も、水上機のフロートよりよほど抵抗は少なく、空中でどんな乱暴な操縦をしても、一度の故障もなく事故もなかった。

雪国の天候の急変は南方のスコールと似ているが、その変化の速度や毎日の回数は比較にならない。晴れ間が見えているかと思えば、にわかに猛吹雪となり、一寸先も見えなくなる。そして再び晴れ上がるまで僅か何分間で、一日に何回となく急変するのが雪国の気象で、南方と違った注意が肝要である。飛行訓練中に吹雪が来襲しても、決してあわてることなく、空中で待機して晴れるのを待つ。長くても二、三十分すれば嘘のように晴れ上がってくる。その間、周辺の山々、特に高い恐山には十分注意しなければならない。

一月から三月にかけて、毎朝零下何度という寒い日が続き、吹きさらしの格納庫内は特に寒かった。整備員は毎日の飛行に備えて、ストーブを囲む暇もなく飛び回っていた。特に夜中のボーギス入れ――エンジンに石綿のロングスカートをかぶせ、下から炭火で暖め、一定の温度を保つ――は大変で、火を入れたら夜通し見張っていなければならない。なお、その間オイルを落として暖め、始動直前にタンクに入れる。これを毎朝やらなければエンジンは始動しない。試運転も低回転から徐々に増速しないとエンジンを焼き付かせてしまう。せっかく飛行準備をしても、天候の急変により、飛行機を格納庫から出したり入れたりで、その上、飛行作業取りやめの日も幾日もあった。しかし誰一人不平や愚痴もいわず、黙々と働いていた。

女満別出張

昭和十二年二月、戦闘機隊の半数が北海道女満別《めまんべつ》に雪上訓練のため派遣され、私もその一人として参加した。基地設営の先行組が出たあと、連日の吹雪の合間を選んで九〇式艦戦六機で女満別に向かって飛び上がった。初めて越える津軽海峡、強風で海上は相当に荒れていた。どこに不時着しても助かる見込みはまったくない。僅か一時間四、五十分の行程だが、天候は急変するし、なかなかの難コース。全員無事着陸したときは互いに手を取り合って喜んだ。

先着していた整備員が手際よく飛行機を収納し、宿に案内してくれた。私たち搭乗員は町でも一番大きな農産物問屋に止宿することになった。この頃は飛行機乗りが珍しく、町を挙げての大歓迎で、宿では私たちのために寝具、丹前、スリッパに至るまで、何もかも新調していたという。朝の出がけには全員の見送りを受け、お陰で毎日の飛行訓練にも張りが出た。

飛行場を飛び上がると眼下は網走湖で、湖は一面凍っていて、その上は雪で真っ白く、陸との境もわからない。その前方に網走市街が連なって見え、さらにその先は広漠たる太平洋、雪の白さに海の紺碧は一段と映え、長い巻き絵図のような風景である。さすがに上空は寒く息も凍り、雫《しずく》が顎の方まで流れ落ちる。寒さが身体のしんまで通り、運動神経や見張り能力まで低下し、長時間の飛行は無理であった。夕方、飛行場から引き揚げ、宿に帰ると○○町愛国婦人会、××国防婦人会など大勢の婦人が交互に慰問にきてくれた。毎晩のように北国の銘酒に美人のお酌、夜ふけて近所のそば屋に飛び込んでも「航空隊の兵隊さんにはサービスです」と代金も取ってくれない。まさに異国で夢のような一カ月を過ごし、沢山の思い出を残して大湊に帰った。間もなく北海道名産の数々が、慰問品として送られてきた。

私が今なお思い出すのは、民間の根岸一等航空士のことである。ちょうどこの頃、女満別で気象観測をしていて、ときどき飛行場でお会いした。私は小学校時代、三保の松原に遠足に行き、根岸ご夫妻の飛行服姿を見て、子供心に空に憧れたことなど、今もその思い出を大切にしている。

雪国の生活

大湊は古くから海軍要港部として知られ、加えて航空隊が開隊となり、街は海軍の兵隊で一段と賑わっていた。人口一万にも満たない小さな田舎街で、住民のほとんどは海軍に関連をもって、生活をたてていた。何しろ暮れから翌年三月末までは雪の中の生活である。

私の下宿は海岸通りから遊楽街に入り、坂道の途中にある大きな二階屋で、その一室を私は独占していた。道路と川一つ隔てた向こう側には富士見亭という料理屋、兼芸妓置屋があり、遊び人には格好の場所だったかも知れない。前の通りは昼の通行人より夜の方が賑やかで、その大半は海軍の兵隊であった。

航空隊から下宿までは海上からだと約三キロだが、陸上を来ると二倍近くもあった。だが、にわか習いのスキーが面白くて、上陸はほとんどスキーで走った。途中で大勢のスキーヤーと出会うが、格好よく走って行くのは皆土地っ子であろうか。ある日、私は海岸通りの交叉点で危うく衝突の難をのがれた。というのも、相手が鮮かにかわしてくれたからである。アッと後ろをふり返ると、四、五年生ぐらいの小学生であろうか、背なかには幼い子供をおぶっている。その避退の鮮かさに驚き、感心すると同時に、大人のヨチヨチ歩きが恥ずかしかった。

いつしか下宿の親爺が、自慢気に私のことを向かいの主人に話したらしい。ある日、娘が囲碁をやらないかと誘いにきた。相手は私より一枚上だったが、碁敵の仲はまた格別で、回を重ねるごとに往来も激しくなり、どちらが下宿かわからなくなる。お互いに嫌いな方でもない。勝って一杯、負けて二杯と夜を徹することもしばしば。お座敷の合間には芸妓さんらがお酌にやってきた。

雪国の夜は明るく、深夜でも軍服姿は雪に一段と浮かび上がって見えた。時には深夜、巡邏隊に見つかって追いかけられることもあり、こちらからも一〇〇メートル先の巡邏隊の服装はよくわかった。わざと見つかり、計画的に近くまで引きつけ、裏通りを一目散に逃げ回り、友人の下宿に飛び込んだり、悪戯《いたずら》も程度を越していた。

大湊に行くなら島流しにされたと思って行きなと、先輩からおどかされて着任したが、その言葉とは違い、春先の恐山のスキー競技や、夏の大湊祭り、そして湾内狭しとばかり一斉に飛び込んだ遠泳競技など、思い出は尽きない。私には青春時代の忘れ難い一時代でもあったと思っている。

スキー、水泳競技

大湊のハイライトは何といってもスキー競技であった。年末の初雪からスキーがはじまり、四月の桜の咲く頃も恐山から海岸にかけての山間は、真っ白く雪が残っていた。三月の初めには毎年恒例のスキー競技が開催された。恐山から山すその スキー場には、航空隊では当直員を残した全員が終日参加した。選手はもちろん応援団も、それぞれ趣向を凝らしての大声援は、全山に谺《こだま》し、競技が進むに従い、ますます熱気をはらみ、寒さもどこへやら、大湊航空祭にふさわしいものであった。街からも大勢の見物人や応援に人々が集まって、ごった返していた。

特に見ごたえのあったのが、恐山中腹から一挙に滑降する五〇〇〇メートル競技で、出発と同時にスタート線に立っている選手は小さく微かに蟻《あり》のようにしか見えなかったが、時に見る見る姿は大きくなってくる。ものすごいスピードだ、何の事故もないよう祈らずにはいられなかった。

女満別飛行場における大湊空の耐寒訓練。雪上離着陸訓練のため90艦戦３型は車輪のかわりにスキーを付けている。中央の搭乗員は右から羽切一空曹、田熊大尉、柴山一空曹。

飛行機乗りが珍しかったため、大湊空の搭乗員は女満別で大変な歓待を受けた。止宿した農産物問屋にて記念撮影。前列左端が羽切一空曹。

一万メートル競歩はこれも大変な競技で、何十分走ったか、ゴールに入ってくる選手はみな汗だくで、頭から湯気が上がっている。選手たちには長い経験とプラス体力の競争でもあった。

私など初心者は、スキーの滑る楽しさしか知らなかったが、雪国ではスキーは欠かせない日常の必携道具となっていた。富士山の雪しか見たことのない私にとって、この冬はまたと得られない貴重な体験になったのであった。

次は夏の水泳競技。寒い冬が長かったので、水泳の練習期間は短かったが、海軍伝統の水泳は大湊航空隊でも同じで、分隊対抗競技は盛大に行われた。

私は海岸育ちでもあり、軍艦「摩耶」当時、水泳部員に選ばれた。昭和八、九年の夏は、「摩耶」がどこの港に寄港しても水泳部員は真っ先に上陸し、近くの海岸にターン台を備え、終日練習に励み、先輩から随分しごかれたが、苦しかった反面、楽しみも多かった。

ちょうどこの頃、二期乙飛予科練習生が、艦務実習のため「摩耶」にも何人か乗り組んでいた。この中に那須二郎一空がおり、自由形選手の中でもトップクラスで、誰よりも期待されていた。彼はその後、飛行練習生を経て戦闘機操縦員となったが、残念ながら戦前の昭和十一年、佐伯航空隊で殉職した。

昭和九年の艦隊水泳競技は、舞鶴港湾内で開催された。私は平泳ぎが得意種目であったが、さすがに各艦から選ばれてきた選手は速く、私は第二次予選で敗れ、二〇〇メートルのタイムも三分三十秒でお恥ずかしい次第であった。この年の二〇〇メートル平泳ぎの優勝者は二分五十八秒台で、今どき問題にならない記録だが、当時は大変りっぱなものであった。

私は以来遠泳向きで、どこへいっても遠泳の選手には選ばれた。

大湊空でも九月そうそう遠泳競技が行われた。コースは大湊湾横断で、出発点は航空隊の岸壁、到着点は大湊街上陸波止場の約三〇〇〇メートルであった。選手の人数は小さな分隊で二十人、大きな分隊からは三十人が選ばれた。わが戦闘機分隊からは二十人で、搭乗員から十人、整備員から十人で、新米搭乗員は全員選手として出なければならなかった。

当日は天候も良く、湾内も静かで、まずまずの水泳日和《びより》であった。応援隊は出発点とゴール地点だけで、途中には救助艇数隻が伴走を兼ねて配備されていた。出発は抽選により決められ、五分差をもって出発した。出発と同時に応援旗（多くは幟旗）がいっせいに振られ、いやが上にも競技は盛り上がっていった。

わが戦闘機隊は二列縦隊の十六人と、先頭の両側と最後尾の両側に強泳者を配し、堅陣なる隊形で出発した。私は先頭左側の牽引者的役目であった。

泳法にはそれぞれ特徴があり、自由形、平泳ぎ、横泳ぎ、いずれでもよかったが、ほとんどは平泳ぎであった。ときどき後ろを見ながら、少しでも前の分隊に近づこうと、心ははやっていた。後半になり、やや隊形も乱れてきた。心配は現実となって現れ、先頭から四、五番目の間がだんだん開いてきた。これはいけないと見て私はこの間に入り、遅れている選手を背に乗せて泳ぎはじめた。足がときどきからまり、前との間はなかなか縮まらなかった。背中の選手は次第に弱ってきた。落伍しないように、声をあげ檄を飛ばして励ましたが、彼は元気を回復することなく、とうとう手を引っ張る者、後を押す者が出た。決勝点が近くなるにつれ、応援隊の旗と大きな声援に支えられ、どうやらやっと決勝点に到着した。

応援隊の一部から、先頭集団と私との間が離れていたので、羽切が落伍したのではと見られたことは大変残念であった。また、自信をもって出場したのに三位入賞も果たせなかったことも、大いに残念であった。

第2章　中国戦線へ飛ぶ

昭和14年、空母「蒼龍」飛行甲板上の96戦艦の上で。

華中方面、風雲急となる

恐山の頂上はまだ残雪で真っ白いが、海岸通りは雪も消え春の訪れを思わせる。名物の航空隊の桜もほころび、飛行機も再び車輪に変えられ、猛訓練が戻ってきた。田熊分隊長は身体は小さかったが、何事にも沈着大胆で大の部下思い。戦闘機乗りとしては典型的な海兵出の将校であった。長い間雪に災いされ訓練も遅れがちであり、あたかもその遅れを取り戻すかのように、文字通り月月火水木金金である。毎日の新聞紙上でも、華中方面の陸軍部隊の動きはただごとでないことがわれわれにも推察できた。ついに昭和十二年（一九三七年）七月七日、盧溝橋に端を発し、両軍とも戦争状態に入っていったのである。

大村航空隊や佐伯航空隊で訓練中の佐世保鎮守府、呉鎮守府所轄の同期生などは、相前後して戦場に出発していった。連日わが海軍の渡洋爆撃は上海から首都南京にまで及び、毎日のように大戦果が報じられている。海軍戦闘機も激しい空中戦により、ときどき同期生の武勲が新聞で報道された。しかし、いくらガタガタしても大湊にいては、いつ戦場に出られるか見通しは立たない。毎日いら立たしさを感じていた。陸軍部隊は上海戦から揚子江沿いに破竹の勢いで北上を続け、向かうところ敵なしである。
すでに小福田租中尉は一足先に戦地に赴任し、その活躍が報じられていた。

待望の転勤、富士駅頭の送迎

十月になり、ようやくわれわれ同期生にも転勤命令がきた。行く先は大村航空隊。だが仮入隊らしい。戦地行きは決まってはいないが、一歩近づくことは確かだ。大湊から長崎では北の端から九州の端まで、急行列車でも三日がかりである。前もって家に連絡をとり、富士駅で途中下車することにしていた。朝がた東京駅に着いた同期生四人は、午後二時頃の急行に乗る約束で東西に別れ、私は次の列車で富士駅に向かった。戦場は日増しに熾烈《しれつ》化し、そのつどわが軍の大戦果に国民は歓喜していた。車内の話し声も東北弁からすっかり関東弁に変わっている。

箱根を越すと久しぶりに見る富士山がとても美しく、懐しく眼に映えた。私は昼前に富士駅に到着、ホームに降りて驚いた。待合室から駅前の広場まで、私を迎える人、人、人の波である。小学生から青年団、タスキ掛けの婦人会員、制服姿の在郷軍人、懐しい顔、顔がいっぱいあった。万歳の声がひとしきりやむと斎藤岸平村長（元静岡県知事、厳父）をはじめ、各代表が次々に激励の挨拶である。まったく想像もしなかった出来事で、私よりむしろ集まった人々の方が興奮していた。

終わって私に一言挨拶をという。私はまだ戦地行きが決まっている訳でもなく「蒼《そう》龍《りゅう》」乗組員として、大村航空隊行きの途中下車である。でも無理はない。私は田子浦出身のただ一人の戦闘機乗り。ここに居並ぶ人たちは明日にも上海、南京の上空で敵との華々しい空戦を行うものと想像しているに違いない。私がお礼を言わなければ格好がつかない。

私は一段高い所から一同に敬礼し、まず盛大な見送りに対しお礼を申し上げ、「明日午後は大村航空隊に入隊し、航空母艦『蒼龍』に乗り組む予定ですが、必ず戦争に参加するので、本日のこの感激を忘れず、いかなる激戦にも遅れることなく、祖国のため思う存分戦ってきます」と結んだ。満場割れんばかりの拍手がしばしやもうとしなかった。

駅前のふくしま食堂に入り、食事をとりながらの話題は、戦地の状況と郷土出身者の手柄話であった。食事が終わると議員の中森さんが「羽切君、君はまだ大分時間があるようだが、皆は君が出発しなければ帰らないと思うので、次の列車で静岡まで行ってくれないか」と、たってのお願いである。私はこれが最後になるかも知れない富士駅頭、一分でも長く友人や家族と話がしたかった。

しかし一般の人々のご迷惑を考えれば納得しなければならない。間もなく次の列車で静岡駅まで行くことにした。再び構内割れんばかりの万歳の声に送られて、静岡駅で二時間も費し、同僚と約束の特急に乗り込んだのである。

「蒼龍」乗り組み

昭和十二年十月十日、大村航空隊に仮入隊と同時に、母艦「蒼龍」乗り組みを命じられた。大村空にはすでに先着の所茂八郎飛行隊長を筆頭に、南郷茂章、横山保両分隊長、菅波政治、向井一郎両分隊士、加藤栄空曹長ほか、顔馴染《なじ》みの先輩、後輩が大勢着任していた。下士官では二期乙種予科練出の東山市郎、峯岸義次郎、小山内末吉、宮部員規一空曹。次は私たち同年兵組の北畑三郎、小畑高信、深沢等、羽切松雄二空曹。次は一年後輩の伊奈波寅吉、大石英男、藤原喜平、真柄俸一三空曹などで、その他若い搭乗員数名の戦闘機二個分隊で、飛行機は九五式艦上戦闘機が主力であった。

翌日からの飛行訓練は館空や大湊空の比ではなく、航空母艦の搭乗員であり、戦地の要員であった。まず母艦着艦を想定しての定着訓練からで、続いて夜間訓練と、ぶっ通しの激しいものであった。

大村空の飛行場は大きく、大村湾に面していて気流も良く、どこの飛行場よりも使いやすかった。いよいよ母艦の接着艦訓練である。「蒼龍」はまだ艤装中であったので、予備艦「鳳翔《ほうしょう》」で訓練が進められた。空域は長崎沖で、大村飛行場から十分足らずで母艦の上空に着いた。上空から見る「鳳翔」はまるでマッチ箱のようにしか見えない。海が少し荒れると母艦は左右、上下に大きく揺れ動き、着艦のむずかしさ、恐ろしさを思い知らされた。

　初めは接着艦訓練からであったが、日本一小さい「鳳翔」は着艦コースに入って何秒かはまったく母艦が見えなくなり、何回やっても不安がつきまとった。特に九五艦戦はエンジン・カウリングが大きかったので、前方視界が悪く、九〇艦戦やのちの九六艦戦に比べ一段とむずかしかったようである。

藤原君、奇跡の生還

　思い出すのは昭和十三年一月某日の夜間訓練で、長崎沖の五島灘は西風で海は適当に荒れていた。横山大尉を隊長とする九五艦戦六機編隊は「鳳翔」を発見するや単縦陣となり、左旋回で一小隊から漸次《ぜんじ》着艦コースに入って行った。全員初めての夜間訓練で私は一小隊二番機、終始不安と緊張の連続で、頼れるものは飛行機と母艦の夜間照明だけである。

　遠くではわからないが、近寄ると母艦は左右だけでなく上下にも大きく揺れていて、実戦さながらの緊張感、冷や汗が背筋をよぎる。どうか無事に着艦できるよう神に祈りながら降下していく。車輪が甲板に着くと二〇〜三〇メートル滑走して、再び全速回転で母艦を蹴るように飛び上がる。上空に上がってやっと安堵感がでてくる。

一回目の接艦は無事終わり、甲板上は別に変わったところは見られない。いよいよ二回目、私は一番機の後方三〇〇〜四〇〇メートルの距離を保って着艦コースに入っていった。一番機がまさに艦尾を過ぎようとしたとき、突然「着艦待て」の信号である。続いて私にも同信号が発信されると同時に誘導灯が消されてしまった。どうやら訓練中止である。私は咄嗟《とっさ》に荒天のため中止と判断したが、私たちが母艦を離れる頃、後続の駆逐艦から一条の探照灯が海面に放射された。あるいは何か事故でも、と不吉な思いで一小隊は編隊を組んで大村飛行場に帰った。

間もなく二小隊も無事着陸したが、しかし三番機の藤原君の姿はみえない。指揮所に集合して、三番機が着艦に失敗し海に転落したことが二小隊長から報告されたが、私たちは気がつかなかった。暗夜の海上は二〜三メートルの高波であり、みな藤原君の安否を気遣った。南郷隊長から飛行訓練の注意が話されているとき、傍《かたわ》らの電話がけたたましく鳴った。藤原君が駆逐艦に無事救助されたとの情報で、一同安堵の胸を撫で下ろした。

翌日午前、彼は飛行場に元気な姿を見せて、休憩中は昨夜の失敗談で大騒ぎ。聞けば

日本最初の本格空母である「蒼龍」の飛行機隊は、編成後まもなく日華事変に投入された。

空母「蒼龍」の飛行甲板に繋止された96式４号艦上戦闘機の前で。後列右側著者。

接艦は上手にいったのに、二〇メートルほど滑走すると急に横風にあおられ、極力修正したが及ばず、右舷艦橋前方から真っ逆さまに海中に転落したという。とっさの出来事での座席からの脱出は、搭乗員はみな平素から心がけていることであり、誰にもやれることかも知れない。しかしその後の行動が沈着であり驚かされた。

その頃、搭乗員には四角の小さな懐中電灯が各自に渡されていた。彼はいつもこれを飛行服の膝ポケットに入れていたという。暗夜の海中を泳ぎながら、ハッとこれを思い出し、ポケットから出してスイッチを押したところ、奇跡的にも点灯したというから驚きである。駆逐艦がこの微かな光を見逃すはずはなく、間もなく用意されていた救助艇により助けられたのであった。恐らく一時間と生命のもたない厳寒の海中、藤原君の生還はまったくの奇跡であり、いつになっても忘れられない事故のひとつである。

激しい訓練の中にあって、ときには休養も必要で、飛行場の近くに適当な下宿を探し、同志七、八人一緒に止宿することになった。戦地行きが近いとあって、搭乗員たちの遊びも次第に派手になってゆき、ときには午前様も出るようになり、大村の遊興街ではたちまち「蒼龍」搭乗員の話題が広がっていった。

この頃誰からともなく、同年兵の小畑、深沢、羽切の三人が申し合わせたように無精ひげをおくようになり、お互いに自慢し合った。これがはじまりで、隊長や分隊長なども初めは苦々しい顔であったが、戦地生活も長くなり、次第に楽しさを感じさせ、良い部下として評価されるようになっていったのである。

以来、私ども三人はどこへ行っても一緒に行動していたので、誰いうとなく「蒼龍」のひげの三羽烏として話題にされたのであった。

飛行機隊、中国大陸へ

南京を追われた蔣介石政府は、今度は漢口にその城を構えた。わが陸上部隊は南京から山西方面の徐州攻略部隊と、揚子江遡行《そこう》部隊とに分かれ、連日破竹の進撃をもって、次々と主要都市を占領していった。

当時「蒼龍」は東シナ海にいて、毎日のように厦門《アモイ》、温州《おんしゅう》、寧波《ねいは》方面の敵陣地爆撃を敢行。戦闘機もこれを援護していたが、敵の機影を見ることなく、髀肉《ひにく》の嘆をかこっていた。その頃、突然飛行機隊は中支方面に進出せよの命令が発せられた。

「蒼龍」が諸準備を整えて佐世保を出港したのは、昭和十三年五月八日で、翌日飛行機隊は上海経由で南京に向かって出発していった。

ここ大校場飛行場は半年前までは敵空軍の本拠地で、この上空でわが海軍戦闘機と激しい空中戦が展開された。まだ南京城壁には生々しい無数の弾痕が残っており、陸軍部隊の激戦が偲《しの》ばれた。大校場飛行場にはすでに第十二航空隊、第十三航空隊が配置されていて、連日漢口、南昌方面の空襲が行われていた。われわれ「蒼龍」戦闘機隊は南京上空哨戒が主たる任務で、艦攻、艦爆隊は徐州方面に進撃する陸軍部隊の直接の支援であり、徐州作戦の空からの援護は、ほとんど「蒼龍」の攻撃隊に任せられた。

陸軍部隊が相対している敵兵や敵陣地に対して、果敢な爆撃を行い、味方陸上部隊の進行を容易ならしめるもので、ときには戦闘機隊も六〇キロ爆弾二個をもってこの爆撃に参加した。敵機はこの新鋭部隊に恐れをなしてか、まったく姿を見せない。こうしているうちにもわが遡江部隊は蕪湖を占領し、さらに上流に向かって進撃していった。ここで「蒼龍」戦闘機部隊は爆撃隊と分かれて蕪湖に進出することになり、先発整備員はすでに出発していた。

ここ蕪湖は最前線基地で、飛行場は小さく、まだ爆弾の跡も生々しかった。短期間の修復で土地は軟弱、着陸に危険が伴ったが、そこは母艦の搭乗員で全機無事着陸した。飛行場周辺は一面葦《あし》の原で、飛行機は隠せなかったが、敵機来襲には身体を隠す格好な場所であった。この頃の敵機はソ連製のエスベー（SB）双発爆撃機で、敵状偵察を兼ねて毎日のように来襲した。味方前線の範囲が狭いので情報が遅く、爆音を聞いてから、あるいは敵影を見てから発進するため、九五戦では捕捉することができず、毎日のように逃してしまう失敗を繰り返していた。

敵機の来襲高度は決まって六〇〇〇メートルであったので、あらかじめ予想して高高

大校場飛行場に艦上機群がならぶ。左寄り、最遠方が95艦戦。

郊外の沼に撃墜されたツポレフＳＢ－２双発爆撃機。日本軍は記号のロシア語読みのエスベーと呼んだ。

度で待機することになり、ついにエスベー一機を撃墜した。それからは九五戦でも敵機を落とせるとあって、にわかに活気づき、毎日の上空哨戒に張りがでてきたが、またも次の前線基地・安慶に進出することになった。

安慶一番乗り

安慶までは僅か数十キロで、私は水雷艇「千鳥」で他の搭乗員より一日早く先行して、飛行場の着陸準備をするよう命じられた。「千鳥」は夜陰に乗じて出航、夜間航行中は厳重な灯火管制で、艇内は手探りでなければ歩けない。私ども便乗員は何も用がないので、兵員室で眠っていればよいのだが、下甲板は蒸し暑くて眠れない。艦橋に出て暗夜に星を眺めながら涼風に当たっていると、突然対岸から野砲や機銃の一斉射撃に遭う。曳跟弾《えいこん》数発が艦橋をかすめて通り抜けた。転げ落ちるように兵員室に駆け込んだ。艦橋を職場とする見張員や操舵員は、また敵さんのお見舞いかと、さほど気にもしない。慣れとはいえその沈着さに感服する。「千鳥」は次の早朝、安慶に着いた。

安慶は海軍の陸戦隊が一番乗りで占領した所で、飛行場は蕪湖よりさらに小さく、各所に弾痕の穴があったが、設営隊や整備員の手によって夕方までには、幅四〇〜五〇メートル、長さ数百メートルの滑走路が整備され、布板信号、吹き流しなどを用意して飛行機の着陸を待った。初めての先行で昨夜来睡眠もとれず、疲労困憊し、整備員たちの苦労が痛切に感じられた。軟弱な地盤、その上狭い滑走路なので無事に着陸を……と祈っていたが、さすが母艦の搭乗員である。夕闇をついて六機は無事に着陸した。

陸戦隊員と設営隊が、夜を徹して、バラック建ての宿舎や天幕の指揮所、見張台など急造し、明日からの戦闘には支障はなかった。翌日早朝から、三機ずつ上空哨戒に飛び上がり、あとは地上待機で敵機の来襲に備えていた。夜になると揚子江の対岸から飛行場に激しく野砲が撃ち込まれてきた。不思議と飛行機には被弾はなく、翌朝いち早く設営隊員が滑走路の整備にかかり、弾痕を埋めながら徐々に滑走路を延ばしてくれた。おかげで着陸も容易になり、飛行機も分散待機できるようになった。

しばらくは安慶が最前線基地で、遡江部隊はなおも毎日のように揚子江を上流に向かって、次の前進基地を求めて航行を続けていった。敵機の爆撃目標は第一がこれらの船団、第二が飛行場で、日増しに敵機の来襲も激しくなってきた。

安慶は飲料水が悪く、生水を飲むことは固く禁じられていたが、搭乗員も次第に下痢患者が多くなり、血便の出る者もあった。内地なら疑似赤痢で隔離されるであろうが、第一線では入室（隊内での静養）や入院の許される状態ではなかった。この頃の飛行隊長は所少佐に代わって、日本海軍でも有名な名パイロット南郷茂章大尉が務めていた。

私の所属分隊長は横山保大尉で、私はその二番機、「蒼龍」乗り組み以来この固有編成は変わることはなかった。隊長以下、皆ひどい下痢のうえ、三度の食事もお粗末で、おかゆに梅干を流し込むだけで、搭乗員はみな痩せ細っていったが、歯を食いしばって頑張り続けた。

加藤空曹長の戦死

六月二十五日、敵エスベーが二、三機ずつの小編隊で、執拗に波状攻撃をかけてきた。そのつど戦闘機は急速発進して、この敵機の邀撃《ようげき》に向かった。真っ先に大先輩の加藤栄空曹長が飛び上がり、私たち三機がこれに続いて離陸した。エスベー爆撃機はいつものように高度約六〇〇〇メートルで、南方から迂回して飛行場に進入してきた。加藤機は敵機の先方を阻むように全力上昇する。私たちは後下方の死角から追撃していった。あわてて落とした爆弾は、遥か遠方の揚子江上に落下した。

先行した加藤機はようやく敵機を射程にとらえ、二撃三撃と射撃を繰り返したが、敵機を撃墜するには至らなかった。私は他の一機を目標に追撃したが、ついに捕捉することはできず、残念ながら引き返そうとした。そのとき前方を飛んでいた加藤機が突然、地上めがけて落ちてゆく。不時着にしては角度が深過ぎる。私はしばらく加藤機から目を離さなかった。あのベテランの空曹長がと、目を疑ううちに大飛沫を上げて田圃に墜落した。

地上砲火といえば味方の高角砲だけ、これも後落して遥か後方で炸裂していた。敵弾を受けた形跡もなく、加藤機の墜落は不思議で謎に包まれ、体力衰弱で失神したのではないかとも判断された。このことでしばらく搭乗員の士気が阻喪《そそう》したこともあったが、連日の敵機の来襲に、前にもまして闘志が燃え上がっていった。

初めての敵機撃墜

それから間もなくのある日、早朝から敵機が来襲してきた。揚子江に仮泊の船団に命中して、中天高く黒煙が上がり、炎上しているのが遠望された。次は飛行場に数弾命中、待機中の戦闘機一機は脚が折れ、ぶざまな格好を見せている。他の二機は翼に大小破片を受け使用不可能となった。残る全機が敵機を目がけて一斉に飛び上がった。私も何番目かに離陸、停泊中の艦船および地上部隊からの一斉射撃で上空は一面の弾幕である。

高度五五〇〇メートル。新たに飛行場に進入せんとする敵エスベー二機を発見。私が左旋回で敵の斜め後上方攻撃から追尾するには手頃な位置であった。今日こそ逃さじと機銃の試射をやってみた。二挺とも良好、これならよしと思い切って肉薄していった。距離一〇〇メートル……満点の照準で発射把柄《レバー》を握った。曳跟弾が胴体に吸い込まれるようだ。

これは十分手応えがあったが、まだ敵機は悠々と飛んでいる。続いて二撃目を狙ったとき、敵機は細い白い煙を曳きはじめた。後上方からも味方機が攻撃してきて、私と同時発射になる。危うく接触するところであった。三撃目にしてようやく敵機は黒煙を噴き出し、速力ががっくり落ちてきた。さらに攻撃の手を緩めなかった。敵はみるみる炎になって落ちていった。思わず「ヤッタ」と大声で叫んだ。僚機東山機も誇らしげに大きくバンクして合図していた。何回目かにしてようやく挙げた戦果であった。

他の一機にも僚機が食い下がり、もう一息という所まで追い上げたが、ついに取り逃がしてしまった。地上でこの空戦を見ていた隊長、分隊長も、この日ばかりはご機嫌も最高であった。久しぶりに挙げた戦果に搭乗員室は遅くまで賑わっていた。

一時はどうなるかと心配されていた腹痛、下痢患者も、軍医や看護兵の懸命な努力により終息し、搭乗員の士気はますます上がっていった。

連日の敵機来襲に搭乗員はわれ先にと飛び上がり、次第に戦果を拡大していったが、わが方も加藤空曹長（戦死後特務少尉）の尊い犠牲者を出し、ほかにも二、三の負傷者を出すに至った。

やがて七月上旬、戦闘機隊の半数を残して「蒼龍」に帰ることになり、どうやら南郷隊が現地に残り、横山分隊が「蒼龍」に引き揚げるらしい。この頃私と同年兵であり、富士宮市星山出身の深沢等君が南郷分隊にいた。彼は南郷大尉の二番機でもあり、誰よりも信頼されていた。彼から休憩室で誰に言うでもなく突然、「俺らあ戦地はヤダヤア……田舎に帰って牛の啼《な》き声でも聞きたいや……」と冗談とも思えぬ嘆息が出た。私は先のエスベー撃墜でむしろ戦地が面白くなり、今まで同期生などに遅れをとっていたので戦地に残ってもよかった。二人の話し合いは即座に一決し、南郷隊長に申し出ることになり、その晩二人で隊長の部屋を訪れたことは言うまでもない。私どもの真意は十分聞いてくれたが、しかし固有編成は変えることはできないと受け入れられなかった。

やがて南郷隊を安慶に残して、横山分隊は「蒼龍」に引き揚げることになり七月十三日、南京、上海を経て馬鞍群島で「蒼龍」に収容され、久しぶりに内地に帰った。その後間もなく南郷隊長は、南昌の上空で名誉の戦死を遂げられたが、八月三日、深沢君も南昌の上空に散ったのであった。

広東攻略戦

昭和十三年十月一日、母艦「蒼龍」は志布志湾を出港し、途中馬公《マカオ》を経て、作戦海面での行動に移った。十月十二日、いよいよ陸軍部隊の大亜湾（バイアス湾）敵前上陸である。その頃「蒼龍」は広東《カントン》湾口の大成賛岩周辺を遊弋《ゆうよく》し、早朝に爆撃隊はどこへともなく出発していった。続いて戦闘機隊は味方船団上空哨戒の任務をもって発艦。初めての南方作戦、四六時中緊張し、見張りを厳重にしていたが、とうとう敵機を見ず、たまに変わった飛行機を発見、襲いかかれば陸軍の偵察機。何とも張りのない毎日であった。

爆撃隊は広東後方の石龍、淡水、恵州などの敵陣地を爆撃して、大きな戦果を挙げていた。黒煙を上げての大火災は軍需施設でもあろうか、遠くから眺望された。

敵はあらかじめ予想していたのか、ほとんど姿を見せない。無血敵前上陸であり、十月二十二日には、わが陸軍部隊は堂々と広東に入城したのであった。連日敵影を見ないわが戦闘機隊も、戦法を変えて、恵州、増城、英徳方面の空襲、あるいは爆撃隊の掩護《えんご》に駆り出された。母艦を発艦すると間もなく香港上空に到着するが、この上空は飛行禁止区域（香港は英国租借地）となっており、たとえ敵機を発見しても攻撃してはならないことになっていた。

ある日のこと、艦爆隊より敵戦闘機らしきものが香港上空へ逃げ込んだとの情報により、勇躍発進したのであった。香港の周辺を何回となく旋回して見張ったが、敵機らしきものを発見せず、結局はこの情報は敵、味方、定かではなかった。

その翌日はさらに奥地への進撃なので、きっと敵機に遭遇するであろうと張り切って出発した。しかし、目的地に到着しても敵機は見当たらない。何を思ったか横山分隊長は左右を見ながら急降下、続いて急上昇と編隊宙返りをやってのけた。敵上空でこの大胆不敵な行動に驚いたのは、敵ならぬ列機の私と大石兵曹であった。剛胆な横山分隊長の思い出の一齣《いっせき》である。

「蒼龍」飛行機隊は華中に華南にと再三戦地に駆り出され、大きな戦果を挙げ、艦隊長官や陸軍部隊からも数々の感状が授与された。

私も敵地空襲に爆撃にと何十回となく出撃していったが、いかなる激戦にも怯《ひる》むことなく精いっぱい戦えたのも、同郷の遠藤政治君が機関科分隊にいて、私の出撃には必ず飛行甲板のポケットから手を振って見送ってくれたからである。このことは私には心の支えとなった。どんなことがあっても、私の最期は遠藤君が確認し、郷里に伝えてくれるという安心があったからである。

お互いに元気で復員し、あれから半世紀が過ぎ、いつもながら兄弟以上のお付き合いで、折に触れ過去の思い出が随一の話題となり、宴席の肴やつまみになっていることは大変うれしく、これからの老後をいつまでも大切に、なお一層の長生きを誓っていることの頃である。

「蒼龍」は昭和十四年も引き続き「龍驤」とともに連合艦隊に所属していた。この頃から中国大陸の戦争は小康状態に入り、漢口基地の中攻隊のみが奥地爆撃を強行し気勢を挙げていたが、昼間爆撃では犠牲が大きいとして、夜間爆撃が多くなっていた。当時、漢口にいた九六式艦上戦闘機では中攻隊の長距離掩護はできず、漢口付近の上空哨戒では敵機との空戦はほとんどなかった。

この頃特筆すべきは陸軍部隊のノモンハン事件である。これは昭和十四年五月十三日、満ソ国境の紛争が端緒となったソ連との戦争であり、陸軍は地上戦に加え、華々しい空中戦を展開したのであった。新鋭九七式戦闘機が主体で、敵機のイ15、イ16戦闘機に対し十分対抗し得た。毎日のように大空中戦が行われ、緒戦から六月末までの空戦で、敵機百七機を撃墜し、わが方の損害五機というもので、陸軍戦闘機の名声は国の内外に広まっていった。過去の戦争を通じ、常に海軍機に一歩を先んじられていたが、ノモンハンでの陸軍戦闘機隊の活躍は大いに特筆し、称賛すべき戦《いくさ》であったと思うのである。

「蒼龍」も艦隊行動が終わって決められた港に寄港し、乗組員はしばらく休養できたが、飛行機隊は主として九州方面、太平洋岸の鹿屋、笠ノ原、富高などいずれかで基地訓練が行われた。この地方の春先は、飛行場周辺一面が菜の花畑で、空から一望に見る景色は実にきれいで、長閑《のどか》でもあったし、夏の富高湾の水泳やハマグリ取りなども楽しく、大陸の戦争をしばし忘れさせてくれた。

この頃の訓練で思い出すのは、単機空戦よりも編隊空戦に重点がおかれ、離陸も六機編隊、九機編隊で同時に飛び上がった。空中では敵機発見から空中戦に突入するまでの接敵運動に重点がおかれ、中隊長、小隊長などのその時の隊形と判断で、どう誘導すれば優位な態勢になれるか、あるいは優劣のどちらかの態勢より立ち上がり、いかにして優位な態勢が保てるか、いかにして劣勢を挽回できるかなどで、それぞれ一回の攻撃だけで終結の申し合わせであった。

また十四年後期の基地訓練で、横須賀航空隊を基地として約一週間、大空中戦訓練が相模湾上空で実施された。相手は「龍驤」戦闘機隊で、あの狭い追浜《おっぱま》飛行場から十八機ずつがもうもうと砂塵を巻き上げての一斉離陸は、大変見ごたえがあり、危険も伴ったが、若いパイロットたちを奮《ふる》い立たせたのであった。飛行作業終了後、小隊長以上は指揮所に集まり、当日の反省をしながら長時間かけて研究会が催された。

射撃は年間訓練の総決算ともいうべく、各艦、各隊ごとに戦技射撃が行われたが、これは団体競技でもあり、個人競技でもあった。この訓練には他部隊から戦技委員として二、三人ずつが派遣され、成績審査は厳正に行われた。各艦優秀者には優等賞、優等徽《き》章《しょう》（三年連続受章者）が授与されたが、同時にこれらに対しては、一日につき七銭五厘の加算給が支給されたので大変有り難かった。

横須賀海軍航空隊付

「蒼龍」はたびたびの激戦に少数の尊い犠牲者を出したが、搭乗員の大部分は昭和十四年十二月、それぞれ陸上部隊に転勤を命ぜられ、私たちは横須賀航空隊付となった。

当時の横空は戦闘機隊長・花本清登少佐、分隊長・下川萬兵衛大尉、分隊士・岩城万蔵空曹長で、搭乗員二十数名であった。機種は九六艦戦が主力で、他にドイツのハインケルHe112一機と十二試艦戦一機（のちの零戦）が格納庫の隅に埃《ほこり》まみれに放置されていた。

搭乗員の約半数は飛行練習生卒業後の訓練生で、古い者は新井友吉、輪島由雄、東山市郎一空曹など海軍きっての名パイロットぞろいで、母艦から来た私たち数名が中堅どころであった。

毎日の飛行訓練は艦隊（母艦）当時とさほど変わっていなかったが、周囲が優秀な連中ばかりで、単機空戦の捻《ひね》り込みなど、それぞれ特徴があり、私たちの遠く及ばないところであった。飛行作業が終わればお互いに意見の開陳など、理論的、頭脳的な面がプラスされるので、さらに洗練され、技量も一段と向上していった。

報国号命名式

日華事変も長期化し、小康状態を保っていた。昭和十四、五年頃の国内産業は急速に軍事産業に移行し、インフレ景気ながら、生産さえすれば必ず利潤が得られる時代でもあった。その頃はまた、国民献金が日本の最高美徳の如く崇《あが》め奉られた時代で、大企業の献金が報国号に変わり、一社で戦闘機二機、三機の献納は珍しくなかった。毎月一、二回、東京、名古屋、大阪のどこかで報国号の命名式が行われ、そのつど横空から献納機を空輸して式に参列したのである。

当時の羽田飛行場は現在では想像もつかない狭隘《きょうあい》な飛行場(現在の三十分の一程度)で、まだ民間に輸送機や旅客機がない頃であった。飛行場には練習機と新聞社用機が五、六機常置されており、逓信省委託練習生四、五人が操縦練習を行っていたが、東京上空は飛行禁止区域で、主として軍用機の中継基地、あるいは不時着場として使用されていた。

早朝に空輸された報国号が飛行場の真ん中に並べられ、紅白の幕が張り巡らされる。式場への参列者は献納者側から会社の役員、あるいは家族ぐるみでも十余人で、海軍側からは航空本部長(代理)ほか関係者が出席。総勢でも二、三十人であった。神式による儀式に続いて双方の挨拶が終わると、搭乗員に対し花束贈呈。これが終わると海軍軍楽隊の演奏で、聞き慣れた軍歌から軍国歌謡が次から次へと演奏され、しばらく周辺に響きわたる。式場を取り巻く黒山の観衆もすっかり音楽に魅了され、人の輪はいつまでも解けない。最後の「海ゆかば」が終わると、いよいよページェント飛行である。平素練習を積んだ技量のありったけを披露する絶好のチャンスでもあり、それは緊張の連続でもあった。編隊飛行中一番機がどんな過激な運動をしようとも、常に一心同体、乱れることなく、列機は一番機を睨みっぱなしで瞬《まばた》きひとつできない。全身に汗して頑張るときなど、戦闘機乗りならではの満足感にひたるのであった。

三機が交互に式場めがけて急降下、地面すれすれから急上昇横転など、見学者に手に汗にぎらせ、思わず拍手を送らせるであろうが、残念ながら機上ではわからない。予定された飛行が終わると一番機に集合、いま一度低空を飛びながら衆人に向けてバンク、なお別れを惜しみながら横空に帰るのであった。

ところが名古屋、大阪の場合はまた格別で、その感激も一入《ひとしお》であった。燃料補給のため、もう一度着陸するからである。何百何千人の大衆の流れが飛行機めがけて寄ってくる。飛行機を降りるなり大勢の視線が、日焼けした髭面男に一斉に注がれる。通路が観衆によってふさがれ、歩くこともできない。まさに感激の場面である。十五年四月、名古屋の三菱飛行場で行われたときは、郷土の友人たち（大箸延郎、羽切重夫両夫妻）が

報国号献納式の一風景。記念式の飛行に際して女の子から花束を贈呈される著者。

献納式の終了後、献納された96艦戦の前での記念撮影。後列左端、搭乗員服の著者が見える。

三菱航空機製作所に勤めており、あらかじめ私の命名式参加を知って、飛行場一番乗りで待機し、式後の華やかな飛行を見て、「松雄君してやったり」と驚き感激してくれたことなど……。

同じく七月のある日、大阪の伊丹飛行場で献納式が行われた。献納会社は和歌山市由良製作所で、一度に五機を献納。分隊士の帆足工《たくみ》中尉指揮のもと、前日に由良号をもって大阪に着陸した。その晩は一流料亭で豪華な歓迎会、クーラーなど考えられない時代で、広い座敷の両側に立て並べられた氷柱が珍しく、さわってみたほど印象的であった。

翌日、式後の訪問飛行が前夜の返礼とあって振るっていた。わざわざ和歌山市まで遠征、高い煙突が数本見える中央、ひときわ高い煙突の頂上に目印の日の丸がひるがえっていた。上空につくなり、五機編隊のまま鮮かな特殊飛行の連続、漸次高度を下げながら単縦陣となり、煙突めがけての急降下。工場の屋根すれすれの低空を、しかも煙突を縫うように思う存分妙技を演じたことなど、今なお懐しい思い出となり、いつまでも忘れられない。

還らぬ奥山工手

昭和十五年三月十一日、爽やかな薫風が心地よく頬をよぎる昼下がり、飛行作業を終えた横空搭乗員の指揮所の前で、下川分隊長からその日の飛行の注意を受けていた。そのとき、わずか五〇メートルぐらい横を砂塵を上げて滑走する、一機の十二試艦戦の爆音に、分隊長の話もとぎれがちで聞こえない。「今頃飛び上がるなんて誰だろう」と、真剣に聞いている搭乗員からの不平の声がきこえた。やがて静寂を破って離陸、午前中の飛行も終わった静かな空に、この一機の爆音が耳ざわりでならなかった。

しばらくすると突然ピューンと金切り音が発せられ、つづいてパーンと、まるで高角砲が近くで炸裂したような音とともに、みな一斉に上空を仰いだ。「空中分解だ」と誰かがさけんだ。発動機らしい真っ黒いものが物すごい勢いで落下してゆくのが目に入る。つづいて翼が胴体の付け根から離れた。と同時に胴体が真っ二つに割れ、無数の破片が飛び散る。その瞬間、空中に投げ出されるようにパッと落下傘が開いた。「よかった、搭乗員は助かったぞ！」。たとえ大切な飛行機は失っても、搭乗員の生命が第一だ、と思いながら私は落下傘から眼を離さなかった。

ところが、私のそばの一人が「搭乗員がおかしいぞ！」とさけんだ。そういわれて見ると、身体は正常な落下傘姿勢ではない。鉄棒にぶら下がったように、ときどき両足をバタバタ振っている。〝両手でぶら下がっているのだ〟私はそう直感した。そして心の中では、もう少しだ頑張れとさけんでいた。三〇〇……二〇〇メートルと、降下速度がもどかしく感じられる。一〇〇、八〇……とそのとき、搭乗員の身体が落下傘から離れ、物すごいスピードで海の方へ落ちてゆく。全身を絶望感が走る。間もなく爆弾のような水しぶきを上げて海中に落下した。

サイレンを鳴らした救急車が、落下地点に向かって疾走する。私は生命の無事を祈っていた。たちまち海岸付近は黒山の人だかりとなる。そのうちに、搭乗員は空技廠飛行実験部の奥山工手らしいと、あちこちで騒がれだした。噂であってくれれば、という私たちの願いも空しく、数分後には、奥山君の遺体が収容されたのであった。

奥山益美工手は私と同年兵で、操縦練習生は彼の方がやや早く、誠実無比な人格と、卓抜な技量を兼備した典型的な戦闘機乗りで、万人から愛されていた。飛行練習生を卒業後、大村航空隊に入隊。操縦技量に磨きをかけ日華事変の初戦に参加し、大いに実力を発揮した、輝く戦歴の持ち主でもあったが、故あって現役を退き、空技廠のテストパイロットとなっていた。その豪放磊落《らいらく》、神経の図太さにはしばしば圧倒されることもあった。危険を伴う重要な試験飛行にも、いつも鼻歌まじりで出発するのを、私はよく見かけた。戦闘機乗りはこれでなくてはと、彼の性格や精神力の大らかさに、私など多分に教えられるところがあった。

この事故は零戦の前身である十二試艦戦の第二号機で、もちろんこの機種の最初の殉職者、それが友人の奥山君であったのである。その後、機体を収集し、あらゆる角度から詳細に原因を究明した結果、空中分解した推定速力はせいぜい四五〇キロ／時で、フラッター（気流による翼や舵面の振動）が起こるような速度とはとうてい考えられない。しかし空中分解の状態は明らかにフラッターが原因である。それまでの空技廠の実験ではフラッターは五〇〇ノット（九三〇キロ／時）以上でないと起こらないといわれていた。集めた機体の昇降舵のマスバランスが紛失していることなど、急降下で速力が増加したとき、まず昇降舵がフラッターを起こし、それが機体に振動を及ぼし、ついに破壊したものと推定された。

この対策については、空技廠では徹底的な研究実験を行っていたが、われわれ横空戦闘機隊も大いに協力し、この種の事故解明と機体改造に日夜努力していったのである。

未来の愛機との出合い

私は昭和十三年から十四年にかけて、航空母艦「蒼龍」で、九六艦戦を駆って中国南部方面の作戦に参加していたが、その頃から、次の戦闘機は三菱が試作している十二試艦戦で、従来に見られない画期的なものであると、噂ながらに聞いていた。そして昭和十四年十二月、横須賀航空隊に転勤してきて、はじめて十二試艦戦一号機（のちの零戦）を眼前にしたのだった。それは見るからにスマートで、これまでの九五艦戦、九六艦戦に比較していちだんと大型化し、魅力的であったが、噂をきく限り、あまりにもトラブルが多過ぎるとして、搭乗員や整備員から敬遠されていた。

ところが翌十五年三月になってから、にわかに試験飛行がはじめられることになった。当時、華中方面の戦局はとみに逼迫《ひっぱく》しており、わが海軍の中攻隊が重慶方面を攻撃するたびに、何機かの犠牲を出しており、ときにはわが前進基地である漢口基地さえ爆撃されるしまつで、そのつど大きな損害をこうむっていた。そこで戦地からは毎日のように、早く新鋭機を送り出すよう、火の出るような要求がなされていたのである。

先日、整備員の手によって拭き清められた一号機は、列線の最前列で、整備の神様とまで信頼されていた佐々木上整曹の手によって試運転がはじめられた。九六戦と並べられた一号機はひとまわり大きく、魅力的で頼もしさを感じさせた。

まず最初に下川萬兵衛大尉が飛び上がった。みな、この珍しい試作機には注目していた。滑走距離は若干長いようだが、横空の短い滑走路でも十分である。速力が速いので、たちまち鷹取山の向こうに隠れてしまう。地上で見ている限り、脚の収納、爆音など上々のようである。やがて試飛行を終えて降りてきた下川大尉は、微笑を浮かべていたが、いまひとつ顔色が冴えない。次は岩城空曹長、東山兵曹、そしていよいよ私に順番が回ってきた。

操縦席に座った私は、操縦装置を動かしながら座席内の諸計器を目で一巡し、入念に試運転を行った。新鋭機の一号機であり、初の単独飛行のような緊張を覚えた。「さあ

マスバランスの不良により、墜落した12試艦戦の２号機。この事故によって奥山工手は絶命した。四散した部品は集められ、徹底した事故の究明が行われた。

未来の愛機となる12試艦戦の前で横空搭乗員の面々。左から羽切一空曹、岩本二空曹、大石二空曹、横山二空曹。

離陸だ」エンジン全開と同時にグングン速力を増し、やがて、ぐうんと浮かび上がった。脚の引き込み把柄を操作する間もなく、速度計は一〇〇ノット（一八五キロ／時）を指す。快適なスピード感である。

高度四〇〇〇メートルまで所要時間四分余、さすがに九六戦より速い。だが依然として感じられる振動が気にかかった。今日は慣熟飛行が目的であるので、上空を二、三回まわって着陸姿勢に入った。脚の出具合が心配になったが、表示灯も順序よく点滅し、確実に降りたと見え、地上からは異常を示すような信号もない。着陸コースに入り、飛行場端を越えるあたりでスロットル全閉、満点の着陸だ。風速は弱かったが、なお前方に余裕を残して止まった。

初めて一号機に乗ってみた私の感想は、まず離陸と同時に脚を収納すると、めきめき速力を増し、上昇力も抜群で、これは速いなあと思った。高度をとってからの上下や左右の運動にも安定性があり、座席が広くゆったりしている。それに風防をかぶるので、中は静かで風圧もなく、乗り心地は抜群で、九五戦、九六戦など遠く及ばない。心配された着陸も、私には易しく感じられた。

飛行作業が終わると、その日の実験の経過と結果を十〜十五分ぐらいで簡単に書いた。単機の実験なら、自分が空中で書き取ったメモを正確に書き入れ、最後に自分の感想を書いて終わったが、空戦実験のように二人以上相手のある場合は、双方の意見を統一するのに若干時間を要した。ときどき指揮所会議室に集まり、整備責任者をまじえ、おそくまで討論した。問題点によっては、空技廠の専門技師を呼んで意見聴取することもあった。

ひととおり慣熟飛行の終わったところで、次からは、いよいよ実用実験飛行である。さし当たりの対照機は九六戦であり、上昇力、最高速力などは何回かの実験記録で優劣がはっきりしているが、空戦性能や射撃兵器の威力などはまだ未知で、これからの実験に待つほかはなかった。

まず空戦性能であるが、一対一の単機空戦で、あらかじめ定められた高度と速度を厳守し、反航接敵で同じ条件より立ち上がり、巴《ともえ》戦の〝垂直旋回〟や〝宙返り〟に入ってゆく。何回か旋回するうちに優劣がつくが、操縦員の体力と技量のありったけを出しきってとことんまで戦う。これが戦闘機乗りの攻撃精神であると考えていた。

帰ってきて、こんどは同じ操縦員がそれぞれ相手の飛行機に乗り、何回も単機空戦がくり返し実施されていった。初めのうちは双方互角か、垂直面〝宙返り〟戦法で、わずかに十二試艦戦が優位であるという評価であったが、回数をかさね十二試艦戦を乗りこなせるようになると、その見方も次第に変わっていった。しかしその結果を待つまえに、華中方面に進出することになったのである。

空戦実験は双方おなじような技量でなければ、正しい結論は出せない。かりにA操縦員がBより技量がすぐれていて、どちらの機を操縦しても優位に立つというなら、正常な実験にはならない。横須賀戦闘機隊には、いつも優秀な操縦員を配置しており、新型機のテストをはじめ、新兵器の開発実験などが行われていたが、その結論は即、指導要領として母艦や全航空隊に配布された。

次は射撃実験である。従来の九五戦、九六戦には七・七ミリ機銃二挺しか搭載されていなかったが、試作機には初めて二〇ミリ機銃が両翼に一挺ずつ搭載されており、片銃五十五発の弾倉をつけて、毎日のように相模灘上空で射撃実験が行われた。二〇ミリの発射音は一段と大きく、鼓膜にひびき、同時に長く尾をひく曳跟《えいこん》弾の流れを見ただけで、その威力が想像できた。七・七ミリなら曳的機に吹き流しを引かせて射撃訓練をかねての実験もできたが、二〇ミリになると誤発などによる危険度も高いので、洋上で発射するだけの実験しかできなかった。初めのうちは故障も多く、とくにプラスGをかけるとさらに故障が続出した。

戦闘機が敵機とわたり合う空戦ともなれば、かならずGをかけての空戦になるので、この種の故障については、漢口進出直前まで対策が講じられたが、なお不安要因として持ちこされた。

燃料の消費量は日常の実験や訓練であらかじめ目安はついたが、巡航速力の燃費は、時間をかけて遠方まで飛ばなければ測定できない。

無線電話の実験は、たんなる連絡用語なら、かなり遠方でも聞きとれたが、ちょっとした用語や単語になると、基地上空でも聞きとれなかった。私がいまでも記憶にあるのは、燃費をかねた電話実験飛行で、広島県福山市上空で横空と連絡のとれたのが、当時、横空戦闘機隊としては最長距離だったと思う。

燃料消費試験は巡航速力一二〇〜一三〇ノット（約二二〇〜二四〇キロ／時）、計器高度四〇〇〇メートル（一一型エンジンの標準）と定められていたので、あとはAC（発動機に入るガソリンと空気の混合ガスの調整弁）の調整とプロペラピッチ（ロー、ハイ）の調整により、回転数を最高二五〇〇／分を一八〇〇〜一七〇〇回転まで落としてガソリンの節約をはかった。

燃料タンクは増槽（胴体の下にかかえた補助タンク）に三三〇リットルで、翼内槽、胴体槽で約四五〇リットルだったので、巡航速度の消費量は毎時八五〜八六リットルとすると増槽だけでも三時間半以上飛ぶことができた。敵発見で増槽を落とし、残る四五〇リットルのうち、空戦時間三十分として約一五〇リットル消費し、さらに残量の三〇〇リットルで帰りの燃料をまかなうとすれば、零戦一一型の燃料消費と長距離空襲の限度が算出できるが、そんな長距離実験を行う時間的余裕はなかった。

第3章　はばたく零戦

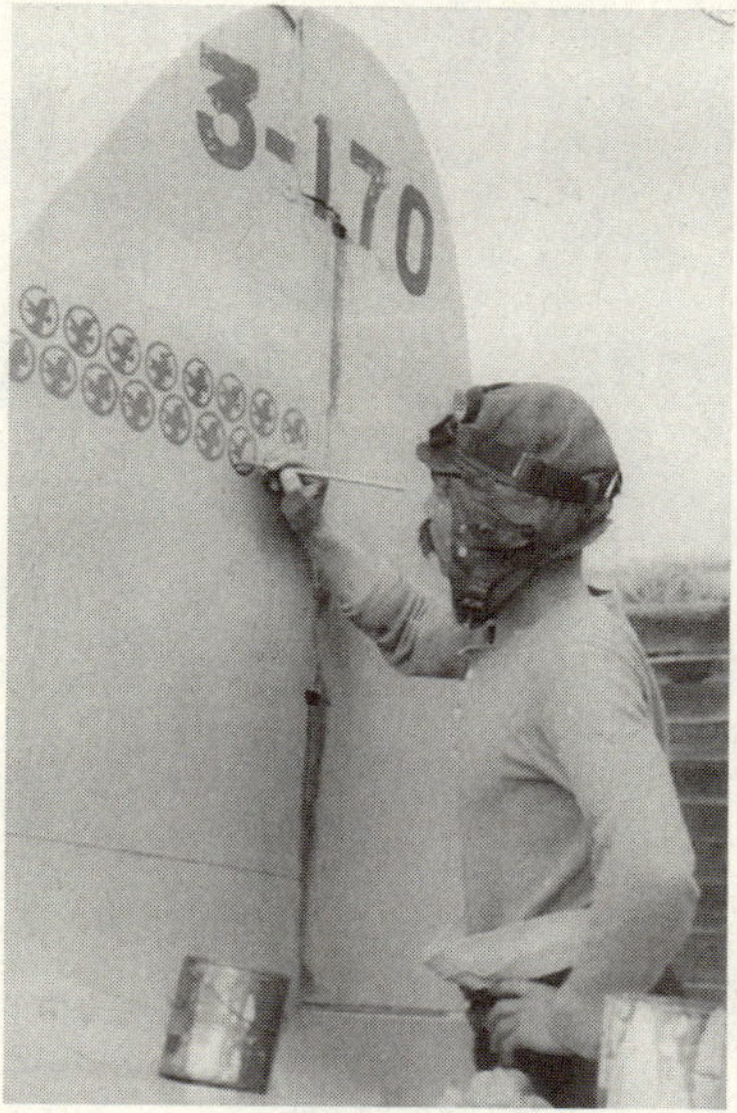

昭和16年4月、12空時代。愛機に撃墜マークを描き込む。

十二試艦戦、勇躍壮途へ

昭和十五年（一九四〇年）六月末、突然、横山保大尉が横空へ転勤してこられた。再会するなり私は「何分隊長ですか？」と尋ねたが、微笑しながらあいまいな返事である。そのうちに誰いうとなく、現在実験中の十二試艦戦を一個中隊編成して、できるだけ早く華中方面に進出するという話がひろまり、それは間もなく現実となって、その指揮官が横山大尉と決まった。搭乗員も、整備員もわれさきに戦地行きを志望した。

七月に入ると空技廠から送られてくる機数も急速にふえてきて、ほかの試験飛行は棚上げされ、実験の主力がこの試作機に向けられた。間もなく戦地行きの搭乗員が発表された。分隊長・横山保大尉、分隊士・白根斐夫《あやお》中尉、同・東山市郎曹長、下士官・兵では私が一番先任で大石英男、中瀬正幸、三上一禧、平本政治、有田位紀空曹などの十二名で、横空の主力ともいうべき優秀組が第十二航空隊付を命じられた。

まず第一陣は横山大尉の指揮する六機で、昭和十五年七月十五日の早朝、搭乗員、整備員など関係者の見送りのうちに横空を飛び立っていった。

その頃私は周囲の勧めにより、縁あって遠縁に当たる文子と婚約した。三月の吉日、田舎から両家の母親たちが同伴で来横し、家財道具を整えながら二、三日横須賀を見物して帰郷した。当時、私の従姉の嫁ぎ先が逸見吉倉にあり、志村家はこの辺りの旧家で主家も広く、二階の二間を開放し、いつも海軍の兵隊数人が下宿していた。私も海兵団入団以来、志村家を下宿としていろいろご厄介になりながら懇親を深めていた。屋敷周りも広く、敷地内に四、五軒の貸家を持っていたが、この頃あいにく空家がなく、上り道の途中に適当な借家を手配してくれたので、当分ここを新居としていた。私が留守がちであっても、志村家の近所にいたので何かと安心で、いつも身軽に転勤することができた。

先発隊を出してからあとの六機がなかなかまとまらず、前進基地はもとより、われわれもやきもきしていたが、八月に入りようやく整備も完了し、漢口進出は八月十二日と決まった。空輸指揮官は下川萬兵衛大尉で、私は二小隊長と発表された。列機は有田、平本二空曹で、十二試艦戦の操縦には慣れていたので安心できた。

前夜、期待と興奮で熟睡もできぬまま朝を迎えた。私は天候不良を気づかいながら、しばし妻との別れを惜しんで帰隊した。飛行場では整備員の手によってすでに試運転を完了した六機が、精悍な機体を列線に並べていた。間もなく天候偵察機からの報告により、御前崎以西の天候は心配ないという。

下川大尉を先頭に搭乗員六名は、指揮所前で司令や飛行長から簡単な訓示を受け、午前八時、隊員の盛んな見送りを受けて飛び立った。当時の戦況からして、この試作機なら必ず期待に応えられる自信をもって壮途についた。高度四〇〇〇メートル、やがて眼下に故郷田子浦海岸の松並木や、学校や家並みが見えてくる。またいつの日に故郷の空を飛ぶことができようか——急に感傷的になり、いま一度ふり返って見た。途中、燃料補給のため大村航空隊に着陸の予定である。瀬戸内海を過ぎ、九州にさしかかる頃、にわかに積乱雲が発達し、着陸するや雷鳴を伴う大雨が滑走路をたたいた。この分では大村に一泊かも知れない、と思いながら指揮所に待機していた。

二時頃になると青空が見えはじめ、滑走路も離陸には支障がない。午後三時頃、晴れ間を見て漢口に向けて飛び上がった。途中、上海、南京基地の上空を大きく旋回して、そのまま漢口に向けて飛行したが、飛行場に着いたときは午後八時近くで、夏の日もすでに暮れ、夕闇をついての着陸となったのであった。

一日にして横空から大村、そして一挙に漢口まで翔破したことは、当時、世界的にも画期的なことであった。皆、はじめて経験する長距離飛行でもあり、可能な限り燃料の節約を考え、高度に応じてACレバーを操作、エンジンの回転も一八〇〇回転以下に落とした。また大村空離陸と同時に増槽に切り換え、漢口直前で翼内槽に切り換えたので、燃料もほとんど残っていたはずである。この空輸の六機の燃料消費が予想外に少なく、それが、のちの奥地攻撃にきわめて貴重な参考資料となった。

漢口に進出して間もなく、この試作機は「零戦《れいせん》」と呼称されるようになったが、昭和十五年八月から終戦までの五年間、艦上・陸上戦闘機として、いくどかの改良を加えられ、いくたの変遷をへて、一一型から五二型、六三型になったのであるが、初期の一一型はエンジン馬力も小さかったので、燃費も少なく、航続距離も一番長かったのである。

その翌日から飛行場周辺の慣熟飛行をかねて、未解決の二、三の点について実験飛行がすすめられた。エンジンの振動は半減したが、残りは零戦固有のものと結論づけられた。そのほか、プラスGをかけると起こる脚の突出や、二〇ミリ機銃の故障なども、整備員、兵器員の献身的な努力により、しだいに解消されていった。

零戦の初陣

いよいよ昭和十五年八月十五日、第一次重慶空襲の日はやってきた。飛行機隊編成は中攻隊五十四機、これを掩護する零戦隊十二機で、私は一小隊二番機であった。前進基地の宜昌で燃料補給、宜昌上空で中攻隊と合同、一路重慶に向かって驀進《ばくしん》した。偵察機

雲上を大陸奥地に向けて進撃する12空の零戦11型（このころの呼称は零式1号戦1型）。中国戦闘機は来襲を知ると逃げ去った。

12試艦戦で漢口に進出した下士官搭乗員。前列左から上平二空曹、大石二空曹、羽切一空曹、中瀬一空曹、有田三空曹。後列左から広瀬一空、平本三空曹、三上三空曹、野沢一空。平本、三上両兵曹は零戦による初回の、大石、羽切、中瀬、有田の4兵曹は2回目の空戦経験者。

の敵情報告によると、重慶方面には敵戦闘機三十〜四十機がいることを確認しており、数においては不足はない。あとはこの未知の零戦の優位性と搭乗員の技量で勝負は決まる。搭乗員の士気はいよいよ旺盛で、やがて火を噴くであろうこの二〇ミリ機銃の威力に心を躍らせながら、延々長蛇の如く見える揚子江が断雲に遮られ、ともすれば見え隠れするこの唯一の目標に十分注意しながら、西進すること約一時間四十分、早くも重慶上空に到着する。ところが意外にも敵機はまったく認められない。しかし油断は禁物、なおも注意深く索敵を続けたが、ついに敵機を発見することはできなかった。見敵必墜の激しい攻撃精神も相手がいなければ発揮することはできない。すでにわが零戦の威力を知り、そしてこの日の進撃をキャッチして、いち早く重慶から後退してしまったのだろう。いままで襲いかかっていた中攻隊にも攻撃をしかけてこない。すっかり敵に裏をかかれてしまったのだ。

続いて零戦隊は八月二十日、こんどは進藤三郎大尉の指揮下に、中攻隊の間接掩護をかねて重慶上空に進出したが、この日も敵をとらえることはできなかった。しかしこの二回の攻撃の戦訓によって、長距離飛行の信頼性と燃料消費に対する自信がつき、その後の戦闘で戦果をあげる素因となったことは有り難かった。

それからしばらく天候にはばまれていた奥地攻撃が、九月十二日に再開された。この日は横山大尉指揮で、横空から進出してきたメンバーで第一回目とまったく同じであった。しかし重慶にまたも敵影を見ることなく、低空に下がり石馬州飛行場の建物に銃撃を敢行して、これを炎上させた。零戦の地上銃撃はこれが最初であり、二〇ミリ機銃の威力を知ったが、この日も報告すべき戦果はなかった。

そこでわれわれは、いかに敵を捕捉するかを研究した。これまでの状況から判断すると、敵はわれわれが重慶に到着する直前に、全機離陸して避退し、われわれが引き返した頃、ふたたび重慶に現れるものと思われる。それならば敵の裏をかくことが捕捉の最上の手段だという結論が出た。

翌十三日には進藤大尉の率いる十三機の零戦隊が、心中に最後の戦法を秘めて漢口基地を飛び立っていった。中攻隊の攻撃を掩護し、攻撃終了後帰途につくとみせかけ、零戦隊は反転した。まさかわれわれが反転して重慶に舞い戻るとは夢想もしなかった敵は姿を現し、満を持していた零戦の威力のまえに次々と撃墜されて、そのほとんどの二十七機を失ってしまったのである。わが方の被害は二機被弾のみで、九月十三日の魔の金曜日はまさに敵にとっての厄日であった。

第一次成都空襲

九月十三日の重慶空襲で敵はその戦闘機の主力を失い、わが方の連日にわたる空襲にすっかり意気消沈、前線基地の後退を余儀なくされた。その後、成都周辺に残存戦闘機約三十機が集結していることが、偵察機やその他の情報で判明した。そこでわが零戦隊は、成都方面の天候偵察を連日のように実施しながら、好機のいたるのを待っていた。

昭和十五年十月四日、攻撃命令がくだった。前日発表された搭乗員は指揮官・横山大尉以下、白根中尉、東山空曹長、羽切、中瀬、大石、有田の各空曹で、いずれも横空からきたベテラン組であった。重慶空襲で先を越されたわれわれは、必ずお返しすることを心中に誓っていた。前夜、東山空曹長を交え、私と大石、中瀬など四人で攻撃命令以外の秘策を練っていたのであった。

この頃のわが戦闘機の戦法は、目的地に着き、上空に敵なしと見るや、必ず低空に下がり、敵機または周辺陣地に向かって低空銃撃を加えるのが、常套手段であった。もし敵機や指揮所が銃撃によって炎上しない場合は、われわれ四機は強行着陸して徹底的にやっつけることを誓い、万が一地上で誰が転覆しようとも、必ず救助することを約束したのであった。

十月四日、いよいよ決戦敢行の日である。午前八時三十分に漢口を出発し、前進基地宜昌で燃料補給、十一時三十分、一路成都に向かって進撃した。いつものように陸上偵察機が誘導機として合同している。低空に雲が多く高度三五〇〇メートル、ほとんど地上は見えない。重慶を過ぎる頃から雲が切れはじめ、長蛇のごとき揚子江も見えてきた。

行く手はるか西方には無数の山々があり、一連の城壁のようにつらなり白銀に光っている。雪をいただいたヒマラヤ山系の一部であろうか、この山並みは長時間の雲上飛行、さらに空戦中の位置の確認、帰投針路についても格好の目標となる。まして、われわれにとっては初めてのコースなので、いっそう心強く感じた。

午後二時十五分頃、成都上空に突入した。視界は良好である。厳重に四周を警戒するが、敵の姿は見えない。空中に敵なしと見てか、指揮官機は急に降下をはじめた。そのとき私はふと左前下方に、敵らしい機影を発見、バンクをしながらこれに突進すると、まさにイ16である。距離約二〇〇メートルまで肉薄しながら、後上方から二〇ミリ機銃を一斉発射。見事に命中、敵機は火を吐いたと思うや、たちまち火災を起こして墜落していった（横山大尉はこの敵機の撃墜を見て絶賛した）。二〇ミリ機銃の威力をまざまざと見せた一撃であった。今日はこの調子ならだいぶ獲物にありつけるぞ、と思いながら、なお上空を旋回、索敵を続けたがもう敵機は見つからない。作戦どおり低空に降り、温江飛行場を偵察したが敵機は見えない。機首を転じて太平寺飛行場に突入した。

低空に降りて見ると、地上にはいるわいるわ、引き込み線に隠してあるが囮《おとり》機とは完全に区別できる実用機が、つぎつぎと発見された。一番機の合図とともに編隊を解き、各自それぞれの目標に向かって銃撃に入っていった。二撃、三撃、みるみるうちに、あちこちから火の手が上がり、飛行場周辺はたちまち火の海となってしまった。

ふと見ると零戦が一機着陸しているではないか。遅れてはならじと私も銃撃をやめてすぐ着陸姿勢に入り、飛行場のど真ん中目がけて降りていった。すでに二機が着陸している。もうもうたる黒煙が行く手をさえぎる。ガクンと主輪が地上にあたる。敵中着陸だ——全身がぶるぶるっとふるえるような興奮、私は敵の銃撃を十分警戒しながら、引き込み線に向かって脱兎の如く走っていった。炎上する敵機からの火の粉があたり一面に落ちてくる。むんむんする熱気が飛行服を通して肌に感じられる。ようやく引き込み線にたどり着いたが、無傷の飛行機はすべて、巧みに偽装した囮機である。こんなところで犬死にしたくない、早く避退しなければと、やおら立ち上がって愛機めがけて全力疾走した。無数の機銃弾が耳をかすめて通る。ようやく座席に駆け込んだときは、すでに僚機の姿は見えなかった。

一番遅く飛び上がり、心に焦りを感じながら打ち合わせの集合場所へ急いだ。高度三〇〇〇メートル、ようやく三機編隊を発見してそのあとを追っていった。近づいてみると三機とも脚を出している。変だなと自分の目を疑いながら、さらに近づいて見て驚いた。三機とも敵機のイ16である。

瞬間、一対三の劣勢ではと躊躇《ちゅうちょ》したが、さいわい敵機は私に気づいていない。後下方から二番機に狙いを定め、できる限り接近、距離約五〇メートルで発射把柄《レバー》を握った。全弾命中したと思った瞬間、敵機は急に左に傾斜しつつ落ちていった。

不意をうたれたあとの二機は、左右に分かれて全力疾走してゆく、その一番機をとらえピッタリと後下方につき追尾した。敵は全力で一目散に逃げるだけ、二撃、三撃と連続射撃、四撃目にしてようやく敵機は田圃《たんぼ》の中に水しぶきを上げて墜落した。

やれやれと機首を反転、帰路についたが、あたりに僚機が見えるはずはない。急に不安がこみ上げてくる。執念のあまり空戦の鉄則を破り、燃料ぎりぎりまで深追いしていたのだ。すでにわずかな弾丸しか残っていない。攻撃力を失った零戦一機が、大陸の果てしない大空にとり残されたのだ。白雪を頂く山々を背後に、さらに見張りを厳重にしながら、一路雲上を宜昌に向かって飛び続けた。やがてはるか前方に雲間を発見、わずかな空間に割り込むように入っていった。その瞬間、私の目に白く長くくねった一本の帯が飛び込んできた。「あっ、揚子江だ」急に安心感が湧いてくる。敵機との空戦、地上銃撃、敵前着陸など、さっきの出来事が次々と浮かび出て、いつしか心配は満足感に変わった。私は僚機より大分遅れ、一番最後に宜昌に無事着陸したのであった。

宜昌で燃料補給ののち、宵やみをついて漢口に帰投。あらかじめ宜昌から戦果を打電したので、指揮所前は出迎えの人々で黒山であった。

長谷川喜一司令に対し横山大尉の戦果の報告は、

空中戦による撃墜　六機

地上での炎上　十九機

大破せしもの　　　　十機

合計三十五機で、わが方の被害零というものであった。

当時、読売新聞の特派記者は次のように伝えている。

「勝利の陰には常にたくましい魂が躍動している。わが海軍の奥地攻撃は、めざす重慶奥地攻撃だけでも本年初頭以来すでに四十六回、その衛星的都市を加えれば爆撃回数、数百回をこえる。海鷲が生む超人的神業の前に、今や敵はあえぎにあえいでいるのだ。わが海鷲のこの偉勲こそは、ただに世界空戦史の一頁を、戦闘精神でいろどるのみならず、国民精神作興の上に無限の教訓をもたらすであろう。その海鷲の奮闘の中でも、ひときわ血をわかせた阿修羅戦法は、十月四日わが戦闘機隊が、世界の遠距離記録を打ちたてたこと、さらに長駆、成都を奇襲し、豪胆にも敵飛行場に着陸、唖然たる敵兵を尻目に、マッチをもって敵機を潰滅した破天荒の快挙である。

しかも戦闘機単独でこの長距離を進撃し、この戦果を挙げたことは、まさに空前絶後というべく、全世界をあげて今さらに、わが海鷲の豪勇無双ぶりに讃嘆の叫びをあげさせたものであった。記者は基地での一夜、この武勲の空中戦士と座談した――。（後略）」

記者は小谷松特派員で、私ども搭乗員室での座談の一節である。

大相撲、漢口に来る

　搭乗員室には内地からの慰問袋も潤沢《じゅんたく》に配給され、私の部屋は嗜好品も豊富にあった。久しぶりの祝勝杯は夜半まで続き、明くる朝は昨日の空戦の疲れもあり、総員起こしの号笛もききとれず、番兵に起こされた。

　十月五日、六日は土曜、日曜日で搭乗員にも半舷外出が許可された。漢口の街には一カ月も前から、「大相撲双葉山一行来《きた》る」のビラが街角の各所に張り出されていた。漢口周辺基地からは連日続々と兵隊が見物に集まってきた。相撲にアルコールはつきもので、漢口の街は兵隊でごった返し、急に活気があふれてきた。

　五日の土曜日は三日間の初日とあって、われ先にと会場に殺到した。飛行場から漢口神社まで五キロもあったであろうか、いつの外出でも街の入り口まではトラックで送ってくれた。ここから漢口神社まで歩いても僅かであったが、派手にヤンチョ（人力車）を連らねて会場に乗り込んだ。すでに神社の境内は黒山の人だかりであったが、人垣を分けてようやく前席に座り込んだ。周囲は陸軍の兵隊が多く、海軍の兵隊と一般人は少なく、あちらこちらに散らばっていた。取り組が進むにつれ人気力士が次々に登場する。郷土力士が土俵に上がると方々から大声が挙がる。戦地でもこの日は無礼講とばかり酒を酌み交わしての声援である。

結びの一番は双葉山、安芸の海、両横綱の対決で、ひときわ高い拍手が続いた。この頃は年二回の興行で、大相撲を間近に見ることは少なかった。双葉山七十連勝ならず、安芸の海に負けた勝負は内地で聞いていた。しかし勝負はあっさり双葉山に軍配が上がった。

大相撲の人気は漢口でも大したもので、連日超満員、激しい空中戦を演じた翌日でもあり、好きな相撲を堪能した半日はまるで夢のようであった。双葉山、安芸の海、両横綱時代を思い出させる漢口巡業は、いまなお印象に残っている。

名犬ジロー

昭和十五年八月、横空から零戦の進出といっしょに、十人の搭乗員が第十二航空隊付を命ぜられ、これと入れ代わりに十二空から古い搭乗員が内地に転勤していった。その際のいくつかの申し継ぎ事項の中に、ジローの引き継ぎも含まれていた。

ジローはシェパードの三歳雄犬で、昭和十三年の武漢三鎮の激しい攻防戦で飼い主と離別したところを、日本兵の誰かに救われた。つまり、十二空搭乗員に可愛がられ飼われていたのである。おとなしく兵隊によく慣れていて、誰からも可愛がられ、食事どきはみんなで残飯を投げて与えたが、なかでも犬の好きな大石君は、自分は少々ひもじい思いをしても、ジローに好物の肉を与えたり、牛乳を飲ませたりしてやった。可愛がる大石君に次第に媚び諂《へつら》うようになり、ある日横山隊長がこんな光景を見て、大石君を犬係に命じた。冗談にも受け取れたが、いつしか公認となり、自他ともに犬係として認め、ますますよい方向に発展していったのである。

しばらくすると立派な犬小屋が建てられ、食事も別に一人分の配給を受け、搭乗員のマスコット的存在になっていった。ジローはシェパード犬にしては図抜けて利口な犬で、人の言うことも大抵は理解し、行動に移せた。

やがて次第に大石君になれ過ぎ、彼以外の者のいうことはきかず、自然に遠ざかるようになっていった。こうなるとみんないじめたり、蹴飛ばしたりしたくもなり、そんな場面をしばしば見る大石君は、自分が留守中ジローが心配でならない。前進基地の宜昌進出にも、こっそりジローを零戦に乗せて連れてゆくようになった。ジローに上空で何ごとかあってはと心配したのは、ほかならぬ横山隊長であった。そこで大石君曰く、上空でジローは酸素が吸えないので息切れが激しく、可哀想で、一時はどうなることかと心配でならなかった、と。地上に降りたジローは元気そのもので、休憩所や宿舎の周りをわがもの顔に駆け回っていた。

宜昌に一番乗りした日本兵の話では、入城したとき街には兵隊は一人もおらず、野犬に占拠された街のようであったという。それだけに野犬が多く、夜は何十匹となく徒党を組んで兵舎の周りをうろついていた。夜中に番兵が野犬に襲われ、噛みつかれることもたびたびで、みんな夜中に外の便所に行くのを恐がった。ジローはたまに追いかけられることもあったが、足が早いので傷つけられることはなかった。ジローは余程のことがない限り、吠えることはなかったが、いざ外敵となると徹底的に抗戦し、噛みつきもし、大声で吠え続けもした。

漢口の夏は暑く、落雀の候（屋根に止まった雀が焦げて落ちてくる）ともいわれるが、反対に冬は寒く、雪も多いときは一〇センチぐらいも積もった。

二月のある雪の朝、飛行場に着いてみるとあたりは一面の銀世界、突然整備員が野兎が出たと騒ぎはじめた。いち早くこれを見つけたジローは、トラックの上から飛び降りるなり、野兎めがけて一目散に飛んでいった。みんなどうなることかと固唾《かたず》をのんで見ていたが、あと一歩のところで及ばず取り逃がしてしまう。兎は一歩で五、六メートルも空を舞った。自由自在に角度を変えて逃げる様は、まさに一羽二羽と呼ぶ鳥獣であり、足は早いが大曲線を描いての追跡はあと一歩及ばない。

これを見て飛行場周辺のあちこちから兵隊が出て、大きく包囲してしまった。逃げる兎も必死だが、ジローもこの餌物を逃がさじとなおも追い続ける。包囲網は徐々に縮まっていく。白一色の雪化粧に一段と映えるこの二匹の大格闘は、天候に災いされ戦争から遠ざかっている兵隊には、適度な刺激であり、ヤンヤのはしゃぎようであった。力尽きた兎は、ジローの牙にひと嚙みされ、最後は簡単にけりがついた。夕食はジローのおすそ分けでもないが、兎汁に舌つづみを打ちながら、搭乗員室は夜半まで賑わった。

湖畔の鴨猟

漢口に来て一番先に目についたのは、鳥が真っ白くて豚が真っ黒いことであった。秋も深まり焚き火が欲しくなる頃、急に空が薄暗くなるほどのイナゴの来襲には驚かされた。漢口付近は平坦地で、揚子江を挟んで鄱陽湖をはじめ、いくつかの湖水が点在していた。冬も過ぎ春ともなると鴨の大群が飛びかい、艦爆や艦攻の複葉機が上空でこの大群と衝突し、上下翼をつなぐピアノ線にその残骸を残して着陸することもあり、墜落という大惨事は起こらないまでも、ピアノ線がガタガタになり、上下翼のバランスを崩し、整備のやり直しなどは珍しくなかった。

零戦の整備では、誰よりも信頼されていた斎藤上整曹は私の同年兵で、しかも横空から選抜されてきた同志でもあった。彼はある日、搭乗員室へきて「昨日こっそり鴨猟に行って二、三羽射止めてきたので、今夜久しぶりに一杯やろうぜ。君の部屋には酒があるだろう」「先任搭乗員室だもの、酒にはいつも不自由していないさ」。話は即座に一決した。

第十二航空隊の宿舎は元監獄部屋で、飛行場から自動車で五、六分。冬は寒く、夏は暑く、夜通し扇風機を回していなければ眠れなかった。周辺には民家はなく広い畑が連なっていて、春から夏にかけて野菜は豊富で不自由はしない。戦地のすき焼はまた格別で、鴨料理とあってはたまらない。私の部屋は三人部屋であったが、たちまち搭、整混合軍の酒場となってしまう。酒が入れば酔うほどに話もはずみ、軍歌も出たが、夜中まで騒いでも注意する者もなく、番兵は見て見ぬふりをしていた。

それからしばらくして斎藤君が鴨猟に行ってくるからといってきた。何で撃つか、と聞くと「拳銃で十分撃ち落とせる」という。搭乗員室から拳銃三挺を用意し、同時に僕も連れて行けときかなかった。彼も私のいうことは断りきれない。燃料自動車の運転手を加え三人で行くことになった。出がけに斎藤君曰く、拳銃の弾を装塡しては危いから弾は出して歩けという。変だなと思ったが、近くまで行ってから装塡すればよいので彼の言葉に従った。

午後の太陽が相当西へ傾いてから、飛行場の裏口からこっそり抜け出した。三人とも拳銃を腰に下げていた。自動車は広い道路から、やがて農道に入り、狭い道路を北へ北へと湖に向かって走っていった。やがて三十分も走ったであろうか、突然この辺でよかろうと、自動車を止めてUターンした。そこは片田舎の農村部落であった。彼は車を降りるなり一目散に飛んで行く。何が何だかわからないまま私もあとを追っていった。

このあわただしさに、あたりにいた無数の鶏や家鴨《あひる》がガアガア、コッコッと四方に逃げ出した。飼い主であろう主婦たちが止めるのをいっさい構わず二、三匹ずつ手で捕えて、手早く自動車の座席の下に隠してしまった。彼はそれからおもむろに農婦たちの前に立ちはだかり、何やら訳のわからない中国語「チンピョウタタデ申上……々々」当時十銭の軍票をひとつかみ彼女に渡す。札がシワクシャでなかなか勘定がはかどらない。手間をかけるのはこちらの作戦で、故意にシワクシャの札を渡し、自動車も帰りの方向に向けてある。あとから「シーサン（先生）、シーサン」と追ってくるが、彼は農婦の手を振り払って座席に飛び乗った。すでに運転手はエンジンをかけて待っている。カイカイデー（快々的）出発である。

あとで彼に代金をいくら支払ったか聞くまでもなく、十銭の札ひとつかみでは、何倍かの収穫であったことには違いない。

飛行場へ帰るなり、人目につかない防空壕の中でさっそく解体作業である。まず毛抜き作業で、家鴨の首を二、三回ひねって片手にぶら下げ、おもむろに毛を抜くのであった。ようやく赤肌になったので、どうれ次の獲物にと、手を離すと、死んだはずなのに急に息を吹き返し、防空壕狭しとガアガア飛び回るのであった。私はもちろん初めての経験であり、この無残な光景を見てうんざりし、二度と鴨を買いに行く気にはなれなかった。しかし拳銃で鴨猟とは、まんまと乗せられたが、粗食がちな戦地で、擬鴨のすき焼はたまらなく美味しく、搭乗員室一番の人気料理でもあり、斎藤君のお手前料理はなおしばらく続いた。

驢馬と騎兵

昭和十六年春先の天候の晴れるのを待ち、連日奥地進行を企てた零戦隊は数日間、宜昌に滞在することになり、身のまわり品や搭乗員食（嗜好品）も、こと欠かないよう十分用意して出発していった。

先発の整備員や兵器員は数日前に現地に到着し、飛行機の引き込み線の建設、指揮所や宿舎まで用意万端整えて待っていた。一緒に進出した兵器員の中に、二〇ミリ機銃の権威者ともいわれた上等兵曹池田正君（茨城県出身）は、これまた私と同年兵で、機銃のことでは何かとお世話になっていた。

宜昌に着陸するなり、待ちかまえたように私のところに来て、現在宜昌に駐屯している騎兵部隊は茨城県〇〇部隊だという。その中隊長が池田兵曹の友人で、昨日波止場で偶然にも彼と会い、いろいろ話もはずんだという。

「ついては羽切君、君のところにお酒があるか」と聞くから「当分は不自由しないよ」

と答えた。すると、友人の騎兵部隊には肉は豊富にあるがアルコールが不足しているので、と物々交換を申し込んできた。こちらにとっては結構な話なので、即座に了承して清酒三本を彼に渡してやった。久しぶりに肉料理で一杯やれるとあって、みんな楽しみに待っていた。

池田君のことだから必ずと信頼していたが、なかなか帰らない。あたりが薄暗くなる頃ようやく到着である。遠くの方から「池田、ただ今帰ったぞ」と大声だ。いっせいに外に飛び出してみると、彼は小さな驢馬《ろば》にまたがってテクテクやって来たが、肉などひとかけらも持っていない。「どうした」と尋ねると「これだよ、これ」と驢馬の尻をたたいて見せる。おもむろに交渉過程をきいてみると、相手は騎兵部隊で馬がいなければ戦はできないし、唯一の武器であるので、馬の一種を殺すことは縁起でもない。ぜひ航空隊で処理してくれという。誰かやるか、といったが誰一人返事をするものはいない。われわれ搭乗員も、乗りものや生きものを殺すことは縁起でもないという結論で、驢馬は宿舎の前につないだまま一夜を明かした。

その翌日から交互に宿舎の周りを乗り回し、馬術の練習とあいなったしだいで、ろくに餌も与えずヒンヒン啼くさまは見るに忍びず、再び池田君をして騎兵隊帰りと相なったのである。

以上戦地生活の思い出三件をご披露に及んだが、宿舎は監獄部屋でもあり、異性とて一人もいない殺伐とした日常生活に、やはり欠かせないのは酒（アルコール）であったように思う。いつまでも忘れず、思い出すたびに戦友の顔が偲ばれ、懐しく思う昨今である。

第二次成都空襲

長らく天候に阻まれていたが、天候偵察機の行動により、成都周辺の飛行場には戦闘機、爆撃機など、四十〜五十機が集結しているとの情報により、急遽《きゅうきょ》昭和十五年十二月三十日の第二次成都空襲が決定した。

参加機数は零戦十一機で、指揮官・横山大尉、私はその二小隊長であった。零戦隊は早朝に漢口を出発し、宜昌で燃料の補給を終え、先行している偵察機の情報を待った。その間、艦攻隊は宜昌対岸の野砲陣地を攻撃し制圧していた。

大河揚子江の川幅も宜昌で急に狭められ、ここから重慶にかけての山岳地帯は想像を絶する峻嶮地帯で、三峡の嶮と称されるところでもあり、谷あい深く流れも急で、昔から船頭多くして舟山へ登るとは、この宜昌峡を詠《うた》ったものである。

この頃敵は、わが零戦隊が奥地から帰投し、宜昌に着陸するのを見て、対岸から野砲弾を撃ち込んできた。燃料補給ももどかしく、中途で補給をやめ、われ先にと離陸し、三々五々漢口に帰るということもあって、宜昌対岸の野砲陣地は要警戒地域で、ときには零戦の地上銃撃による制圧もとられたのであった。

つい数日前、光増政之一空曹（五期乙飛）小隊が、宜昌対岸の制圧任務をもって漢口から遠征し、偶然にも宜昌上空で、たまたま来襲してきた敵エスベー爆撃機三機を発見し、見事に全機を撃墜して一躍有名になったのも、この頃であった。

間もなく偵察機より、成都周辺視界三〇海里（五五キロ）、低空ミスト濃しの情報により、午前十一時に宜昌を発進、一路成都に向かって西進した。午後一時ようやく成都上空に突入、見張りを厳重に索敵するも上空に敵影を見ず。一小隊から漸次降下していった。ミストが濃いので、ややもすれば僚機を見失いがちとなり、味方同士の衝突にも警戒を要した。

まず鳳凰山の飛行場に大型、小型二、三機を発見し、ただちに銃撃に入り、たちまち全機炎上させた。このあとわが小隊は、双流飛行場周辺に巧みに隠蔽する小型機多数を発見、ただちに銃撃に入っていった。わずか二、三撃で全機炎上、黒煙は飛行場周辺を覆い、以後の銃撃はますます危険をともない、列機の終わるのを待って、次の目標である太平寺飛行場に向かった。すでに先行した三小隊が銃撃中で、方々から敵機の炎上が望見された。

わが小隊は飛行場の反対側の引き込み線にある小型機少数を発見し、ただちに銃撃に入った。二〇ミリ機銃弾を撃ち尽くしたあとの七・七ミリ銃では、一撃必炎とはいかず、手こずったが、交互に何撃かでほとんどを炎上させた。

この頃から飛行場周辺の地上砲火も激しくなってきたが、重慶周辺の比ではなかった。やや天候に阻まれたが、成都周辺飛行場にあった敵機のほとんどを血祭りに上げ、意気揚々と引き揚げた。

復路も低空の視界は悪かったが、上空の雲は晴れ上がり、唯一の航行目標である揚子江もかすかに見え隠れしており、午後四時三十分頃、全機無事宜昌に着陸した。

戦果

炎上　爆撃機三機　小型機イ15、イ16　十五機

大破　小型機イ15、イ16　十一機

合計　二十九機

わが方の被害零であった。

第三次成都空襲

十二月三十日の第二次成都空襲では、周辺飛行場を次々と攻撃、敵機の大小二十九機

を炎上、または大破せしめるなど、重慶、成都周辺にいた敵機のほとんどを撃墜破し、華中奥地方面の蔣介石空軍に対し、壊滅的打撃を与えたのであった。
その後しばらく冬眠状態を続けていたが、敵の空軍はその間に蘭州方面から新鋭部隊を注入して、新たな戦力をととのえたようであった。わが方の偵察機や、その他の情報を総合すると、敵の戦力は次の通りであった。
戦闘機約六十機＝イ15、イ16、カーチス・ホーク
爆撃機約二十機＝主としてソ連製のエスベー
一方わが方も好機の到来を待っていたが、いよいよ昭和十六年三月十四日に決行することが決まった。
戦闘機隊編成
一中隊一小隊　横山保大尉　有田位紀二空曹
一中隊二小隊　羽切松雄一空曹　上平啓州二空曹
一中隊三小隊　大石英男一空曹　広瀬良雄一空
二中隊一小隊　蓮尾隆市中尉　伊藤純二郎二空曹
二中隊二小隊　山下小四郎空曹長　平本政治二空曹
二中隊三小隊　中瀬正幸一空曹　野沢三郎一空
十四日、早朝より出発していった神風偵察機（九八式陸上偵察機）からの敵情――

「成都上空快晴、低空ミスト濃し、双流飛行場、戦闘機二十機、大平寺飛行場、戦闘機約十機、三機離陸中、一機われに追尾す」との打電により、わが戦闘機隊は午前十一時、勇躍して成都に向けて宜昌を発進した。

約二時間後の午後一時十五分、翼をつらねて成都上空に突入したが、空中に敵機を認めず、やむなく目標を双流飛行場とし、低空に下りて引き込み線に巧みにかくしてある戦闘機数機を発見、ただちにこれを銃撃して全機を炎上させた。

あらかじめ決められた集合地点に向かって上昇中、高度七〇〇メートル付近で上空からわが小隊を狙って攻撃してくる敵戦闘機イ15数機を発見、急反転をもって避退し、ただちに空戦に入った。

劣勢からの空戦で、一時はどうなるかとキモを冷やしたが、反転しながら可能な限り高度をとるべく挽回をはかった。二、三度旋回しているうちに、たちまち態勢は逆転して、こちらが優位になってきた。こうなれば零戦の敵ではない。しかし敵機はどこから降ってくるか、しだいに数を増していき、彼我入り乱れての大空中戦となった。焼夷弾や曳跟弾が四方に炸裂し、火災を起こしながら、あるいは煙を引きながら落ちていくもの、山に激突するものもあり、しだいに敵機の数は減っていった。

わずか二十分たらずの激闘で勝敗は早くも決した。残ったのは零戦だけとなり、あちこちから三々五々集まってくる。わが小隊の二番機も定位置についた。午後四時三十分、私たちを最後に全機が無事宜昌に帰還した。

この日の戦果は撃墜が戦闘機十七機、地上での炎上四機、大破三機、計二十四機で、わが方の被害は被弾四機、搭乗員異状なしであった。この空戦で私は教訓として次のように記している。

わが零戦隊は空中に敵影なしとみるや、必ず高度を下げ、敵機を探しもとめて地上銃撃に入っていく。地上銃撃は正確で一発必中、次々と火災を起こし、飛行場はたちまち火の海となった。この日の敵は、わが零戦隊をいち早く察知して、あらかじめ安全空域に避退し、好機をとらえて優位から空戦をしかけてきた。敵は巧みに断雲を利用して、高高度から降るように零戦に襲いかかったが、それぞれ沈着に判断して劣位戦から立ち上がり、よく挽回し、寡をもって衆を制した——と。

この頃の零戦に対し、敵機イ15、イ16では空戦性能に大差があり、加えて搭乗員もこちらは優秀なツブぞろいで、技量に格段の差があったことは確かである。さらにこの頃、わが方は二機編成を採用していた。その理由は、長距離往復の飛行中、あるいは天候が急変した場合、偶然に敵機に遭遇したときなど、運動が非常に軽快ですぐに対応できるし、編隊空戦を会得するのに好都合であったからである。

五月以後、奥地の天候もようやく回復して、戦爆連合の大部隊の空襲が強行された。敵はそのつど戦力をととのえて反撃してきたが、零戦のまえには何らなすすべもなく、中国大陸の制空権は完全にわが方に帰したのであった。

零戦の奥地攻撃は数十回もくり返され、何百機もの敵を撃墜破しているが、わが方はといえば、五月二十日に成都上空で敵機の奇襲を受けて、木村英一一空曹（五期乙飛）の自爆未帰還一機を出しただけであった。

蔣介石搭乗機の攻撃

昭和十六年四月のある日、私は横山分隊長に呼ばれてひそかに次のような命令を受けた。

「敵の暗号電を解読すると、明日〇〇時頃、敵の蔣介石総統が重慶に前線視察にくるので、飛行場に着陸している輸送機を攻撃せよ」との命令であった。

重慶には白市駅飛行場、石馬州飛行場の二つがあったが、どちらとまではわからなかった。この頃の重慶付近の地上砲火は熾烈で、言語に絶するものがあり、戦闘機の空戦より脅威を感じていた。参加機は一番機・羽切一空曹、二番機・上平二空曹、三番機・野沢一空の三機と決まった。

翌日午前、ひそかに宜昌に進出し、出発の命令を待った。早朝の神風偵察機による重慶方面の天候は、雲量八、視界一〇海里、上空は快晴ということであった。

午後二時発進の命令をもって、宜昌を飛び立ち、一路重慶に向かって直進した。倍州付近までの天候は良好で、揚子江の流れもはっきり望見できた。人家のない山の尾根のところどころから、天高く一条の煙が上っているが、狼煙《のろし》でもあろうか……。倍州を過ぎた頃から、雲は次第に濃くなり、まったく地上は見えなくなってしまった。時間からして間もなく重慶の上空である。列機には単縦陣を命じ、自由に行動できる態勢となり、あちこち旋回しているうちにやや薄くなった雲間を発見した。

この辺で一か八か突っ込んで見なければと、とっさに決断してやや深い角度で降下していった。機はどんどん増速しているが一向に雲は切れない。列機を思いながらなるべく過速にならないよう配慮し、さらに降下を続けた。だんだん心はいら立ってくるが、引き返すこともできない。ままよ雲が切れるまでと高度計を見ながら、さらに降下する。重慶付近の山々は三〇〇メートルぐらいと思っていた。高度計が七〇〇メートルから五〇〇メートルになろうとしたとき、急に視界が広がり、地面が見えてきた。機を徐々に引き起こし、水平飛行になったときは、付近の山とすれすれである。真下は見慣れた重慶市街のようだが、そのうちにあたりは一面の地上砲火で、列機の確認の余裕もなかったが、どうやらついてきているらしい。

いかに危険でも、飛行場の偵察だけはしなければならない。飛行機が見え次第、射撃の準備はＯＫである。徹底的に低空飛行を敢行、わずか一〇メートル以下で、まず石馬州飛行場の真上を通過したが、お目当ての飛行機は見えない。続いて白市駅飛行場であるが、否応なく重慶市街の上空を通過しなければならない。重慶市街は何十回にも及んだわが中攻隊の猛爆により廃墟化している。その瓦礫の上を通過し、ようやく白市駅の飛行場である。猛烈な地上砲火はやむことなく続いたが、超低空を全速飛行なので、弾はほとんど後落していた。瞬間の通過を目を皿のようにして見張ったが、飛行機らしいものは見当たらなかった。あとは雲の切れ間など探す余裕はなく、そのまま雲の中に突っ込んだ。

ふと後ろを見ると、列機は一〇〇メートルぐらいの間隔で二機ともついていた。だが雲の中へ入ってしまえば、僚機は見えない。つとめて冷静になり、練習生当時教えられた計器飛行の針、玉、速力の原則を思い出しながら、雲中飛行を続けた。

時間にして五、六分、随分長く感じたが、ようやく雲上に出た。やれやれであるが、心配なのは列機である。雲上を旋回しながら待てども、なかなか出て来ない。そのうちにポスッと一機雲上に現れた。つづいて三番機も出てくるであろうと待つこと久しかったが、一向に出てこない。ますます心配になり、二番機を雲上に待たせ、単機でもう一度重慶に降りて見ようと雲間を探して突っ込もうとしていたとき、突然三番機が雲上に這《は》い上がってきた。

まずは良かったと、ほっと安堵の胸をなで下ろした。瞬時ではあったが、こんなに心配したことはなかった。雲上を帰投中、重大使命を課せられ、その任務を遂行することは当然であるが、それにしてもあの厚い雲を突っ切り、飛行場を偵察し、再び雲中に入り、出てくるまでの一番機の行動を反省しながら、何事もなくてよかったと、改めて神仏に感謝しながら、午後六時前、夕闇をついて無事漢口に帰還したのであった。

長谷川司令には、

一、重慶付近の天候は非常に悪かった。

一、白市駅、石馬州両飛行場には飛行機らしいものは見当たらなかった。

一、重慶付近の地上砲火は熾烈であった。

以上三点について詳しく報告をした。

後刻、反省を兼ねてこのときの強行偵察を列機から聞いて見ると、雲上に先に出てきたのが三番機の野沢一空で、二番機の上平一空曹は重慶上空の雲中飛行で操縦を誤り、錐もみ状態で落ちていき、山すれすれで水平飛行に戻したが、二度失敗、三度目にしてようやく雲上に出たという。あの場合、雲上で十五分から二十分の待機は、それはそれは長く感じられたが、若い搭乗員の雲中飛行の難しさを、改めて痛感させられたのであった。

後年（昭和十八年四月十八日）、山本五十六長官がブーゲンビル島前進基地視察の際、敵に暗号電報を解読され、Ｐ－38戦闘機の攻撃により撃墜されたが、その痛恨の戦死は、日本海軍にとって最大の不祥事となった。しかし、私ども重慶攻撃時と比較し、通信網に対する警戒や、解読技術の進歩など、格段の差があったと思うが、こと敵国の最高指揮官にかかわる重大性は同じである。私どもの場合は、司令から公に受けた命令ではなく、隊長からひそかにいわれた（秘密を守るため）命令で、当初から空中での撃墜ではなく、着陸している飛行機を攻撃せよというものであり、もし成功したとしても、それほど相手国のダメージとはならなかったと思うのである。

ふたたび漢口に暑い夏が訪れ、連日の奥地攻撃に搭乗員の疲労が重なり、誰もが痩せ細っていった。私は七月のある夜、急に腹痛を起こし、午前の診察時間が待ちきれず、早朝、医務室にころげ込むように飛び込んだ。診察の結果は過労による胃痙攣《いけいれん》で、しばらく休養するよう言い渡された。お粥《かゆ》もなかなか喉を通らない状態が続いたが、十日ほどの休養でようやく回復し、飛行機に乗れるようになった。しかし分隊長は私の健康を心配され、ひとまず内地に帰って静養するようにと、七月二十三日付で筑波海軍航空隊付を命じられた。

筑波海軍航空隊付、教員生活

　明日はいよいよ転勤の日である。今夜は私の送別会とあって、搭乗員室は久しぶりに賑わったが、私はまだ禁酒を言い渡されていた。思えば昨年（昭和十五年）八月からちょうど一年、十二航空隊の先任搭乗員として、よき隊長のもと、よき同志や部下を得て、何十回となく出撃し、そのつど大きな戦果を挙げ、何回もの感状を授与されたのである。酒は飲めなくとも一年間を想起し、慰めあうに十分な送別の宴であった。

　明くる日午前十一時発のダグラス輸送機第一便で、上海まで送られることになった。飛行場に行ってみると本田二空曹もいっしょの便で転勤となり、すでに指揮所に待機していた。今日は十二航空隊全員が見送りとあって、指揮所前には先輩後輩たちがいっぱいいた。一年間生死を共に戦ってきた搭乗員、わがままをいったがよく飛行機の面倒をみてくれた整備員、どの顔を見ても今日は一段と懐しく、感謝の気持ちが胸に迫る。司令、隊長から慇懃《いんぎん》な労《ねぎら》いと励ましの言葉をいただいて、機上の人となった。

　その興奮も覚めやらぬ間に、飛行機は無事上海公大《クンダ》基地に着陸した。飛行場には陸戦隊差し回しの小型トラックが迎えに来ていた。思い出深い上海の街中を走り、隊門を通過したところで降ろされた。衣嚢《いのう》を担いで先任伍長室に案内される。出て来た下士官を見ると、小柄だがチョビ髭をおき、善行章五線を付けている。「これが名だたる陸戦隊の先任伍長であったか」。髭の大きさではヒケを取らないが、こちらは善行章三本の付けたてでは歯がたたない。手際よく仮入隊の手続きを済ませ、補充分隊の居住区に案内される。翌日は朝食後の事業はじめと同時に、衛兵伍長室前に整列するようにと言い渡された。

風呂にも入れず、寝つかれない一夜を明かした翌朝、事業はじめのラッパと同時に、言われた場所に整列する。私と本田二空曹の顔を見るなり、「お前たちは今日一日、隊内の掃除番や。慣れない仕事だけど一生懸命でやれ」と命令された。昨日までとはうって変わり、凱旋兵も雑役係に変身で、顔色はない。二人でリヤカーを引いて、広い隊内のゴミ拾い、病後の身体に鞭打って汗だくになって一日中働いた。いくら階級が支配する軍隊とはいっても、このときばかりは骨身に徹した。

とうとう仮入隊中一週間、毎日雑役兵として働かされたが、やがて私たちは「上海丸」に便乗し、長崎港を経由して筑波航空隊に入隊したのであった。

常磐線友部駅で下車し、駅前の広い道路を南へ自動車で約十分も走れば、筑波空の正門に到着する。街を外れると航空隊までは雑木林や栗林で人通りも閑散で、たまに出合う自動車はもうもうと砂塵を上げて突っ走っていく。いかにも田舎に来たなァという感じである。

昭和十六年頃には、筑波空の練習生教育もようやく軌道に乗っており、司令は玉井浅一中佐、分隊長は日名子留吉特務大尉（操練一期生。わが海軍飛行機草創時代の操縦員）で、白髪といいたいが、頭髪はまったくないツルツル頭で、背は高く、小太りした体軀は分隊長の貫禄十分であった。分隊士は森山飛曹長で、私はその下の先任教員を命じられた。飛行分隊は甲種予科練分隊と、丙種飛行練習生分隊に分かれており、私の分隊は甲種予科練分隊であった。練習生三十数名に教員は私以下九名で、戦闘機出身は私と角田和男上飛曹（現在茨城県在住）だけで、他は艦爆、艦攻の出身者であった。私はいつもの不精髭を生やしていたので、練習生にはいかつい親爺に見えたであろうが、彼らは教員の経歴から性格、家族構成まで詳細に研究していた。教員では私が一番先輩で、次席教員は角田、冠谷上飛曹で、私より二年後輩の乙種五期予科練の出身であった。

当時内地で報道される戦況は、華中方面の零戦部隊の活躍がいつもトップで、一段と大きく扱われていた。私の戦地での活躍は再三新聞報道されていたし、とりわけ成都敵前着陸の武勇は、彼らを驚嘆させていた。

この頃の練習機は三式初歩練習機、および九三式中間練習機で、どちらも複操縦席で、三式初練は教員が前席で、九三式中練は後席になっていた。操縦桿、フットバー、スロットルレバーとも前後席連動で、練習生の操縦が教員の操縦に似るのも当然で、性格まで似るといわれた。教員一人に練習生四人ずつが配置されたが、数が端数だったので、先任教員で戦地帰りでもあった私だけが三人受け持ちになった。

毎日の飛行訓練は練習生一人二十分ぐらいであったが、私のところはいつも時間オーバーとなり、分隊長から「先任教員は戦地帰りでもあるし、他の練習生との均衡もあるので、のんびりやってもらいたい」と、私のはやる行動にブレーキがかけられた。だが練習生の成績は検定のつど順位が決まるので、必然的に気合が入り、分隊長の注意を無視してしまう。練習生の飛行時間はいつも私のところが多く、いつの検定でも、私の組はそろって成績がよかった。特殊飛行検定終了後の反省会でこのことが指摘され、子弟に対する情熱も愛情もしぼんでしまい、しばらく自重することにした。

この頃の練習生教育の厳格さ、特に体罰は苛酷で、私たちの頃の比ではなかった。戦争が長期化し、国際間の逼迫《ひっぱく》と非常事態がそうさせたのかも知れないが、それより二、三の教員の性格とスパルタ教育が、隊内の風紀を作っていた。飛行機の操縦は午前中の限られた時間で、それぞれ担任教員から教えられるが、その後の日課は当日の日直教員の指揮命令によって行われた。

某ベテラン教員は、その日の飛行作業で組の一人でも間違ったり、たびたびの注意が守られなかったりすると、血相を変えて練習生を怒鳴りまくる。検定の結果が悪いといっては罰則（体罰）で、それも毎日の飛行作業が終わると、ろくに注意もしない。普通はその日の飛行作業について、二、三十分、教員から注意をきくのが通例である。ところが「駆け足進め」の号令で何回も格納庫の周りを走らせ、自分は食事をとっていた。限られた昼休み時間ぎりぎりまで走らせ、午後の課業整列五分前の号令でやめさせる。見るに見かねて他の教員が謝ってやめさせることもしばしばで、昼食もろくろく喉を通らないうちに午後の作業に就かせるのであった。戦地行きの希望もかなえられないで、何年も教員生活をやらされると、自然にこうなるものかと、むしろ練習生に同情心がもたれていった。

このときの練習生の中に、私と同郷の市川修君が入っていた。彼は田子浦出身で私の義弟と同級生で、同じ旧制富士中学校出で、大の仲よしでもあったらしい。私は義弟から市川君の人物評を詳細に知ることができた。小柄であったが、柔道で鍛えたというだけに、ガッシリした体軀は非常に頼もしく感じられた。私の担当ではなかったが、直接の担当教員にそれとなく事情を説明、陰ながら力を入れてやり、同時に市川君の飛行操縦について長所、短所をきいていた。

飛行練習生教程は約六カ月で、その間離着陸をはじめ、各種空中操作（特殊飛行）が終わるたびに、教官、教員が交互に同乗して厳しい操縦検定が行われた。市川君は操縦は優秀組でいつも上位にランクされていた。私も彼の上達を喜ぶと同時に、検定の順番を心待ちにしていた。いつの検定にも、順番を最後に回し、時間に余裕をもって、前半を検定に、後半は彼の苦手な操縦（失速反転、急反転）に振り向けて、みっちり指導した。こうした扱いの正否はともかく、同郷の絆がそうさせたとご寛容願いたい。

私は戦闘機出身でもあり、特殊飛行の教え方にも定評があり、練習生からも高く評価されて、休憩時間など私の講義を聞きに練習生が大勢集まってきた。誰でも自分の教え子を少しでも良い成績で卒業させたいのが人情で、私の情熱は少々のブレーキではいささかもひるむことなく、持てる技量の全部を部下に伝授したのであった。

ここで市川君のその後について記しておきたい。

間もなく六カ月間の飛行練習生教程を終了し、大分航空隊に転勤していった。大分航空隊は戦闘機操縦員の延長教育部隊で、私の同僚や後輩が大勢いたし、近況を知らせあう文中に、必ず市川君のことをつけ加えた。やがて彼らも大分空を卒業して、それぞれ実施部隊に巣立っていったが、彼は同期生中みごと一番で卒業したことを、後日私は後輩の横山教員から報告を受けた。

市川君は特にその技量を買われて、いきなり航空母艦「瑞鶴《ずいかく》」に配属となり、再三南方の激戦に参加し、その武勲が報道されているが、とりわけ「零戦燃ゆ」（柳田邦男著・文春文庫）の中に「瑞鶴」での見事な活躍ぶりが掲載されている。昭和十八年十一月八日ブーゲンビル島沖航空戦で、零戦隊長として勇名をはせ、ついにこの日に戦死した納富《のうとみ》健次郎大尉の二番機として大活躍し、それ以来約一カ月、敵艦載機や陸上機とわたりあった。十二月五日、マロエラップからルオットにかけての敵空母機との大空中戦は極めて熾烈であり、市川君も多くの戦友と共に名誉の戦死を遂げたのであった。

友部といえば常磐線を下って水戸駅の三つ手前で、飛行場を東に向かって離陸し、高度二〇〇〜三〇〇メートルになると、無数の丸い大きな屋根が眼下に広がってくる。これが戦前、かつて加藤寛治先生が、満蒙開拓義友軍を養成した内原訓練所である。私たち筑波航空隊員も一度は先生の講義をきかされ、玉井司令は誰よりも先生を尊敬していた。

玉井司令といえば、武士道を重んずる最も気骨ある典型的な九州男子で、部下からも親しまれ、尊敬されていた。筑波おろしの吹きすさぶ一年中で一番寒い一月は、寒稽古として操縦教員も、強制的に弓道を教えられ、朝早くから下着一枚で汗をかくまで、何十回となく弓を引かされた。飛行機乗りは強靭な体軀と、精神統一が必要であるとして、終わってからも長時間座禅を組まされ、お陰で寒稽古終了と同時に弓道初段が授与された。

一年一日の如く、相手は変わっても毎日変化のない飛行作業、何年も教員生活をしていれば、一度は戦地に出たくなる気持ちも十分推察できた。

昭和十六年十二月八日、ついに太平洋戦争がはじまり、内地は初戦の大勝に歓喜していたが、練習生教育は一段と厳しく、ますます多忙となっていった。私はまだ十カ月足らずの教員生活に未練は残ったが、昭和十七年四月一日、飛行兵曹長任官と同時に、准士官学生を命じられ、筑波航空隊を退隊した。

第4章　零戦から雷電へ

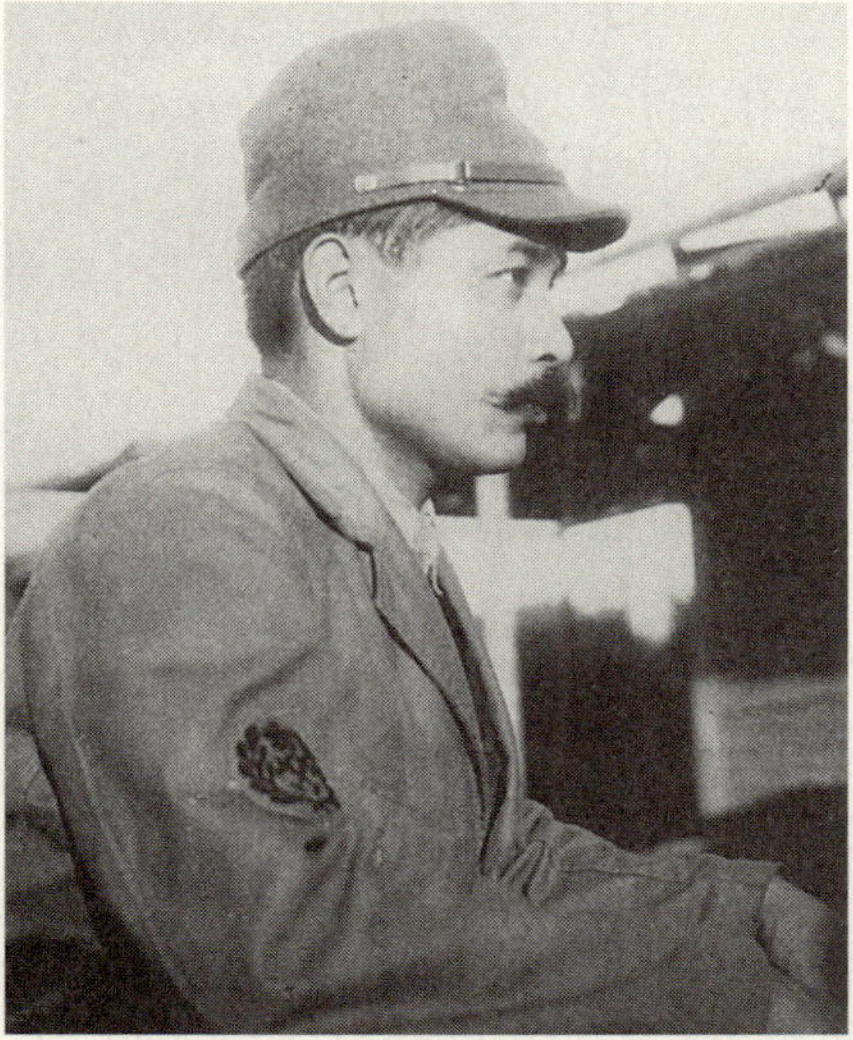

昭和16年、大陸から戻って筑波空教官時代。

ふたたび横須賀海軍航空隊付

私は横須賀海兵団で准士官学生の教程を終了して、昭和十七年（一九四二年）八月、再度横空付を命じられた。当時の戦闘機隊長は吉富茂馬少佐、分隊長・白根斐夫、坂井知行両大尉で、分隊士・東山市郎少尉、その下に樫村寛一、大石英男一飛曹など、日華事変以来戦地で活躍した猛者連中ばかりであった。私は筑波空の教員生活や准士官学生で若干のブランクはあったが、周辺は知った者ばかりで、久しぶりに古巣に戻った心境であった。

この頃横空では、零戦二二型（全幅を再度一二メートルに延長）、五二型（再度全幅を一一メートルに切断）の試験飛行が行われていた。エンジンは同じ栄二一型であったが、五二型はロケット排気管の装備によってさらに速力も増加したというので、一万メートルまでの上昇力、四〇〇〇メートル、六〇〇〇メートルでの最高速力などの比較テストや、二〇ミリ機銃が新型の二号銃となり、新しいベルト給弾の発射試験などが盛んに行われていた。しかし、ミッドウェーの敗戦がひそかにささやかれるようになり、何となく准士官室にも重苦しい空気が漂っていた。

間もなく零戦の次の試作機J2M1（のちの雷電）が、空技廠で一通りのテストを終了し、横空に送られてきた。この試作機に大きな期待をかけながら、いろいろな実験が急速に進められていった。

零戦のスマートさに比較し、ずんぐりと太い胴体はまことに威圧感があり、頼もしさを感じさせた。座席は広く、座り心地はよかったが、前方の視界は悪く、操縦性は従来のどの飛行機よりも獰猛《どうもう》で、むずかしいように思えた。着陸後の滑走距離が長いので、無風時の横空滑走路では、ブレーキを使ってもはみ出す心配があり、何回着陸しても不安がつきまとった。

昭和十七年十月のある日、横空滑走路の混雑もあり、J2M1の実験飛行を木更津飛行場で行っていた。私に順番が回ってきたところで尾輪の折損を発見、にわかに整備員の取り換え作業がはじまったが、意外に時間がかかりそうである。一緒に試験飛行をやっていた東山少尉は、J2M1の夜間飛行の経験がないので、「羽切分隊士、あなたが横空に空輸して下さい」と先に帰ってしまった。残された私も実は夜間飛行の経験はない。しかし頼まれれば仕方なく、自信の程はともかく、横空に持って帰らなければならない。秋の夕暮れは早く、真っ赤な夕焼けと同時に、あたりは薄暗くなり、地上はまっ

大戦前半の主力21型のエンジン出力を強化した零戦22型。

22型の主翼幅を縮め、推力式単排気管に変えた52型が後半の主力。

たくの無風状態であった。やがて修理完了。私は覚悟して木更津飛行場を離陸した。横空は東京湾の向こう岸、数分で飛行場到着である。

飛行場にはすでに夜間飛行設備も完了し、滑走路には幾つかのカンテラが並べられていた。海岸の方から山に向かって着陸する一番慣れたコースで内心ほっとした。しかし上空を一周するうちに、着陸地点、滑走路や飛行場周辺をあらかじめ確認して着陸コースに入っていった。航空母艦へ夜間着陸するつもりで、海と飛行場の境界を艦尾と考え、定着地点より数メートル、アンダー気味に接地した。と同時にスイッチを切り、適当にブレーキを使った。しかし飛行機は止まりそうでなかなか止まらない。滑走路端《エンド》すれすれでかろうじて機首を左にねじり事なきを得たが、そのままでは完全に路端からはみ出し、海に突入するところであった。試作中の虎の子を危うく壊さずに済んでほっとした。これがＪ２Ｍ１の初めての夜間飛行で、零戦に比較し一段と難しさを感じさせた。

南方戦線の逼迫《ひっぱく》にともない、横空からも古い搭乗員が逐次転勤していった。まず坂井大尉が南方の五八二空・戦闘機隊長に栄転となり、金沢八景園でささやかな送別会が開かれ、惜しまれつつ転勤していったが、日ならずして戦死の報が伝えられ、南方戦線の激戦がひしひしと感じられた。

十月一日、樫村寛一君は准士官に進級して間もなく、坂井大尉のあとを追うようにして同じ五八二空付を命ぜられ転出して行った。二人とも稀に見る優秀な技量をもっており、みなから大きな期待をかけられ、転出したのであったが、彼も翌三月、ソロモン上空に散ったのであった。樫村君が住んでいた借家は金沢八景駅下車、徒歩で五分ぐらいの所にあり、転勤と同時に家族を郷里高松市に帰したので、そのあとを私が借りることにして、妻を友部から呼ぶことにし、次の日の日曜日に義父たちの応援を得て、翌日金沢八景に引っ越したのであった。

二人の弟

ここで弟の四郎および忠夫のことについて若干ふれてみたい。四郎は六人兄弟の四男で、小学校の成績も良く、卒業と同時に、横須賀海軍工廠技手見習工に見事に合格し、親戚の逸見吉倉の志村家に下宿しながら三年間を終了した。将来の技手、技師を目ざして努力中であったが、徴兵検査に合格し、海軍を希望して横須賀海兵団に入団。私のあとを追うように、整備の普通科を経て、ちょうどこの頃、高等科練習生として追浜航空隊に入隊しており、日曜日にはいつも家に遊びに来ていた。

いよいよ卒業も間近になったある日、私の部屋へ卒業後の進路について相談にきた。聞けば、卒業生は特別の事情のない限り、全員が搭整員（九六陸攻、一式陸攻、二式飛行艇といった大型機に乗り組む機上機関士。旧称・搭発員）として戦地行きを希望しているという。

南方の戦況はますます熾烈化しているので、搭乗員として戦地に出て行けば、再び内地に帰って来る可能性は薄い。担当分隊士は旧知の仲であり、多少のわがままは聞いてくれると思うのだが、弟は二度と内地へ帰れなくとも、すでに覚悟はできているという。この頃から戦況を十分認識し、整備員といえどもすでに特攻精神が横溢《おういつ》していたのにはは頭が下がった。

私は弟の確固たる信念を察知し、内心暗かったが、表面は快く賛意を表してやった。やがて彼らは一斉に南方に転出していったが、これが四郎との最後の別れになろうとは、知る由もなかった（昭和十九年十月十七日、比島方面にて戦死）。

弟忠夫（羽切家五男）は昭和十八年五月、第二十期乙種予科練習生として三重海軍航空隊に入隊した。この頃私は、横空から零戦の受領で、名古屋の三菱飛行場に出張することが多かった。十八年六月、出張を兼ねて私は初めて三重空に忠夫を訪ねて面会に行った。

昼休みのわずかな時間に、雑談や家族のことなどを話しながら、これからの飛行訓練に入る予備知識として、参考になることなど話し、僅かな金を渡して別れた。帰る際に班長ともお会いして、くれぐれもご指導をよろしくと頼み、帰って来たことを思い出す。

私は陰ながら立派な飛行機乗りになることを信じ、願っていたのだが、時局はそれを許さなかった。十九年十月、予科練卒業と同時に特別攻撃隊員として、長崎県川棚訓練所に入隊、短期の教育訓練を経て二等飛行兵曹となり、二十年三月、長崎より南方に出動の途中、三月十日奄美大島の南西方約一〇〇海里付近において敵潜水艦の攻撃を受け、その目的を果たすことなく、多くの乗組員とともに戦死したのであった。

Ｊ２Ｍ１（雷電）の実験飛行

この頃からＪ２Ｍ１の実験飛行が急がれ、搭乗員も交代して連日各種の実験が進められていった。Ｊ２Ｍ１は華中方面のわが基地が、敵機の爆撃により大被害をこうむった頃から、防空用戦闘機の必要に迫られ、三菱の設計により試作されたものであり、本来、戦闘機の使命とする空戦性能や、長距離飛行性能を、犠牲にして作られたものであった。

横空で実験したＪ２Ｍ１と零戦の性能比較は、高度六〇〇〇メートルまでの上昇力が零戦五二型の七分三十秒に対し、Ｊ２Ｍ１の所要時間は約六分で、毎分一〇〇〇メートルずつ上昇していった。一〇〇〇メートルごとに記録する速力、エンジン回転数、油圧、燃圧、油温の記帳が忙しかった。高度六〇〇〇メートルはエンジンの公称高度である。

上昇限度は零戦一万〇三〇〇メートルに対し、J2M1は一万〇七〇〇メートルで、のちの紫電改でも、一万一〇〇〇メートルまでは上昇できなかった。所要時間はいずれも二十五分～三十分余であった。

空技廠と横空の実験記録には大分誤差があるが、燃料の搭載量、兵装、機銃弾の搭載、さらに細かくなるが搭乗員の体重差によっても異なったと思っている。

最高速力は、高度六〇〇〇メートルで零戦五二型の三〇〇ノット(約五六〇キロ／時)に対し、J2M1は約三〇ノット速かった。だが、その後零戦もJ2M1もたびたび改造、改装されているので、その比較もむずかしく、横空の実験は計器指数を信頼し、温度、湿度差を修正して端数まで算出するというものではなかった。

次は空戦性能であるが、J2M1対零戦の比較は、戦闘機乗りが一番の生命とする単機空戦では零戦の敵ではない。巴戦に入って痛切に感じたことは、前後の視界が悪く、特に危険をともなう後上方の視界が悪く、空戦中に相手機を見失うこともあった。水平面、垂直面の旋回圏も大きく、ひねり込みなどの小技はできず、単機の巴戦は絶対無理であり、不利であったので、J2M1の独特の戦法を編み出さなければならなかった。

兵装は試作の途中で二〇ミリ二号銃に替え、ベルト給弾になるなど、将来四挺装備になることもあって、大変心強く感じられた。

14試局地戦闘機の第 6 号機。のちの雷電とは形状がかなり異なる。

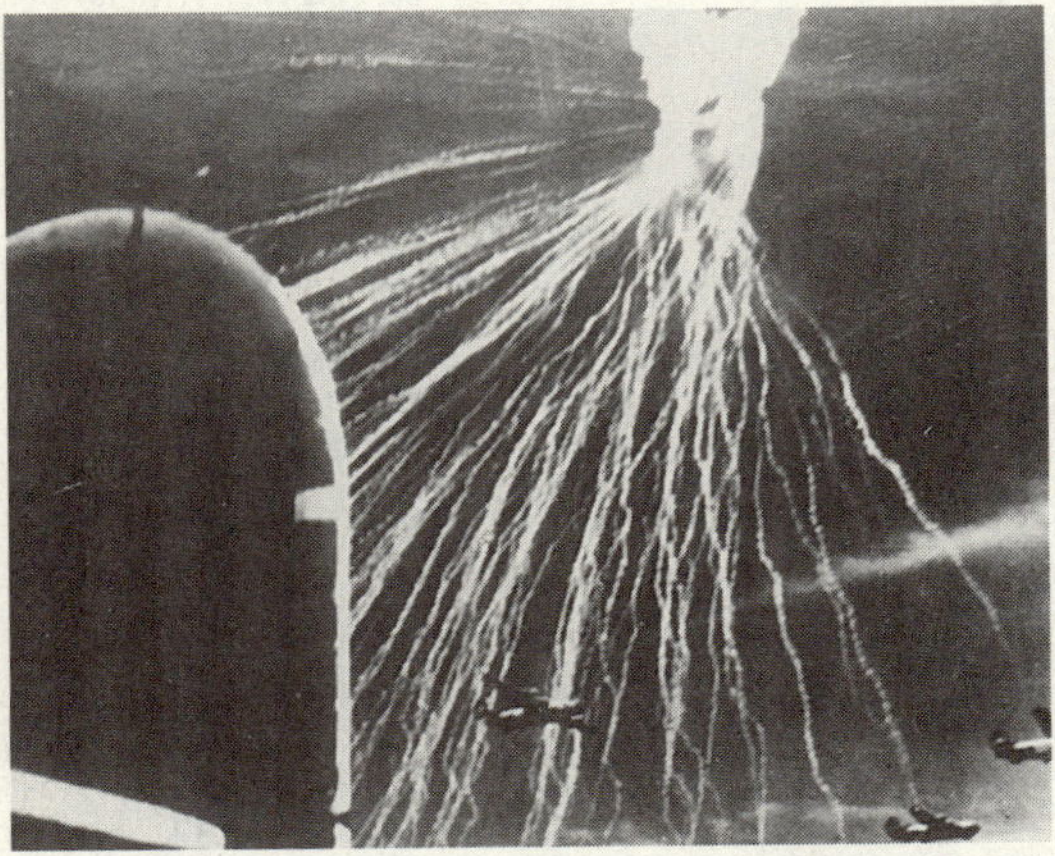

B －24重爆撃機の編隊に投下された 3 号爆弾の炸裂。弾子が傘状に散ってそれぞれが爆発炎上する。

開戦以来、海軍は零戦一本で戦っており、敵の優位に立てる新鋭機の登場が強く望まれていたので、ソロモン、ニューギニアなど南東方面の戦況を考えれば、多少の難点はあっても、一日も早く実験を終え、局地戦闘機として第一線に出してやらなければならなかった。実験の結果では、艦載機や遠距離邀撃機には向かないが、局地戦としては米機に対し互角に戦えるものと評価され、昭和十八年四月から「雷電」と呼称されるようになった。その名は、高く鋭い金属音と稲妻のように速いところから命名されたのであった。

防空演習

横空は横須賀鎮守府のお膝元にあったので、関東地方や艦隊の演習にもたびたび駆り出された。

私たちが「蒼龍」で中国大陸戦に参加していた頃の昭和十三年九月、関東地方の総合防空演習が行われた。敵機の夜間空襲を想定して、横空から飛び立った古賀清澄空曹長は、横須賀上空で軍港付近や艦艇から上げられた探照灯に照射され、原因不明の墜落事故で殉職した。古賀空曹長は私の練習生当時の教員でもあり、日華事変緒戦の上海、南京上空での大活躍は、当時大きく新聞報道されており、その殉職は各方面から惜しまれたのであった。

昭和十七年四月十八日、米中型爆撃機B－25が初めて東京、名古屋、関西方面を急襲してきた。敵爆撃機は監視網に見つかるのを恐れて、超低空から侵入したこともあり、不意をつかれたわが方は邀撃することもできず、日米両国に与えた精神的影響は大きかった。

その後、敵機動部隊の活発な行動から、再度の本土空襲を想定して関東地区の防空演習が行われた。

横空からは早朝より零戦三機編成の一個小隊が一時間交代で、軍港付近の上空哨戒の任務についた。このさい、無線電話の通話がはっきり聞き取れないので、小隊長機だけ電信機を装備し、暗号（規約）通信によって、敵機の進入方向、高度、機種、機数などを指令し、飛行を指揮した。哨戒高度五〇〇〇メートル、天気は快晴で、戦闘指揮所の屋上からは、戦闘機隊の行動がはっきり望見された。

私の前は東山小隊で、東山さんは予科練出でもあり、モールスはお手のもので、地上からの命令を即座に行動に移せた。ところが私の場合は、わずか三、四字のモールス符号であっても、二度、三度くり返しの発信でようやく行動に移せたので、指揮所では大分いら立たしさを感じていたようである。私は帰るなり隊長から「羽切分隊士、もう少し電信を勉強して下さいよ」と注意され、大変面目なかったことなどが思い出される。

昭和十九年七月、サイパン島が陥落し、続いて硫黄島までが敵に占領されてからは一段と本土空襲が熾烈となり、横空からも再三邀撃戦に飛び上がったが、無線通信による地上指揮は一度もとられたことはなく、緊急の場合、雑音の多い無線電話が使用されたのであった。

三号三番爆弾の実験

昭和十七年末頃から、南方戦線——主としてラバウル、ソロモン——にB－17、別名「空の要塞」が長駆爆撃にくるようになり、わが方に甚大な損害を与えていた。攻撃力、防御砲火ともわが九六陸攻や一式陸攻よりはるかに優れており、零戦の迎撃を手こずらしていた。零戦の二〇ミリ機銃をもってしても、なかなか撃墜できないので、他に方法がないかと考えたのが、即ちこの三号三番（三番は三〇キロを示す）であり、横空でひそかにその実験が進められ、私たち古い二、三名の操縦員が指名された。

三号三番は別名「蛸《たこ》の足」とも呼ばれる空中爆弾で、零戦の両翼に三〇キロ爆弾を各一発ずつ搭載し、敵編隊の前上方から接敵、敵機の前方真上で投下すれば、その爆発圏内にある飛行機は一網打尽に撃墜できるという新兵器であった。しかしその攻撃方法はむずかしく、おおよそ次のような方法で実験された。

敵爆撃機編隊の進入に対し、爆弾投下前に撃墜しなければならないので、まず先制発見が先決であった。いつも敵編隊より優位な高度を保ちながら、敵の前上方から攻撃する。ＯＰＬ（光像式）照準器の一番内側の目盛りにＢ－17の翼が一杯になれば、彼我の距離は約一〇〇〇メートルであったので、そのときの高度差三〇〇メートルにセットして投下把柄《レバー》を引けばよいのである。投下された爆弾は三秒の時限信管により、敵機の頭上四〇～五〇メートルで炸裂し、百四十四個の黄燐弾子が傘状に飛散するので、その爆発圏内に入った編隊なら、小型機は数機、大型機でも三機は撃墜できるという、新型空中爆弾であった。

この実験を私たちは毎日、相模灘上空で行っていた。たとえ目標が曳的であっても、実弾投下は極めて危険がともなうので、目標なしで実弾実験を行ったが、結果は良好で、満足感を得られた。しかし「命中弾を得るには、なお相当の訓練が必要である」との意見が付されて、この実験は終わった。

のちに昭和十八年八月、二〇四空・玉井浅一司令の命令で、初めてブイン上空でこの新型爆弾が使用されたが、私の横空での実験が買われたからでもあった。

反跳爆弾

昭和十八年に入ると、南東方面の海域を航行中、あるいはラバウル・シンプソン湾に停泊中のわが方の船団が、米軍の双発爆撃機にさんざんな目に合わされていた。それは新戦法の反跳爆撃によるもので、わが海軍機でもやれないことはなかろうと、急遽横空で実験するように命ぜられた。

その爆撃法とは、まず零戦に二五〇キロ爆弾を搭載し、高度四〇〇〇〜五〇〇〇メートルから徐々に急降下爆撃の姿勢に入り、低空まで急降下、徐々に引き起こし、高度一〇〜一五メートルで完全な水平飛行に戻す。その時点で速力二五〇ノット（約四六〇キロ／時）以上が必要であり、三〇〇ノット以上だと危険を感じた。投下された爆弾は一度水中に没しても、再び水面に飛び上がり、二〇〇〜三〇〇メートル前方まで飛んでいく（反跳度は飛行機の投下速力にほぼ比例した）。浮上した爆弾の高さは五〜六メートルで、その間にある艦船の横腹に命中するので、その確率は高く、従来の方法とは比較にならないという。この爆撃法の必須条件は、投下時二五〇ノット以上の高速と、投下高度一〇〜一五メートルの判定と、正しい水平飛行である。

ちょうどこの頃、零戦と並行して銀河に爆装し、同じく二五〇キロ爆弾を搭載、観音崎海岸沖で実験を行っていた。ところが爆弾を投下した直後に、銀河は海中に突っ込み、搭乗員三名全員が殉職するという大事故が起きた。しかし原因はその翌日に判明した。この実験が写真判定を含めて行われていたので、現場で撮影していたフィルムを現像して見ると、いったん海中に没した爆弾が浮上し、銀河の尾翼に追突している瞬間がはっきり画面に現れていた。この実験の反省として、銀河の爆弾投下の高度が規定より低かった、という結論で終わった。

その後のある日、航空艦隊長官・寺岡謹平中将が、その反跳爆弾を視察にくることになり、その実験を私が命じられた。

絶好の飛行日和に恵まれた午後、何十台かの乗用車が横空の海岸通りに並び、大勢の人だかりとなった。二五〇キロ爆弾を抱えた私の飛行機がただ一機、この人垣を分けるようにして、滑走路の端から西に向かって離陸した。一挙に高度四〇〇〇メートルまで上がり、徐々に急降下の姿勢に入り、速力三〇〇ノット付近から引き起こしをはじめた。高度二〇メートル以下で正しく水平飛行に戻し、観覧者の真正面五〇メートル付近を疾風のごとく通過し、徐々に上昇姿勢をとっていった。私は初めから一回目は擬襲で、本番は二回目と決めていた。いよいよ本番である。

上昇中、降下角度四五度方面に目標を定めながら、規定高度まで上昇した。高度四〇〇〇メートルは十分な高度であったので、降下と同時にエンジンを絞り気味にし、やがて急降下姿勢に入っていった。速度計がグングン上がり、たちまち二五〇ノットから三〇〇ノットに達した。高度二〇〇メートル頃から徐々に引き起こしはじめ、あとは高度計を見ながら海面に注意する。正しい水平飛行と同時に高度一〇メートル以下にした（高度八メートルは高度計でなく、勘で判定する）。観覧席の真ん前、至近の距離で間髪を入れず投下把柄《レバー》を引いた。身体に大きなショックと同時に、爆弾は機を離れた。

徐々に上昇しながら弾着をふり返って見る。恐らく二〇〇メートル以上反跳しているかと思いきや、意外に五、六〇メートルしか反跳していない。帰るなり隊長、分隊長に「済みません」と一言謝ったが、「なになに、あれだけ飛べば実験の効果は十分だ。長官も満足していた」と逆に慰められ、ほっとしたのであった。しかし、この実験の結果、第一線部隊で反跳爆撃法が実行されたかどうかは聞いていなかった。

零戦荷重実験

零戦の急降下引き起こしで、フラッターによる空中分解で尊い犠牲者を出したことは、先に奥山益美君の例を記したが、昭和十六年四月、私たちが十二空で漢口基地からさかんに奥地攻撃に参加していた頃、空母「加賀」の零戦がたまたま空戦訓練中、急激な旋回操作によって、外板の一部と補助翼が飛散するという事故が起こった。操縦員は冷静に判断して着陸させたが、この知らせを受けた下川萬兵衛大尉は、横空にあった同型機を操縦し、自らこの実験に当たり、急降下引き起こし時に空中分解して、同大尉は脱出することなく殉職したことを、私は漢口基地で仄聞《そくぶん》したのであった。

下川大尉といえば、多くの兵学校の将校の中でも稀に見る人格者で、人一倍責任感の強い方で、誰よりも尊敬され、嘱望されていた。零戦一号機から実験に当たり、身をもってあらゆる難問を解決した。いわば零戦の育ての親ともいうべき人であり、その偉大なる功績を末代まで伝えるべく、横空裏山の追浜《おっぱま》神社境内に銅像を建立して、その栄誉を称えた。


昭和十八年初め、空母「瑞鶴」の零戦が空戦中、前上方攻撃から後下方攻撃に引き起こすさい、補助翼がガタガタになり、空中分解寸前で無事帰艦したという。この事故が横空に照会されるや、ただちにその実験をやることになり、隊長が私に担当を命じた。零戦一番の弱点でもあり、過去二回も犠牲者を出しているので、誰も進んで実験しようとする者はいなかった。奥山君のときは零戦一一型で、下川大尉のときは二一型、私の場合は三二型で、実験は空技廠の担当技術官も立ち会って行われた。

私に対する要望は、前上方攻撃から後下方攻撃に移る操作で、なるべくプラスGをかけてくれというのであった。操作は至って簡単だが、プラスGをどこまでかけるかが問題である。

私は上昇中、万が一を考慮して十分高度を保持しなければならないと考え、四〇〇〇メートルまで一気に上昇し、エンジンを半ば吹かしながら、型通りの操作に入り、前上方から後下方に切り換えるさい、思い切って引き起こしてみた。戦闘機乗りだからプラスGをかけ過ぎれば、身体にどんな変化を生ずるか知っている。私も何回かGをかけ過ぎて失敗している。即ち〝失神〟するので、その辺の限界までを考えながらやってみた。視力が減退し、薄暗くなるまでは大丈夫で、二回ともその程度まで強引に引き起こし、まずは満足な実験ができたとして帰ってきた。

着陸後さっそく機体を詳細に点検すると同時に、座席の後方に取り付けてあった荷重計を引き出して検査して見た。結果は七・三G、七・五Gが記録されており、機体のどこにも異状は認められなかった。

ところがその翌日、今度は私の身体の限界までプラスGをかけてくれという。内心私は穏やかではなかった。しかし命令とあらば覚悟しなければならない。今度は五〇〇〇メートルまで上昇し、前回よりさらに降下角度を深く、速力も三〇〇ノット以上とし、私の体力の限界まで引き起こした。昨日よりもさらに身体に応えた。二回目は再び高度五〇〇〇メートルとし、前上方攻撃から切り返して急降下に入り、三二〇ノット（五九三キロ／時）になったところから急上昇し、イチかバチか強引に引き起こすと、今度は完全に〝失神〟し、数秒間意識不明のまま降下した。やがてかろうじて意識が回復し、同時に安堵感が全身を包んだ。これがわが体力の限界と、自信をもって帰ってきた。

着陸後、技術員、整備員数名の立ち会いのもと、機体を詳細に点検したが異状なし。ところが荷重計を出して見て驚いた。目盛りは八・二G、八・六Gを記録しており、翌日、空技廠の航空医学の専門家が、私の身体検査をということで、精密な検査をやられた。その後、横空では誰いうとなく、〝羽切は日本一の強心臓男〟だという異名を奉られたのであった。

雷電の事故

昭和十八年六月十六日、飛行実験部の帆足工大尉が雷電試飛行で、鈴鹿の飛行場を飛び上がり、離陸直後に前方地上に激突し、殉職するという痛ましい事故が起きた。すぐにその機体を集めて事故原因を調査したが、まったく原因不明のまま時を過ごしていた。

ところが、その後間もなく三菱の柴山栄作飛行士（大湊空時代の先任搭乗員）が、同型機で離陸直後の脚上げ時に、急に操縦桿を前方にとられるので、とっさに脚出入把柄を戻したところ、正常姿勢となり、そのまま着陸した。後刻原因を調査したところ、尾輪オレオの支柱が曲がっており、脚上げと同時に昇降舵の軸管を圧して、下げ舵に作動したことが判明し、ただちに対策が講じられ、この種の事故原因は解決した。

雷電事故の第一号であった帆足大尉は、昭和十五年頃の横空戦闘機隊分隊士で、温厚な性格で、いつも如才なく話し、大の部下思いでもあった。私は報国号命名式に四、五回列機として参加していた。

新型機のテスト中、再三こうした事故が起こり、替え難い貴重な搭乗員が犠牲になることは、耐えられない悲しみであり、また他人事とは思えなかったのである。

第5章　ソロモンの戦い

昭和18年、204空搭乗員時代。ラバウルにて。

第二〇四海軍航空隊へ

昭和十八年（一九四三年）七月といえば、ガダルカナル島が米軍に占拠され、ブーゲンビル島上空で山本連合艦隊司令長官が壮烈な戦死を遂げて間もない頃で、私は横空から二〇四航空隊付を命じられ、遅ればせながら太平洋戦に参加することになった。ちょうどその頃、連合艦隊が南方に向けて呉を出港するので、航空母艦「翔鶴」か「瑞鶴」に便乗してトラック島まで行き、その先は迎えの輸送機でラバウルに着任するよう命じられた。

南方に出て行けば、ふたたび生きて祖国の土を踏むことはあるまいと思うと、急に実家に寄りたくなり、横須賀を一日早く出発し、富士で途中下車して家に一泊することにした。家では私の突然の帰宅に驚き、親戚や近所の人たちもかけつけ、久しぶりの歓談は夜半まで続いた。そのとき井上清君のお父さんから、井上君が「翔鶴」に乗っていることを知らされ、そこで私は呉から「翔鶴」に便乗することを決めたのであった。

翌日は呉市の旅館に一泊して、明くる午前中の早い便で「翔鶴」に乗艦した。准士官室に旅装を解いて、さっそく井上君を訪ねた。井上君は突然私の顔を見て驚いたが、トラック島までの便乗と聞いて納得したようだった。彼は昼間は当直についていたが、私の方はまったく仕事がないので、夕方まで退屈していた。毎晩のように井上君の班テーブルを囲みながら、酒保から酒、ビールを取りよせ、ふるさとの話を肴に、大いに語り、大いに飲んだ。おかげで楽しい一週間の艦内生活を過ごすことができた。

「翔鶴」がトラック島に入港した翌日、私たちは迎えの飛行機便で二〇四空のいるラバウルに着任したのであった。宿舎に荷物を置き、さっそく戦闘指揮所に入隊の挨拶にうかがった。搭乗員は全部前進基地ブインに進出していて、指揮所には玉井副長が留守番ということでガランとしていた。玉井浅一中佐とは筑波航空隊以来一年半ぶりの再会で、心から私の入隊を歓迎してくれた。副長は開口一番「羽切君、君が横空から出てくるようでは、内地には古い搭乗員はもういないだろうなァ」としんみりと言われた。

零戦の試飛行

さて、横空にいた頃、南方では飛行機が足りないと聞かされていた私は、飛行場に並べられている零戦を見て不審に思い、玉井副長にたずねてみた。すると、

「うん、内地からテスト済みとして送られてくるんだが、ここへ来るとあっちこっち故

有名な花吹山を背景に、204空の零戦21型がラバウル東飛行場で列線を敷く。遠くには22型も見える。

ラバウル西飛行場を発進して爆撃に向かう一式陸攻11型。

障が出て、使いものにならんのだよ。整備分隊士の報告では、振動が大き過ぎて第一線にはもって行けないということだ」

「そうだ羽切君、きみは横空から来たのだから、しばらく試飛行でもやりながら、早く戦場に慣れてくれ」

そして副長は、午後は身の回りの整理をしながら、宿舎で休むように言われたが、顔色は冴えず、困惑の色がありありとうかがわれた。

そこで私は、さっそく整備分隊士から零戦の不調の説明を聞いてみた。分隊士の話によると、整備の段階では心配する個所は見当たらないが、飛行中、ともすれば、いまにも空中分解しそうな激しい振動が起こり、搭乗員も嫌って乗らないという。何とか原因の追究に努力しているが、まだ原因がわからないということであった。

私は一機を選んで整備員に始動させ、座席に入って入念に試運転を試みた。しかし地上での試運転には限度があり、スローから全力運転、その間プロペラピッチの変更、諸計器作動の確認ぐらいしかできないが、言われてみれば少し振動が大きいかなぐらいで、それ以上の判断はできず、試飛行は翌日からにした。

この頃ブインを基地とする二〇四空隊は、毎日のようにソロモン上空のどこかで、敵機との激しい空戦を行っていたが、ラバウルはいたって静かで、敵機の来襲もなく、上空は私の試飛行の零戦一機だけであった。

七月の南方の暑さは厳しく、地上では汗が飛行服から噴き出し、スコールの来襲が待ち遠しかったが、上空では心地よく、体内の汗が引いていった。

零戦の試飛行はまず離陸からエンジン全力回転で、高度一万メートルまで一挙に上昇し、その間の諸計器を読みながらエンジンの調子を見るのが第一の着眼で、動力諸計器の作動も許容範囲で、特に振動がなければエンジンはパスしたも同然である。

次は特殊飛行による機体のテストで、単機空戦（巴戦）時の機体の欠点や癖、性能をテストしていくが、その間に生ずる振動は零戦には欠かせないテストの一つであった。

全力上昇中、小刻みに振動が感じられたが、やがて身体に応える振動となり、機体の安定も保てない振動となってきた。高度六〇〇〇メートルまでの上昇がやっとで、必然的にエンジンを絞らざるを得なくなった。なるほどこれでは搭乗員も乗りこなせないだろう、と合点がいった。

零戦試飛行は型式を問わず、数多く経験しているが、これほどの振動は初めてであった。振動過多の原因にはおよそ次の三つが考えられた。

第一に機体から来るもの、次はプロペラによるもの、そしてエンジンに起因するものである。まず機体から来るものについては、ちょっとした特殊飛行をすれば、エルロン、方向舵など操縦系統から来るものか、機体のねじれなどが原因か、大体見当がつく。またプロペラによる振動であるならば、プロペラピッチを変更し、エンジン回転を増減すれば判断できる。この二つについてくり返しテストをしてみたが、振動はまったく変わらなかった。

最後に私はエンジンによるものと断定し、キャブレターや燃料系統について綿密なテストをしてみた結果、どうやら燃料の濃淡に起因したものであることを突きとめた。

飛行機エンジンの燃料は、そのときの気温に応じて濃淡の調節をしなければならない。私はAC（キャブレターに入る空気をコントロールする装置）をレバーで調整してみた。高温の南方では、気温、気圧の関係から、内地より空気が薄いのに、燃料の方は一定量だけ送り込まれていたため、エンジンが不調となり振動の原因となっていたのだ。即ちキャブレターに送られる混合比が濃過ぎたので、整備員に指示して、燃料の濃淡を示す目盛を一・二から次第に下げて行き、〇・八にしたらたちまち振動が止まり、安定感をとり戻し、快適な飛行となった。翌日もまた別の一機をテストしてみたが、やはり原因は同じであった。

次の飛行機からはこれを規準として調整し、試飛行した結果、二、三特殊な原因によるもののほかは、ほとんどこれで解決し、四、五日で二十余機をブインに送り出すことができた。

入隊早々整備員や搭乗員からも大きな信頼を得たが、私の報告を聞いた玉井副長は、「さすがは横空から来たベテランだけあるなァ」と絶讃し、その労をねぎらって下さった。

次の仕事はトラック島からの零戦の空輸だった。補給基地だったトラック島には、内地から航空母艦で運ばれてきた零戦が沢山あった。そこで玉井副長の命令によって搭乗員三十名ほどと中攻（九六陸攻改造の輸送機）二機に分乗してトラック島に行った。ここには新たに二〇四空、その他南東方面の航空隊に着任する搭乗員が大勢いた。この中には青木恭作飛曹長、大久保良逸飛曹長らもいたので協力を求め、二、三日で五十二機の試飛行を完了し、最古参の私が編隊を指揮して、五十一機をラバウルに持ってきた。

ラバウルに来ての初陣は、七月二十五日のレンドバ島迎撃戦だった。この日、八機で出撃し、私は敵舟艇群を攻撃したのち帰途についたが、基地に着いて二機いなくなっていることを知った。地上の戦闘とちがい、せまい戦闘機の座席に閉じ込められている空中では、自分の機の発するものすごい爆音で何も聞こえないから、目で見ない限り、周りで何が起こっているかまったくわからない。機上電話が使えればいいのだが、よく聞こえないことも多いし、それに混乱を防ぐために、発信はたいてい指揮官機に限られている。そこで見張りを厳重にするわけだが、二機がいつやられたかわからず、改めてソロモンの空の戦いを思い知らされたのだった。未帰還となったのは二小隊三番機の仁平哲郎一飛曹、同じく四番機の根本兼吉二飛曹で、編隊の最後尾にいた二機だった。私は前進基地ブインに進出しての初戦で不覚をとり、その責任を痛感すると同時に、これは手ごわい相手だと思った。

この頃の飛行隊長は岡嶋清熊大尉で、分隊長が鈴木宇三郎中尉であった。零戦約四十機に搭乗員は隊長以下約五十名で、翌日からの搭乗割編成を分隊士の私にやるように命令された。あらかじめ攻撃隊の指揮官を誰にするかは、隊長、分隊長の意見を交えて決めたが、あとの編成は一切私に任せられた。一中隊長の列機から順に下士官のベテランを配し、以下二中隊、三中隊と搭乗員の健康やチームワークを配慮しながら、慎重に編成したのであった。

私は過去、「蒼龍」や十二空で何十回となく激戦に参加したが、ほとんど未帰還者が出ることはなく、中隊や小隊も滅多に変わることはなかった。

南方の天候は変わりやすかったが、飛行のできない日はほとんどなく、毎日どこかで空中戦が行われ、多いときは三回も出撃に参加した。毎回の戦闘に彼我の優劣はあったが、そのつど何人かの犠牲者を出し、多い日は数名の未帰還者を出すこともあった。

黒板に掛けられた名札が、そのつど赤札に返され、列外に掛けられていく。日増しに黒板が赤くなっていくのはいかにも淋しく、誰も口にしないが、搭乗員の士気も急速に低下していった。三十六人の定員を欠く頃になると、内地からどっと若い搭乗員が入隊してくる。しかし、心ははやっても経験の乏しい彼らは、一カ月もたてば自爆、未帰還で、その数も半減してしまう。私は長い経験からして一回の空戦で一機必墜を目標とし、最後まで生き残り、ご奉公するようひそかに心に誓っていたのである。

昭和十八年七月二十六日午前十時頃、空襲警報により、私の機を先頭に十機がブイン基地を飛び立った。警報が遅かったので、こちらが急上昇中に敵機を発見したのは高度四〇〇〇メートル付近で、敵機ははるかに高く、すでに飛行場目がけて爆撃コースに入っていた。その上方には直掩の戦闘機も多数目に入った。

初めから無理は承知で前下方から攻撃していったが、敵を脅かす程度で、有効弾は得られなかった。しかし敵の爆撃は飛行場を外れ、ジャングル地帯に落ちたのでことなきを得た。敵戦闘機は劣勢なわが方に対し徹底した攻撃を加えてくる気配はなく、味方爆撃機のあとを追うようについていったので、後方に取り残されたF4U一機を撃墜したに過ぎなかった。敵は敢えて不利になる巴戦を避けて遁走したのであった。

午後は駆逐艦の上空哨戒で、私の中隊は何直目かで、午後三時頃ブイン基地を発進していった。

この頃、ガダルカナル島から撤収してくる陸軍の残存部隊を、駆逐艦や潜水艦によってラバウル方面に輸送していた。敵機はこれらの艦船に対し、昼夜を分かたず少数機をもって波状攻撃を敢行してきた。ちょうどチョイセル島北方を航行中の駆逐艦に対し、雲間を利用しながら接触中のB－24を発見。こちらが雲上から敵機を発見したのが早く、高度差は少なかったが、格好の後上方攻撃ができた。B－24はなかなか落ちないと聞いていたが、列機が上手に退路を押さえながらの連続攻撃に、敵機はたちまち火を噴きつつ波間に没した。

海は大分荒れており、この撃墜を見ていたのか、大勢の兵隊たちが甲板に出て手を振り私どもに応えていた。夕闇迫る頃、無事航行を祈りながら、私たちは基地に帰還したのであった。

七月二十八日　船団上空哨戒

第一次　鈴木中尉指揮、零戦八機、敵影を見ず

第二次　羽切空曹長指揮、〃　〃

モノ島南方をラバウルに向かって東進中の船団直衛で、二時間の直衛時間も終わろうとする直前、高度五〇〇〇メートルのほぼ同じ高度から、西進中の敵、戦爆連合約三十機を発見、私は二小隊の誘導によって知らされた。

急上昇しながら近寄ってみると、爆撃機は中型のB－25十数機の編隊で、戦闘機はP－38で同じく十数機であった。私にはどちらも初見参であったが、こちらの方がやや発見が早かったので、後上方攻撃はできなかったが、上手に後方に回り込むことができた。これなら互角以上の空戦ができると考え、敵がこちらの運動に誘われてくれば、し

めたものと思ったが、相手もさるもの、こちらのペースにはまって来なかった。B－25は船団上空で爆弾を投下、全速で西進していったが、幸いに爆弾は船団をそれ、ことなきを得た。

残ったのはP－38であるが、こちらの優位戦であったので、敵機は終始逃げ腰となり、全速疾走されて零戦ではとても追いつけなかった。空戦はわずか数分で終わってしまった。

この日の戦果は撃墜B－25一機、P－38五機、内一機不確実というもので、わが方も浅見茂正二飛曹の自爆一機を出したことは、まことに残念であった。

三号三番の初爆撃

八月のある日、副長から短期間司令になった玉井中佐から突然、私は指揮所に呼び出された。その用件は、「今度内地から三号三番という新型爆弾が二〇四空へ送られてきたが、君が横空で実験していたというから、さっそく明日からでも使ってみてくれ。編隊その他、いっさい君に任せる」というのであった。

戦地でこの爆弾の実験や訓練をやる余裕はない。ぶっつけ本番でやるしかない。差し当たり一小隊編隊が適当であるので、列機は戦地慣れした信頼のおける坂野隆雄、渡辺清三郎両二飛曹をつけることにし、休憩時間中に接敵から攻撃、爆弾投下などあらかじめ細かな説明をしたが、簡単にはわからないので、「あとは私についてこい。そして一番機の合図により爆弾を投下しろ」というのであった。

零戦三機に爆装して明日からの敵襲に備え、警報と同時に真っ先に飛び上がれるよう、この三機をいつも最前列に待機させた。司令以下隊員も、この得体の知れない爆弾に大きな期待をかけている。私は是非とも成功させたかった。

午後二時頃、前進基地からの警報により、私を先頭に勇躍発進した。この頃の敵爆撃隊の高度は、決まって六〇〇〇メートルで、大きくUターンして帰投針路に向かって、徐々に降下しながら爆撃するのが常套手段である。私たちは一挙に六〇〇〇メートルまで高度をとり、待機していた。横空で実験した通り前上方から接敵し、彼我の距離約一〇〇〇メートル、敵機がOPL照準器の内側目盛りに一杯になったとき、三〇〇メートル高い高度から、満点の照準で爆弾を投下した。列機も続いて投下する。急上昇しながら弾着はとふり返る。見事に爆弾は破裂したが、敵機はゆうゆうと飛んでいく。残念ながら失敗である。どこか狂っているのであろうが、原因がつかめない。

翌日も敵爆撃隊は中型約三十機でブイン上空に来襲してきた。今度は前上方からの接敵中、敵編隊は激しく前後、左右に揺れ動いた。敵もこの不思議な「蛸の足」爆弾が恐くなったらしい。照準がさらに難しかったが、またも失敗に終わった。しかし敵の爆弾も場外に落ち、被害は軽微ですんだ。

次の日は敵も私たちの前下方、真正面からの攻撃を避け、大きく左旋回しながら爆弾を投下した。爆弾は飛行場から遠く離れたジャングル地帯に落下した。ところがこの林の中には、飛行場設営隊の宿舎があり、大勢の犠牲者を出したという。敵にすれば怪我の功名であったが、私たちはその責任を痛感し、心から冥福を祈ったのである。

ブイン、バラレ基地

ブイン（ラバウルの南東、ブーゲンビル島南端の地）飛行場から、ジャングル地帯の海岸べりを約二キロぐらい南下すると、小さな湖沼に出る。ここまでは密林におおわれ、青空もところどころでしか見えないが、この湖沼に出ると急に青空が開けてくる。湖の周辺は五、六〇〇メートルぐらいで、中央の深いところでも二メートルぐらいしかない。海岸沿いにあり、潮の干満によって水は常に動いているので、いつも奇麗に澄んでいた。

この周辺にプレハブ住宅が建ち並んでおり、ここが二〇四空の士官以下、全員の宿舎に当てられていた。ほどよい緑に囲まれており、宿舎が全部青、緑色にカムフラージュされているので、上空からの発見は困難であった。飛行場は毎日のように銃爆撃を受けていたが、ここは爆撃されることはなかった。しかし夜は厳重な灯火管制であり、昼は煙を出すことができないので、食事の用意は夜の仕事で、賄い主計兵は昼は交代で寝ていることが多かった。

ときどき鰐《わに》が湖面に頭を出し、当直員が拳銃をもって追い回していることもあり、何匹かの鰐が血祭りに上げられ樽詰めにされていた。一日の疲労を癒《い》やすドラム缶風呂も、順番が待ちきれず、小川の水で身体を拭いて上がることが多かった。夜になると電信室、作戦室以外は真っ暗で、新聞もなければラジオもない。ほどよい晩酌気分で寝る以外に楽しみはなかった。

ラバウル基地では、敵襲の合間を見て、誰が作ったか小さな地引き網を、整備員が徴発した小舟に乗って、よく引いていた。一網で一斗缶に五、六杯も小物（雑魚）が獲れたので、結構食卓を賑わしていたが、ブインではこのような光景は見られなかった。

戦地生活は食べることが何よりも楽しかったが、食べれば排泄するのが欠かせない生理現象である。ブインではこの処理を誰が考えたか、それは一コマの漫画である。川の縁からジャングルを利用して桟橋によって川面に張り出した厠《かわや》である。下を見るときれいな水の流れに、色とりどりの魚がいっぱい泳いでいる。一物を魚めがけて落とすと、魚は一度はびっくりして逃げ出すが、すぐ寄ってきてパクリと食べてしまう。あとはまたきれいな流れとなり、南方戦線ならではの風物詩であったが、さすがに川で獲れる魚だけは誰も食べなかった。

ブイン飛行場から東方二〇キロの距離に小さな島があり、戦闘機の不時着場、あるいはブイン飛行場被爆時の前進基地として常時、使用されていた。ここがバラレ島である。島の高さは四、五メートルぐらいで、東西四、五〇〇メートル、南北二〇〇〇メートル足らずで、面積の半分は飛行場になっていた。周辺の海岸沿いはジャングル地帯だが、野生林が薄く、飛行機を隠蔽するには不十分であった。

基地員のほとんどが整備員で、他に見張員、電信員、賄《まかない》員若干名で、総勢でも五十名足らずであった。隊員はときどき交代はあるものの、南海の孤島に島流しも同然で、たまに戦闘機が不時着すると大歓迎を受け、種々もてなしてくれた。

敵機のほとんどは上空を通過して、ブイン、ブカ方面に飛んでいくが、天候や敵情によっては、帰りがけの〝帰り狼〟で、ここに爆弾を落としていった。十機以上の編隊になると爆弾は、島を外れて海に落ちる方が多かった。そのあとが大変であった。見張員の空襲警報解除の号令と同時に、皆いっせいに防空壕から這い出し、われ先に内火艇や、短艇に飛び乗る。白波を蹴立てて弾着付近を走り回り、浮き上がった魚を、たちまちドラム缶いっぱい獲ってくる。これが空襲解除後の日課となっており、獲れた魚は唯一の食糧ともなっていた。

八月のある日、私は攻撃から帰ってくると、ブイン飛行場は敵弾により穴だらけで使用できない。やむなくバラレに着陸し、二、三日ご厄介になった。初めての珍客とあって、旧知の整備員が早くから、今夜は羽切分隊士に特別なご馳走を進ぜます、と予告をしてきた。

なるほど夕食には、テーブル一杯の沢山な料理が出され、中でもひときわ美味《おい》しそうな「ビフテキ」が目に入り、聞くまでもなく、ひと目でこれだなとわかった。恐る恐る口にしたが、なるほど美味しさ絶妙で、今まで口にしたこともない。十分ご馳走になった頃、「分隊士、これは何だと思いますか？」と尋ねる。私は初めてで知る由もない。隣にいた下士官が「分隊士、これは鼈甲亀《べっこうがめ》の肉です」と教えてくれた。私は驚いたが、美味《うま》さは嫌気をはるかに通り越していた。

また便所の話になるが、昼のうちに場所をよく見ていたものの、夜中の用足しはあまり気分がよくなかった。手探りしながら長い桟橋を渡って行く。便所は周辺の雑木を利用し、海岸の波打ち際に、二メートルぐらいの高さに作られていた。便所は夜風にゆらゆら揺れている。ザアッと打ち寄せる波は、便所を越して高い所まで走り上った。飛沫《しぶき》が股間から吹き上げてくる。落ちた一物はサアッと波にさらわれていく。これなら清潔で、蠅《はえ》の発生することはない。これも戦争の知恵かと感嘆させられた。

搭乗員の墓場

ソロモンの戦場に休日はなかった。搭乗員たちは、朝まだ暗いうちに当直員の鐘でたたき起こされる。まだ明けやらぬ空に南十字星を仰ぎながら、トラックに乗せられて飛行場に急ぐのであった。一日に二回、三回の戦闘もたびたびであったが、ときには主計科から汁粉や、あんみつなどの甘いものが届けられ、命を賭して戦っているわれわれには、ささやかな心づくしで、幾分でも心身の疲労を癒《い》やすことができて有り難かった。

敵の空襲で味方の輸送船の被害も大きく、食糧の補給も滞りがちとなり、ここブイン基地はラバウル基地とは雲泥の差であった。一日の任務が終わり、たそがれとともに再びトラックで宿舎に帰るときは、今日も一日生き延びたという安堵感で、車上には自然と歌声が流れた。

夕食のテーブルには、今朝と同じ数の食事が用意されている。ところどころ空席があり、未帰還者の出たことを物語っているが、誰もそのことに触れたがらなかった。そのことに触れることへのある種の恐れか、それとも明日はわが身というあきらめか、ただ搭乗員たちはわずかなアルコールで上気し、今日の戦果を語りながら旺盛な食欲を満たしていた。彼らは自分だけは絶対やられないという、自信めいたものをもっていた。明日は生命を失うかも知れない人間とは思えなかった。反対に、やられるかも知れないと弱気になったとき、それが現実となって現れることが多かった。

この頃、敵はガダルカナル島奪取の勢いをもって、ソロモン諸島のニュージョージア島ムンダ、コロンバンガラ島、ベララベラ島に次々に上陸を敢行してきた。ムンダ、コロンバンガラの飛行場は、わが方が放棄したあとであるので容易に復旧できるにしても、ベララベラは上陸して十日もたたないうちに戦闘機が飛び上がってきた。ブイン・トリポイル飛行場は、三百名の作業員によって半年がかりで造成中であり、スコップとモッコ担ぎでは、米軍のブルドーザーに太刀打ちできなかった。

八月十五日からベララベラ島への総攻撃がはじまり、艦爆隊掩護でこの日二〇四空は三回も出動した。第一次は鈴木宇三郎、島田正男中尉、羽切飛曹長らの二十四機、第二次は鈴木、羽切らの十六機、第三次は羽切指揮の八機のみであった。それというのも、艦爆が出撃し、さんざんに敵にたたかれ、ほとんど壊滅に瀕《ひん》していたので、最後には零戦に六〇キロ爆弾二個ずつを搭載して出撃した。ベララベラはブイン基地とは近距離にあり、離陸して一時間足らずで敵地に到着した。

第一次攻撃は高度六〇〇〇メートルで敵地に進入したが、艦爆隊が爆弾を落とす暇もなく、奇襲を受けてしまい、一中隊の一、二番機はたちまち火ダルマとなって落ちていった。敵機は高高度から次々と降ってくる。私は列機を気にしながら極力敵機の真下に潜り込むように避退して、次々と攻撃した。ようやく上空からの攻撃は終わったが、わが方は敵機約三十機を相手に激しい空中戦となり、終始態勢を挽回することができず、苦戦の連続であった。しかし空中戦としてはまずまずの戦果で、F4U六機、P－39二機、P－40一機、計九機を撃墜、内不確実六機であったが、わが方は島田中尉、楢原憲政上飛曹、日高鉄夫二飛曹の三名を失い、多数の艦爆機の未帰還を出してしまったのであった。

第二次攻撃は同じく艦爆隊の掩護で、二〇四空からは零戦十六機が参加した。今度は七〇〇〇メートルの高度から進入したが、敵戦闘機は八〇〇〇メートル以上の高高度から二機ずつの編隊で、次々と奇襲攻撃をかけてきた。いずれも一撃離脱戦法で、そのまま急降下で避退していった。わが方はそのつど避退するのが精一杯で、艦爆隊の掩護どころではなく、思うような空戦もできず、あたら被害を大きくしてしまったのであった。

二回も出撃したので、第三次攻撃には羽切中隊は休みだと思っていたところ、鈴木中尉から「私はもう疲れた。羽切分隊士の中隊がもう一度行ってくれないか」と頼まれた。私は疲れも見せずに快く引き受けた。さっそく搭乗員休憩所に行ってみると、二番機の渡辺清三郎二飛曹はマッサージを受けている最中で、私の顔を見て「また行くんですか？」と疲れた様子でたずねた。「そうなんだ。明日はたっぷり休ませるから、今日はもう一度頑張ってくれ」そう言って渡辺をはげましたものの、何か引っかかるものを私は感じた。

ベラベラ島には八〇〇〇メートル以上の高高度で進入した。と、いきなり上空から十数機の敵機が降ってきた。パパーンと一連射しては、急降下で避退する一撃離脱戦法であった。次から次へと三撃かけられた。

高度優位からのこの戦法に対しては、いかな零戦も歯がたたない。中高度以下なら、得意の〝ひねり込み〟戦法で零戦の逆転勝ちとなるのだが、九〇〇〇メートルもの高度になると、機体もエンジンもあまり自由が利かない。敵機の攻撃はこれが最後で、あとは上空には見当たらない。私はとっさに先の敵機を追って全速で降下に入ったが、これがいけなかった。低空に降りてみると、さらに沢山の敵機がうようよしていた。私は優速を利用して襲いかかったP－39に照準を合わせ、射撃寸前でヒョッと後ろを見ると、なんと敵機が二機、私の後ろにピタッとついている。その後ろに二番機の渡辺二飛曹がついていた。と思えば、その後ろにまた敵機が沢山ついている。これは渡辺が危いと思った瞬間、渡辺機は真っ赤な炎に包まれてしまった。

私はとっさに自分が危いとみて、急反転し、素早く雲の中に飛び込んだ。帰投針路をずっと外して偽航路をとり、戦場を離脱してようやくブインに帰り着いたが、司令にはありのままを報告する気にはなれなかった。ウソではなく、渡辺は必ず帰ってくるもの

ブーゲンビル島タロキナ飛行場のＦ４Ｕ－１コルセア。日本軍は製造会社の旧称からシコルスキーと呼んだ。

双胴のＰ-38Ｅライトニング。運動性のかわりに速度と高空性能で零戦を苦しめた。

と信じたかったからである。しかし現実にはその望みはほとんどなかった。

宿舎に帰り、従兵に酒、ビールを搭乗員室に届けさせた。酔いがまわった頃に、渡辺二飛曹の華々しい戦死の状況を打ち明けた。皆、予期していたとはいえ、落胆は大きかった。新潟県の出身でまだ若かったが、戦争慣れした優秀な渡辺は、私がもっとも頼りにしていた男で、私の指揮のミスが、彼を死なせてしまったことに、今でもその責任を痛感している。

私は出発前から、渡辺に対し不吉な予感を感じていた。同僚の八木隆次二飛曹の話によると、昼食時に「今日はオレは駄目だ。機体に弾が当たっているんだから、敵につかれたはずなんだが、わからなかった。今日は冴えないから、何となくやられるような気がする」とつぶやいていたという。そしてその言葉どおり、第三次攻撃で渡辺はついに還《かえ》らなかった。

戦　果

撃沈　巡洋艦二隻、輸送船四隻、撃墜　P－38、F4U十一機（不確実四機）

未帰還機　艦爆八機、零戦九機

劣勢下の作戦会議

毎日激しい戦闘の合間を見て、司令、飛行長を交え、准士官以上の搭乗員で作戦会議が開かれた。作戦会議といっても敵機に対する戦略、戦法よりも、内地の航空本部、航空技術廠、横空向けの苦情や要望が多く、毎日敵機と戦っている私の意見は特に重要視され、そのほとんどが取り上げられた。太平洋戦争緒戦の頃はあんなに恐れられていた零戦も、すっかり弱点を読みとられ、加えて搭乗員の技量低下は、いかんともなし難く、切歯扼腕する毎日を過ごしていた。

零戦の機体は空戦性能本位に作られているので、ほとんど無防備に等しく、一発の焼夷弾が翼内タンクに当たれば、たちまち火ダルマになって落ちていくので、敵機は焼夷弾を多く使用するようになった。さらに零戦の空戦性能を知り、すっかり攻撃方法を変え、高高度からの一撃戦法で深追いせず、決して劣勢からはかかって来なかった。

そこで私たちは零戦に対し、座席周辺の防弾装置はともかく、燃料タンクの防弾ゴムぐらいは早急に装備するよう要望し、加えて零戦だけでは目先を変えられないので、雷電を局地戦闘機として早急に戦地に送るよう、私は特に横空の戦闘機隊長、分隊長に対し戦況を詳細に記して上申した。

私たちの血の出るような叫びや訴えにも、すぐには反応が出てこなかった。だが、昭和十八年十月ごろから急速に、零戦の機体補強策がとられたが、遅きに失した感は免れなかった。

昭和十八年八月当時、前線ではこんな歌が流行《はや》っていた。

〝ラバウル快晴ブカ小雨、ブイン、バラレは弾の雨〟。特にブインの対岸にある小島バラレ基地はひどかった。空襲にやってきた敵が、ブインで落とせなかった爆弾をバラレに残らず落として行くのだった。だからバラレには「航空機の墓場」といっていいほど、飛べなくなった零戦や九九艦爆、一式陸攻の残骸が散乱していた。よそでは最前線と恐れられていたラバウルも、ブインやバラレに比べれば、平和な安全地帯であった。

ソロモン諸島のほぼ中心にあるブーゲンビル島は、北にブカ島、南にバラレ、ショートランドを指呼の位置におき、チョイセル、ベララベラ、コロンバンガラ、ムンダ、レンドバの島々と対しており、そのわずか南東にガダルカナル島がある。中部ソロモンに日米両軍の基地が交錯するように点在していたことから、ブインやバラレは敵の猛烈な空襲にさらされることになったのである。

ブーゲンビル島の南端にあるブインには、高さ二五メートルもある櫓《やぐら》式見張所を中心に、ジャングル地帯から海岸までのびた滑走路をもつのが第一飛行場で、この頃二〇四空が主力であった。

敵は島づたいにどんどん前進してくるので、ブイン、バラレ基地は連日熾烈な空襲に遭い、しかも敵の作戦は巧妙となり、次第に大胆になってきた。こちらは一日に何回も出撃するので、最後に帰るのは薄暮になることが多かった。そんなとき、いわゆる〝送り狼〟というやつで、こちらが帰るあとをつけて来て、着陸するところを狙ってやっつけようとする戦法だ。これを見張員が目撃した。

すでに零戦は全機無事着陸し、整備員がそれぞれ引き込み線に分散している最中であった。見張員が敵機来襲を連呼しながら、見張櫓からころげ落ちるように下りてきた。指揮所にいたものも防空壕まで逃げる余裕はなかった。私も立木の陰に隠れるのが精いっぱいで、まんまと一撃を浴びせられてしまった。引き込み線の途中で零戦が一機、二機と燃え上がった。方々で人のうめき声が聞こえてくる。敵機はベルP－39戦闘機三機で、低空より進入し、ほんの一瞬のできごとであった。こちらの発見が遅れて、搭乗員を含め四、五人の犠牲者を出してしまったのであった。

八月二十六日の昼下がり、空襲警報によって、二〇四空の零戦十数機がわれ先にとブイン飛行場を発進していった。警報が遅かったのでこちらは十分な高度がとれず、不利な態勢から空戦になり、見るべき戦果も挙げずに、こちらは二機の未帰還を出してしまった。その中の一機は被弾と同時に搭乗員がパラシュートで降下、飛行場の端からわずか三、四〇〇メートルのジャングル地帯に降下した。私が着陸コースに入ったとき、上空から樹海の濃緑色に真っ白い傘体がはっきり浮かび上がって目撃された。

整備員数名がわれ先にと救助に向かい、ジャングルの中に消えていったが、いずれもわずか二、三〇メートルしか入って行けず、途中から引き返してしまった。こうなると重装備でなければ入って行けない。そこで整備分隊士を先頭に、十数名のにわか救助隊を編成し、それぞれ鉈《なた》や鎌《かま》を手に懐中電灯の光とコンパスを頼りに、ジャングルの奥深く進入していった。しかし、なかなか落下地点に到着できず、空中からの案内を得て、数時間の捜索により、夏の日も沈みかかった薄暮にようやく探し当て、命からがら這い出して来たのであった。搭乗員・杉田庄一二飛曹は重傷を負い、しばらく戦列を離れた。

この日は戦果なしで、わが方は杉田二飛曹重傷に加え、渡辺秀夫上飛曹が重傷を負ってしまった。

渡辺上飛曹は二〇四空開隊当時からの強者で、あらゆる激戦に参加し、数々の戦歴を残していた。この日の迎撃戦で重傷を負い、かろうじてブイン飛行場に不時着したが、敵機銃弾が右目に命中し、着陸後に入院診断の結果、右眼摘出手術となったのであった。このことは即日、南東方面航空艦隊司令部の知るところとなり、渡辺秀夫上飛曹のこれまでの輝かしい功績により、草鹿任一長官より個人感状と白木の鞘に納まった軍刀が授与されたのであった。

渡辺君は間もなく内地に送還され、方々の名医の診断治療と長らく療養に専念した結果、左眼視力も半減したが、失明は免れた。その後、兵役免除となり福島に帰郷し、マッサージ師となって再出発し、今では業界のリーダーとして悠々自適の生活を送っている。

ある整備員の死

ラバウルに着任してはやくも四日目にブーゲンビル島ブインに進出した私は、連日連夜、愛機零戦を駆って優勢な敵と死闘を続けていたが、二カ月をすぎるころになると、さすがに疲労が感じられるようになった。激しい空中戦から帰ると、報告もそこそこに飛行服はおろか、飛行靴を脱ぐ間もなくベッドに倒れこんでしまう。深い眠りにつけるのはほんの僅かな時間であったが、この貴重な時間もたびたび繰り返される敵機による昼夜を分かたぬ空襲によって、幾度となく妨害された。

そんなある日、私は戦況報告のためにラバウルに行くように命令を受けた。そのとき頭をよぎったのは、「しめた、ラバウルでゆっくり昼寝ができる」という、ささやかではあるが、ちょっとずるい考えであった。ラバウルに到着したのは午後二時頃であった。戦況報告もそこそこに私は宿舎に行って、むさぼるように眠った。それはどのくらいの時間であったろうか。突如として頭上を掠める爆音と、近くに炸裂した爆弾の音によって眠りは妨げられた。

それまでラバウル空襲は、ほとんど深夜から明け方にかけて行われていた。しかし空路二時間を要する南東ニューギニアのポートモレスビーから来襲する敵機を、ラバウルでは「定期便」と称してさほど問題にしていなかった。B－17やB－24の数機編隊で来襲する敵が、ラバウルから二〇カイリないし三〇カイリもはなれた対空監視所の上空を通過すると、基地司令部のサイレンがけたたましく夜の静寂をやぶり、続いて警備隊の戦闘ラッパが鳴り響き、時を移さず迎撃機が離陸、敵を撃退するだけの余裕があった。ところがそのときに限って何の前触れもなく、しかも白昼堂々と基地北方の高地すれすれに侵入して、いきなり爆弾を投下したのだから、基地の狼狽は大きかった。

私は枕元に置いていた飛行帽を脇に挟むと、宿舎を飛び出したが、とても離陸して応戦する余裕がないと知って、宿舎の裏の防空壕にころがりこんだ。

ラバウル基地には大小十数カ所の防空壕があって、避難する定員が厳重に守られていた。防空壕には規格というものはなく、大部隊の壕が必ずしも大きいというわけではなかったが、根拠地司令部の前庭にある防空壕は、基地では一番豪華であった。地下七、八メートルのベトン造りに、二重鉄板の天蓋をかぶり、百四、五十人を収容するに足る、馬蹄形の防空壕であった。しかし艦隊司令部のものは、これより数段落ちて、天井も側壁も椰子の丸太をならべただけの、二十人とは入れそうにない粗末なものだった。さらに定員厳守のほかに、はなはだ都合の悪い規則があった。それは各部隊ごとに指定された防空壕があって、指定以外の壕には入ることができない、という決まりであった。

その午後の空襲はまったくの不意討ちで、宿舎にいた私でさえ、慌てふためき壕に飛び込んだくらいだから、まして指定の壕から遠く離れていたものなら、狼狽するのは当然であった。折から宿舎の付近で、飛行機の部品の解体をしていた一人の整備員が、自分の壕に駆けつける余裕がなく、あわてて私たちの壕にころがりこんできた。われわれの眼はいっせいにその整備員に向けられた。それが迷惑そうな視線とでも映ったのか、整備員は身体をかたくして下を向いてしまった。いかにもたくましい身体つきではあったが、どこかあどけなさの残る、純情そうな青年であった。頭上ではかろうじて離陸できた、聞きなれた零戦の爆音に混じって、敵の爆撃機の不気味な金属音が壕の中のわれわれを不安に陥れた。張り裂けるような爆弾の破裂音とともに、大地を圧し潰さんばかりの爆風が壕に飛び込んでくる。われわれは恐怖におびえながらも、心の中で友軍機の無事を祈った。

そのとき、「この中に整備員が迷い込んでいるらしい」と嚙んで吐くようにつぶやく声がした。私は驚いて声のしたほうに視線を向けた。壕の奥のほう、私から七、八人へだてた所にいる若い搭乗員と眼が合った。この男だな、いま言ったのは、そう思うと私は怒りがムラムラとこみ上げるのを抑えることができなかった。気がつくと私は拳を上げて、俺はブインの羽切だが、いまのは貴様か、と怒鳴りつけていた。もしここが狭い壕でなかったら、横っ面に一撃をくらわしたかもしれない、そんな剣幕であった。若い搭乗員は突然のことに度胆を抜かれたか、顔を蒼くして私をじっと見ている。「搭乗員が安心して飛行できるのも整備員の陰の努力があればこそだ、貴様などはラバウル航空隊の風上にも置けない」といったことを私は一方的にまくし立てた。

その一方で私は整備員のほうを見た。彼は相変わらず、爆風によって吹き込む砂塵を払いのけながらうつむき加減に座っている。私はそばに行って慰めの言葉のひとつもかけてやりたい気持ちになったが、狭い壕の中ではそれも不可能だった。

やがて三十分近くたって頭上の敵機が退散すると、われわれはほっと胸をなでおろして外に出た。壕内での出来事に気をとられていたせいか、さほど激しい空襲とは思われなかったが、外に出て飛行場を見渡すと、所々に爆弾の炸裂した大きな穴があり、さらに滑走路の先端から横に一〇〇メートルほどのところに、撃墜された敵機の残がいが黒煙を吹き上げているのを見ると、いまさらながらに空襲の激しさに驚かされた。

私がいったん宿舎に帰ろうとして歩きはじめたとき、背後から呼び止める声がした。振り返るとそれは先程の整備員であった。帽子を脇の下にはさんで、日焼けした黒光りのする顔をややうつむき加減にして立っている。彼はお礼を言いながら、K一等整備であると名乗ったが、その言い方は朴訥《ぼくとつ》で好感が持てた。私は気にすることはない、その分整備に頑張ってくださいと彼の肩を軽く叩いた。

するとと彼は腰のポケットからなにかを取り出し、私に受け取ってくださいと言う。礼を言われるだけでも面はゆいのに、品物まで貰っては、といったんは固辞したものの、彼の哀願するような眼差しに負け、それで気が済むのなら、と私は素直に受け取ることにした。それは鹿島神宮（茨城県）のお守りであった。私ははっとした。常に死生紙一重の戦場にあって、お守りは心のよりどころである。かつて日中戦争たけなわの頃、成都の太平寺飛行場に焼き討ち強行着陸したとき、大石二空曹や中瀬一空曹も報道班員にそのありがたさをしみじみと語っていた。

「……私が走る二〇メートルほどの堤のかげから、数十名の敵兵が銃口をそろえて射ってきたが、私には一発も当たらなかった。私には母さんから送られたお守りがあったから……」（大石英男二空曹）

「……太平寺飛行場を離陸した途端、下から射ってきた機関銃のため右のタンクを射ち抜かれた。次第に速力が落ち、自爆のほかなしと覚悟を定めたとき、ふと父から送ってもらった郷里の氏神様のお守りに手をやった。そのとき大石機が翼を振りながら助けに来てくれた……これもお守りのおかげです」（中瀬正一一空曹。階級はいずれも当時）

お守りは授かったものにとってこれほど大切なものである。そのようなものを貰うことはできない、と私はK一等整備員に返そうとした。彼はそれを遮り、このお守りは母に送って貰ったものであること、そして自分の実家が鹿島と水戸の中間にある堅倉で農業を営んでいること、あのとき、私が若い搭乗員を叱りつけなかったら、外に飛び出していただろうこと、近くにあった壕に入ってしまったことは自分の恐怖心からのことで、その心の弱さを恥じていることなどを訥々と語った。その純真な気持ちに私は心打たれた。そしてこれ以上その厚意に逆らうことは出来ないと思い、謝してお守りを預かった。

小走りに駆け去るK一整のうしろ姿を見ながら、私の胸はじつに爽やかだった。殺伐とした戦場にあって、ほのぼのとした人間らしい、血のかよった心の触れ合いに名状しがたい感動を覚えたのである。

このことがあって以来、私はK一整のことが妙に気になった。ラバウル空襲と聞くたびに彼の安否が気づかわれ、彼が元気であると知るとなにかしらホッとして思わずお守りを握りしめた。あのとき、K一整があどけない顔で哀願するようにお守りを差し出した、その顔が蘇ってくるのである。

それから二十日ほどたったある日の午後。列機十六機とともに、コロンバンガラ方面の攻撃を終えてブインに帰投すると、古参の搭乗員がラバウルから連絡が来ているので通信連絡所に行くように、と声を掛けてきた。胸騒ぎを覚えて通信連絡所に急ぐと、そこで待ち受けていたものはやはりK一整の戦死の報であった。私はいきなり張り倒されたような衝撃を覚えた。通信員がK一整の私物入れに私宛の手紙が残されており、それが明日ラバウルから届けられると伝えてくれた。私はその言葉を上の空で聞いていた。K一整は昨夜の空襲で戦死したのだという。その死が私には信じられなかったし、信じたくもなかった。しばらく外に出て、ジャングルに密生する椰子の幹や枝が爆撃で焼け焦げた姿を見るとはなしに見ていると、K一整との奇妙な縁が思い返された。防空壕での些細なできごとが、巷では考えられない心と心の触れ合いを生んだのである。虚脱感が体を包んだ。

翌日ラバウルから届けられた手紙には墨痕も鮮やかに「羽切松雄殿　直披」と書かれていた。私は宿舎に戻らず、零戦の翼の下に腰を下ろしてその手紙の封を切った。

『羽切松雄殿　あの節は本当に有り難うございました。たかが一介の整備員にすぎない自分を一人の人間として心に置いて下さったことに改めて感謝いたします。思えば二年有余自分は戦闘機整備に生き甲斐を感じ過ごして参りました。自分は茨城県堅倉の小農の次男として生まれ、土を生涯の友としていくことこそ、自分に与えられた人生と信じて参りました。しかし戦闘開始とともに海軍でご奉公することになりまして以来、ともすれば初志が薄れている自分に気がつきました。そのとき母が手紙と一緒に送ってくれたのが自分の畠の土だったのです。

土を掌に乗せた時、自分はもし生きて帰ることができたら再び土と取り組んで老いた母に食べて貰おうと思いました。便りの中に記しますと、母は非常に怒り、自分の薄弱な精神を戒めました。……ラバウルの宿舎裏の僅かな土地に自分は母から送られてきた胡瓜の種子を蒔きました。去年見事に十数本の胡瓜が取れたので隊の皆に食べて貰いました。自分は去年の胡瓜の種子を今でも大事に取ってあります。母に送るためでしたが、なかなか送る機会がないのです。母には又叱られるかもしれませんが、やはり自分は土を忘れることができません。

羽切さんが内地転出の時に母に伝えて貰いたいことがあります。母は糖尿病が持病です。現下では思うような食事も出来ないと思いますが、常に健康に留意するようお伝えください。今度ラバウルに来た時は是非自分の作った胡瓜を食べてください。一寸苦いですが、味は保証します。最後に整備の合間に作った詩を書き添えます。

スパナーを手に／私は空を見る
はるかな空に／友軍の翼を見る
ラバウルの土に／爆音が木霊する時
私の胸に／安堵の灯がともる
椰子の木の下に／翼を休めると
私はそっと／機体を撫でる
ご苦労さんと／ただそれだけで

ジュラルミンの肌が／かすかに頷く
バールを手に／私は空を見る
夕暮れの雲が／にっこり笑う
はるかな空に／南十字星が微笑む
私は土が好きだ／土も私が好きだ
静かに土をかきわけて／私は種子を蒔く
土は大きな手をひろげて／種子に呟く
さあ頑張ろう／みんなのために
種子は小さな眼を上げて／土に答える
お願いします／みんなのために
私は土が好きだ／土も私が好きだ
静かに土を寄せ集め／私は埋める
土は胸を張って／私に囁く
安心なさい／みんなのために
私は手を握る／お休みなさい

ラバウルにて　　　　K生

』

読みおわって私は曰く言いがたい感動を覚えた。文章や詩の巧拙ではなく、この一字一句には純粋な若者の心情が溢れているではないか。胸にひしひしとくるものを感じて私はK一整の横顔を思い浮かべた。そこには郷里の畠で汗と土にまみれて鍬をふるう一人の男、K一整の姿があった。このときばかりは私は戦争とは何か、と考えざるを得なかった。本来であれば故郷の地で田畑を耕しているはずの青年の日常が、戦争によって大きく変わってしまう。戦争は無情なものであるが、その無情さがこのときほど恨めしく思われたことはない。

戦後、私は彼の母親あてに手紙をしたため、K一整から貰った鹿島神宮のお守りを同封して送ったが、妹さんからは四カ月前に母君が亡くなったことを知らされた。

ラエ、敵艦船攻撃

九月四日、ニューギニア、フォン湾のラエに停泊中の敵艦船攻撃命令が下された。中攻爆撃隊三十六機に対し、二〇四空から上空直掩隊として上野哲士、福田澄夫中尉、羽切、大久保飛曹長らの零戦三十二機が参加した。

戦闘機隊は午前十時発進、ココポ飛行場から出発する中攻隊を待って、飛行場上空で合同した。ラバウルからソロモン海を横断して、ラエまでの所要時間は二時間余であった。上空は快晴で、海は紺碧に映え、穏やかな海上には小舟ひとつ見られない平穏な日であった。こんな静かな海に、恐るべき人食い鮫がどこの海よりも多いと聞かされており、急に白いマフラーを着けていないのが気がかりになった。

高度五〇〇〇メートル、いよいよニューギニアの対岸が見えてきた。まずは見張りを厳重にし、一中隊の左後方にピッタリついていった。朝の偵察機情報では、敵艦船が大小数十隻というから、熾烈な防御砲火は覚悟しなければならない。爆撃隊は徐々に降下しながら増速していった。そのとき私ははるか前方に、無数の黒点を見つけた。まぎれもなく敵戦闘機群である。小さなバンクをしながら列機に知らせた。一中隊も発見したらしく、編隊に動揺が見られた。

すでに爆撃隊も敵艦船を発見し、爆撃進路に入っていった。敵機はP－38約四十機で、先頭集団は爆撃隊に殺到してきた。なんとしても爆撃だけは無事に終了するように祈りながら、敵機の進路を阻んでいったが、たちまち彼我入り乱れての大空中戦となった。敵機に対し愛機の二〇ミリ銃が気持ちよく火を噴いた。敵は爆撃機が目標で、初めはこちらを見過ごしていた。混戦になればこちらが有利だが、敵機は執拗に追いかけてこなかった。爆撃隊を攻撃してくる敵機を次々と狙い撃ちした曳跟《えいこん》弾が、双胴の機体に吸い込まれ、今にも分解するかと思われるが、なかなか落ちない。連続射撃でようやく白い煙を曳きながら落ちていった。私たちの祈りも空しく、前方を飛んでいた陸攻が次々と火を噴いた。コイツメッとこの敵機を全速追跡しても、残念ながら距離は離れていった。海上の艦船からも、ときどき閃光が見られ、黒煙や大爆発が望見された。船団の高角砲や機銃掃射であたりは暗くなり、空も裂けんばかりの防御砲火である。高度も次第に低くなり、まわりに敵機は見えなくなった。すでに二〇ミリ弾は撃ち尽くしているし、長居は無用と、見張りを厳重にしながら帰路についた。ふり返ると、敵船団は黒煙にかすんで見えないが、沖天に二条、三条と黒煙が噴き上がっていた。

はるか前方に零戦らしき二機が帰路に向かって先行している。これに合同すべく増速しながらあとを追っていった。しばらくして後方をふり返って見ると、味方中攻とも思える一機がついてくる。気にしながらさらにふり返ってみると、まぎれもないP－38である。相手は一機だし、それほど驚きもしなかったが、そのまま全速で突進していった。敵機はこちらより速く、徐々に距離は縮まってきた。いつの間にか前方を飛んでいた零戦より前に出た。いつ反撃するか？　なるべく引きつけておき、機を見て〝距離約二〇〇メートル〟とっさに味方零戦の直前に引き起こしていった。驚いたのは敵機であり、二機の零戦であった。引き起こし時、敵機は私に向かって射撃したであろうが、遠くにそれたのか、曳跟弾の閃光も見られなかった。敵機は一旋回で逃走したが、あとを追っても追いつけないし、二〇ミリ弾は撃ち尽くしていたし、あきらめて早々に引き揚げたが、物騒な敵機ではあった。

この日の戦果はP－38八機撃墜、うち一機不確実であったが、わが方も二中隊一小隊二番機の橋本久英二飛曹機を失った。

この日の中攻爆撃隊の戦果は大きく、

撃沈　大型船一隻　中型船一隻

撃破　〃　一隻　〃　三隻

というのであったが、中攻隊の被害も甚大で、多数の未帰還機を出した。中でも館空時代からの友だちであった二期乙飛出身の斉藤少尉（山梨県出身）が搭乗する指揮官機も未帰還となり、大変残念に思いながら、戦闘機隊の掩護について私なりに反省したのであった。

九月十六日、午前中けたたましい空襲警報と同時に、二〇四空からは待機していた二十六機全機が、砂塵を巻き上げながらわれ先にと発進した。高度四〇〇〇メートル、まだ敵機は見えなかったが、最近は六〇〇〇メートル以上の高高度から進入してくるので、高度をとるのがもどかしかった。高度五五〇〇メートル、敵はいつもの逆コースをとり、北方から大きく迂回しながら爆撃進路に入ってきた。爆撃機の上空には沢山の戦闘機が護衛している。また反対の方向からは戦闘機の一団がこちらに向かってくるのが目撃された。戦爆連合百機以上である。発見と同時に有利な態勢づくりに全力上昇をしていった。

飛行場の爆撃は免れないが、ここは爆撃機を狙うべきだと判断し、極力敵戦闘機を牽制しながら私の小隊は、爆撃機先頭集団の左翼小隊を狙っていった。上方にいたF4Uが、すかさずこちらに向かってきたが、一瞬わが方が早く、斜め後上方から一撃を食らわした。列機も続いて射撃した。左に急上昇、避退しながら見ると、すでに敵機二機が煙を曳きはじめた。手応え十分で、続いて二撃目に入っていったが、上方の戦闘機に前をはばまれ、爆撃機には一撃しかできなかった。

辺りには敵戦闘機ばかりで、手当たり次第、態勢を整えては射撃していった。敵機もこちらを狙っては遠くの方から撃ってきた。頭上をかすめて飛ぶ敵機、そのあとを追う零戦、いたるところで、機銃弾の閃光が交錯している。しばし大混戦となり、方々に火災を起こしながら、あるいは煙を曳きながら、墜落する機が見られ、海上には幾つかの波紋が目撃された。

敵戦闘機はこちらの得意とする混戦や巴戦に巻き込まれず、爆撃機のあとを追って引き揚げて行った。わずか二十分足らずの空中戦であったが、いつにない激しいものであった。飛行場にも爆弾が落ち、緊急着陸以外はしばらく上空待機するか、一部はバラレ飛行場に着陸した。

　戦果
　撃墜　艦爆五機、Ｆ４Ｕ六機、Ｆ４Ｆ二機、Ｐ－39一機、計十四機（不確実二機）
　被害
未帰還　上野哲士中尉、大島末一中尉、長島清二飛曹、八木井利雄上飛、山本忠秋上飛

また先の八月十五日のベララベラ第一次攻撃で、未帰還になった島田正雄中尉と上野中尉、大島中尉は、ともに兵学校六十九期生で、前途を大いに嘱望されていたが、入隊後一カ月足らずで十分な戦争体験も経ずして、ソロモン上空に散ったことは、大変残念であった。

九月十八日、午前は敵機の来襲を予想して、早朝から二〇四空全機と、二〇一空からも磯崎千利《ちとし》少尉などの十六機が参加し、延べ六十一機がブイン上空の哨戒に上がったが、敵機の姿は見えなかった。

午後はビロアに停泊中の敵艦船攻撃、艦爆隊の掩護で二〇四空からは福田中尉、羽切、大久保飛曹長などの三十二機がブインを発進した。ビロアに向かって飛行中、見張りを厳重に注意していたが、最後まで艦爆隊と合同できなかった。やむなく戦闘機隊だけが

敵船団上空に突入した。

高度六〇〇〇メートル、あたりに敵機の姿は見えなかった。下の方には薄い断雲があり、ときどき視界を遮ったが、海上の船団は中小輸送船が多く、駆逐艦らしきもの一隻が望見された。高度が高かったせいもあり、船団からの防御砲火は少なかった。艦爆隊の到着を待ちながら、船団の上空を大きく二、三周し、一中隊から順次帰投針路に入ったとき、どこからかわいてきたようにF4Uの二機編隊がいくつも、次から次へと降ってきた。かなり見張りを厳重にしていたが、敵機は地の利、夕日を利用し、まったくの奇襲攻撃であった。

私の中隊は敵機の射撃寸前に巧みにかわしたが、後続中隊が狙われ、零戦の墜落が目撃された。敵機は約二十機で、こちらの方が機数は多く、乱戦になれば断然有利になるのだが、敵は一撃戦法で急降下したままどこかに消えてしまった。

やむなくわれわれが船団上空を引き揚げたあと、艦爆隊が到着し、敵戦闘機のいない船団攻撃となり、楽々と大戦果が挙がったとの情報を、私たちはブイン着陸後間もなく聞いた。

わが戦闘機隊はF4U二機を撃墜したが、二中隊長・大久保良逸飛曹長と列機の宮崎勲上飛を失った。大久保飛曹長は海軍入隊は私より一年後輩であったが、操縦練習生は一期先輩で、二〇四空着任も一緒であった。日華事変からの古強者で、戦地勤務も長く、上下の信頼も厚く、誰にも愛されていたのに、二〇四空にとっても大きな打撃であった。

ブイン上空最後の決戦

昭和十八年九月二十三日、早朝から空襲警報が隊内に鳴り響いた。飛行場に駆けつけるなり、搭乗員は飛行機に飛び乗り、順次発進していった。期せずしてブイン基地から零戦二十七機の全機が飛び上がったのだ。警報が早かったので十分高度をとる余裕があり、高度六〇〇〇メートル、ブイン西方一〇海里付近の洋上で、敵大編隊と遭遇した。敵はグラマンF4F、カーチスP-40、ヴォートシコルスキーF4Uなど百二十機で、今日は優位な空戦ができると思いながら、全速で敵機に接近していった。

いつものように一日一機の目標を達すればよいとは思っても、今日は敵機が沢山いる。彼我《ひが》ともに戦闘隊形にひらき、互いに相手の隙を狙っていたが、私の攻撃の常道とする、先頭編隊より少し遅れ気味のP-40に攻撃目標をおき、後上方から攻撃をかけていった。敵機は急旋回で逃げようとするが、空戦性能のよい零戦にとっては、まさに好機。間髪を入れず射撃をしながら、遮二無二追尾し連続発射する。敵機はたまらず急角度で落ちていった。

「よし、これで今日の目的は達成した」と思ったが、はちきれる闘志は押さえようがなく、ふたたび態勢を整えて、次の獲物を探していた。前方に発見した手頃な敵機に一連射し、とどめを刺すように第二撃を放つと、こんどは呆気《あっけ》なく白い煙を吐きながら、錐もみ状態で落ちていった。

〝きょうはやるぞ〟彼我の基地が至近な距離だけに、空戦は長く続けられていった。白や黒の煙を吐いてのたうち回っているのは、おそらく敵機であろう。ときに真っ赤な炎と共に墜落していくのは零戦であろう。戦場はさながら修羅場の如くであった。

私は優位な高度から三機目を探していた。そのときちょうど、下方一団の空戦場から離脱してくる一機のベルP－39戦闘機を見つけた。距離三〇〇メートル、高度差もよく、右旋回しながら追尾していく。高度差があったので容易に射距離に達した。発射前にもう一度後方の見張りをする。あたりに敵機は見えない。満点の照準をもって一連射する。どうやら手応えは十分だが、敵機は一向に平気で飛んでいる。さらに照準をしなおし、今度こそと発射把柄《レバー》を握ろうとした瞬間、ガガン、ものすごい衝撃。一瞬座席内が真っ暗になり、竜巻の中にほうり込まれたようだった。機はグングン急降下、海面めがけて墜落していく。いくら引き起こそうとしても機首が起きない。

とっさに操縦桿に眼を向けて見て驚いた。一生懸命引き起こしている操縦桿には右手はなく、勝手に座席の右下で汽車のピストンのように激しく上下運動をしている。

「やられたっ！　右腕だ！」私は左手で右腕を持ち上げ、両手で操縦桿をぐっと引き起こすと同時に、エンジンのスイッチを切った。再三零戦が火ダルマになって落ちていくところを見ていたからである。やや機首は上がったが、戦場を離脱するため、急降下を続けていた。肌着を伝って血が背筋を流れた。ふと右肩を見ると、飛行服に穴があき、傷口から白い肌着が見えている。「傷は深いな」果たして基地まで帰れるかどうか……。計器盤も見分けがつかないほどグチャグチャだ。意識はまだはっきりしている。飛行場までは五、六分だが随分と長く感じられた。

やがて前方に白い滑走路が見えてきた。脚を出すには座席の右下の油圧弁の把柄を押さえなければならない。ところが右手はまったくいうことをきかない。肩バンドをはずして中腰になり、左腕に体重をかけてグッと押した。どうやら脚は降りたようだ。高度を下げながら飛行場を一周する。滑走路の前方に零戦一機が横転しているのが見えたが、一切これにかまわず、着陸していった。滑走路がみるみる眼前に迫ってくる。緊張の一瞬だ。ガクンガクン――接地の震動で傷口がガリガリ音がして、同時に激痛が走った。四〜五〇〇メートル滑走して、前方に横転している零戦をわずかにかわして、その先で止まった。私は天蓋を開けて、駆けつけた整備員に「やられたァ、降ろしてくれえ」とさけぶのが精いっぱいであった。

整備員は私を見るなり「羽切分隊士がやられたあ」と大声でさけびながら、三人がかりで私を座席から降ろし、乗用車を呼んだ。医務室までのデコボコ道は長く、肩の傷口にこたえ、痛さに思わずうめき声が出てしまう。

医務室に運ばれた私の顔を見るなり、川島軍医大尉はことさら冷静を装って「羽切分隊士、どうしたね」と尋ねる。私は「やられました」とかすかに答えた。さっそく手術台に乗せられて、飛行服を前後から鋏で切り開き、傷口を見て驚いた。軍医は開口一番「呼吸は大丈夫かね。口から血が出ませんか」と矢つぎばやに聞かれた。「イヤなんともありません」「よかったですよ。それなら安心です」と生命に別状はないという。弾が背後から肩胛骨を貫き、さらに鎖骨を貫通して、前方に飛び出しているので、大分重傷だと言われた。

敵の空襲はなおも続いており、遠くからは機銃の発射音が聞こえ、またときどき物すごい高射砲の炸裂音が腹に響き、落ちついて治療もできない。応急処置だけで防空壕の寝台に寝かされた。ところが一時間もしないうちに寝台の毛布が真っ赤になってしまった。従兵が驚いて軍医に報告に行った。すぐ治療のやりなおしである。今度は前後の傷口から大きなガーゼを何枚も徹底的に挿入して、ふたたび寝台に寝かされた。四、五時間も過ぎると、また毛布が出血で大きく染まってしまった。驚いて、今度は私から従兵を医務室に報告にやった。

今度は軍医、看護兵など総がかりで、傷口から無数の血管を引き出し、一本一本ていねいに糸で結んでいるらしく、そのつど激痛が走った。かなり長時間かけて治療は終わったが、同時に両大腿部に大きな注射が何本も打たれた。三度目の治療でようやく出血は止まった。しかし痛さは傷口から足の方に及び、夜も一睡もできず、敵襲の合間をラバウル海軍病院に送られたのであった。

昭和十八年初めのガ島戦頃までは、敵戦闘機（P－39、P－40、F4U、F4F）に対し、わが零戦をもってすれば、数において少々劣勢ぐらいでは、十分勝算が得られたのであったが、日華事変当時からの古い搭乗員が、戦死や病気、過労などにより、第一線から徐々に姿を消すことにより、立場は互角から、むしろ押され気味となっていった。

この頃から敵は、零戦の弱点を読みとり、戦法を変えてきた。それというのも、昭和十七年六月に行われたアリューシャン方面の作戦において、不時着した零戦（搭乗員・古賀忠義一飛曹は戦死）が、ほとんど無傷のまま米軍に捕獲され、米本土に持ち帰られてしまったのである。

この零戦はただちに精密に分析研究され、その結果、その後の米軍機には空戦性能や出力などが大いに参考となった。そして昭和十八年九月のギルバート作戦から空母に搭載されたグラマンF6Fヘルキャットは、航続距離は零戦に及ばなかったが、エンジンは二〇〇〇馬力と約二倍の出力をもち、火力は一二・七ミリ機銃六挺と、零戦にとっては恐るべき対抗機となったのであった。

闘病生活

ソロモン諸島の前線で負傷した患者は、一度はラバウルの海軍病院に収容され、応急手当てを受けて、次の病院船の入港を待つのが常であった。ガダルカナル、ムンダ、コロンバンガラ方面の激戦地からは、昼夜をわかたず、駆逐艦や潜水艦で、あるいは飛行機便によって、毎日何十人かが入院してきた。

私は受傷翌日の九月二十四日、付き添いを伴ってラバウル病院に収容された。広い外科病室は患者で超満員、立錐《りっすい》の余地なく何十人、否、何百人かが寝台に横たわっている。わずかな間隙へ割り込むように私の寝台が備えられた。みな重傷患者であろうか、寝たきりである。南方の暑さに加えて、人いきれで全身に汗が吹き出てくる。私は簡単に患部の治療を受けて寝台に寝かされた。昼のうちは周囲の人声や、患者のうめき声もそれほど感じなかったが、夜になるとわが身の傷の痛さに加えて、この騒音が何とも耳ざわりで、寝つかれない幾夜かが続いた。

私の隣のベッドには、重傷患者が寝ていた。全身どころか頭から顔まで包帯で巻かれ、見えるところは口と鼻の穴だけであった。付き添いの話によると、全身火傷だという。夜中になり、あちこちの騒音は静かになっても、隣の患者のうめき声だけは一段と高く

ずんぐりしたＦ４Ｆ－４は運動性が意外に良好で、頑丈な機体は急降下離脱にも適していた。

負傷した羽切飛曹長をラバウルから呉まで運んでくれた病院船「高砂丸」。

夜明けまで続いた。さすがに私もたまらず大声で「静かにしろッ」と怒鳴ってみたが、一向にききめはなかった。

四日、五日と経過するに従って、大分静かになってきたな、と思われたある夜、私は寝つかれないまま、激戦地の戦友のことなど思いにふけっていた。すると、隣の患者はいつものうめきとは違い、夢でも見ているようなそれは静かで、親密な話し声で言った。「今日遠足に行ってきた女学生の方セイレーツ」と、この声を最後に急に静かになってしまった。私は変だな、あるいはと思いながら、付き添いを起こして容態を見させた。ところがすでに息はなく、この言葉を最後に隣の戦友は永遠の眠りについてしまったのである。私は、戦地で重傷を負った兵隊が、臨終のまぎわに、こんなことを口にしながら行ってしまうのかと、他人事とは思えない寂しさを感じたのであった。

私は入院後二週間余を経過し、傷口も大分落ちついてきた。そこでギプスを使用するからといわれ、診療室の腰掛けに座らされた。上半身を裸にされ、右腕を水平に上げたまま、腰から上はたちまちのうちに石膏で固められてしまった。私の戦傷名は「右肩胛骨部同鎖骨上膊貫通機銃創、同肩胛骨鎖骨複雑骨折」で、「後日傷口が癒《い》え、ギプスが取れても、右手は水平までしか上がらず、両腕を上げて万歳はできない」……と宣告されたのであった。

ここラバウル病院は、内地送還患者の応急手当的な病院で、外科病院には手足の切断患者など大勢いて、私などギプスをはめて、食事から身の回りまで左手一本でやらなければならない。にわかに左手で箸《はし》を使うのも不自由であったが、用便後の後始末ができなかったことが一番苦痛で、いちいち他人の手を借りなければならなかった。

こうなれば生活の知恵を働かせなければならない。ギプスを僅かばかり切断して、左手の運動を容易にしたり、孫の手のようなへらを作ってもらい、なるべく他人の手を借りないよう努力した。当時は男子用パンツの紐にはゴム製はなく、いちいち結ぶようになっていたし、左手だけでは結ぶことはできなかった。

私は翌十月十日、ギプスをはめたまま内地へ送還されることになった。ラバウルを離れるその日、日華事変以来の私の分隊長、隊長でもあり、もっとも尊敬していた横山南東方面航空参謀（当時少佐）が、わざわざブインからラバウルへ見送りにきてくれた。いち早く軍医長から私の病状を聞いたのか「羽切、もう戦闘機乗りはあきらめて、内地で療養に専念し、一日も早く元気になって、後輩の指導をしてくれ。頼むぞ」と言われたあの言葉こそ、生涯忘れられない感激であった。

その横山さんも、十余年前に脳卒中で倒れ、再起不能のまま物故されたことは、この上ない悲しみであり、往時を思うにつけ、ひとしお寂しさを感じている昨今である。

病院船「高砂丸」は、十日の夜陰に乗じてラバウルを出港し、一路呉港に向けて航海を続けていた。途中サイパンに仮泊したが、湾内から遠く見えるサイパン島は、秋の陽差しを全島に浴び、ソロモン方面とは及びもつかない平穏な姿で、やがて敵の戦火にさらされ、玉砕の憂き目に遭うとは、想像もつかないのであった。

国際法により病院船の攻撃はご法度になっているので、夜間でも必要な灯火は点灯して航行していた。しかし敵潜に対する見張りなど厳重で、警戒は怠らなかった。

呉港まで十日間の航海は、ただ薄暗いベッドに寝ているだけで、何の慰安もなく、退屈でならなかったが、内地に帰れるという心の安らぎと、戦傷の後遺症がどうなるのかの心配が交錯し、複雑な気持ちの毎日を過ごしていた。船内でもときどき看護婦の治療を受けていたが、ある晩、傷口の痒《かゆ》さがひどく朝まで眠れなかったので、朝食前に医務室に駆け込むようにして病状を訴えた。看護婦が包帯を取って見て驚いた。無数の黄蟻《あり》が傷口に群らがりたかっているではないか……。どこから集まってきたのか、私の寝台の下から私の肩の傷口を栄養源として、何千匹もの蟻が行列を組んで往復していた。陸上と違って船内で、どこからこんな沢山の蟻が湧いてきたのか、不思議でならなかった。すぐに寝台周辺の大消毒と相成った訳だが、怖気《おぞけ》をふるうとはこんなときを言うのであろうと思った。

十日間の長い航海も、敵機や敵潜の攻撃も受けることなく、「高砂丸」は十月二十日、無事に呉港に入港したのであった。

　私たち海軍関係者は即日、呉海軍病院に入院させられた。入院患者でも比較的軽傷、元気な者は、病院船が入港するたび、患者の収容、身の回りの整理などを手伝わされていた。「今日の収容患者で重傷者は四名かな」などとささやいて通る者がいる。聞けば船から担架で降ろされるとき、男は足の爪先が外側に開いているのが自然で、内側に曲がっている患者は脊髄骨折者で重傷患者だという。

　ある日、私の部屋へ同じく南方戦線で負傷し、ラバウルから送還されてきた患者が、ソロモン方面の現状を聞きたいと尋ねてきた。

　話はなかなか尽きなかったが、彼は南方戦線で上膊部から肘《ひじ》下までを敵弾に貫通され、重傷のままラバウル海軍病院に収容された。診断の結果、上膊部から右手を切断することを宣告されたが、彼は手術台に乗せられたとき、「軍医長、私の小指はまだこのようにピクピク動きますから、ぜひ切断を見合わせて下さい」と悲壮な声で訴えたそうである。すると軍医長は「どうせ内地に帰って切断しなければならないが、そういうならもう少し置くか……」とそのまま内地に送還され、呉海軍病院に入院したのであった。

　入院後は東京大学病院に三回も入院させられ、いろいろな試験・実験材料にされて、人一倍苦労したが、一年近くの闘病生活で、ようやく退院できるようになり、お陰で右手は切断しなくても済んだ、と大変喜んでいた。「しかし右手は自力では上がらないので、左手を添えて机やテーブルの上に上げてやる。食事をするときは箸は使える（握り挟む）ので、口をそこまで動かしてやれば食べることもできます。そして私は近く兵役免除になりますが、田舎に帰って時計屋でも開業して、自力で更生します」と、将来のことまで話された。あの言葉が今でも印象的で、必ず更生していることを信じているのである。

金沢八景の私の借家には、当時もちろん電話などはなく、代筆で手紙を出すのも面倒であったし、余計な心配をさせることもないと思って、家には一回も便りをしていなかった。

十一月十一日、横須賀海軍病院に転院を命じられ、白衣のまま早朝の列車に乗り、一日がかりで横須賀に帰ってきた。金沢八景に着いたのは午後八時頃、秋の日もとっぷりと暮れ、灯火管制下の街は真っ暗だが、通い慣れた道でもあり、手探りするようにして家の前に着いた。「ただ今」と玄関を開けて見ると、狭い玄関は履き物でいっぱい。障子を開けると両親をはじめ近親の人たちまでが大勢詰めかけており、何やら深刻な顔つきである。

私の突然の帰宅に驚き、急に騒々しくなったが、私の報告よりも、長女由美子の病状報告が先になった。聞けば一カ月ほど前から風邪に冒され、高熱が続き、とうとう小児麻痺《まひ》になってしまい、すでに虫の息で命も時間の問題という。義母は「私どもの看病が及ばず、こんなことになってしまって……」と言ってしきりに詫びていた。私の怪我の報告などごく簡単に済ませ、その夜は一睡もできなかった。由美子の容態は一進一退の連続で夜を明かした。翌日、私は昼前に横須賀海軍病院に入院の手続きを済ませた。そのときすでに半ばあきらめていたが、それから間もなくの十一月十八日早朝、由美子は幼い一生を閉じたのであった。

横須賀海軍病院には、准士官以上の入院患者は私と同室の佐藤大尉だけであった。佐藤大尉は「りおん丸」がラバウル方面で敵弾により損傷を受けたときに負傷したもので、命に別状はないにしても、かなりの重傷であった。佐藤大尉は大正十年頃の志願兵で、背は高く、すでに頭は白髪を帯びており、毅然たる態度はいかにも特務士官らしく、好感がもてた。

岳南水交会員で、先年物故された影島義治さんも、このとき「りおん丸」で負傷した一人で、本町の遠藤政治君も乗艦しており、当時の戦闘状況など、ときどき聞かされるので大変懐かしく思い出されるのである。

内地の病院に入院してから、適当に栄養をとり休養しているので、メキメキ太ってきた。負傷してから約二週間、傷の痛さに加えて食欲はなく、極度に疲労し、瘠《や》せ細っていたときにギプスをはめたので、ギプスがすっかり小さくなってしまい、大きな呼吸をしたり、食事を十分にとると胸や腹が締めつけられ、息苦しくて耐えられなくなってきた。ギプスは九十日間といわれていたが、その期間まで待てず、やや早目に外してもらった。

さあいよいよ自分との戦いとなった。軍医長からいわれたような後遺症が残るかどうか、その日から右腕の屈伸運動をはじめたのであった。平和なときなら温泉療養も考えられるが、そんな贅沢はいっていられない。病院の備え付けの小さな風呂に浸かりながら、一日に何回となく上下屈伸運動を続けた。もうすっかり傷口は癒え、ときどきレントゲンを撮るぐらいで、医者に診てもらうこともなくなり、この屈伸運動が毎日の日課になった。

右腕は上に上げるより、下に下げる方が容易で、毎日のように屈伸の範囲が大きくなっていった。しかし上の方にどのくらい上がるかが疑問であり、付き添いにステッキ様の棒を探してもらい、左手の力で右手を突き上げるのがより効果的と考え、毎日気合と共に何回となくくり返し、汗の出るまで実行した。

窓際の柱に印をつけ、毎日それよりどれくらい高く上がるかに興味をもち、自分で納得するまで続けた。軍医官が隔日ごとに様子を見に来たが、驚くばかり快方に向かっており、水平どころか、はるか高いところまで上げられるようになった。

私は長らくの療養生活と努力のかいあって、奇跡的に予想外の回復をみた。昭和十九年三月、まだ腕の運動も不十分で、ある程度後遺症も残るといわれていたが、毎日頭上を飛び交う零戦や紫電を見るにつけ、心ははやるばかりで、一日も早い退院を願い出た。

昭和十八年七月半ばから九月まで、私が飛行機隊指揮をとるようになってから、二〇四空は出撃回数九十七回を重ね、敵機百三十九機を撃墜し、三十一機を撃破したが、わが方も上野哲士中尉以下二十九人の尊い犠牲者を出したのであった。

第6章　戦い、われに利あらず

昭和20年1月、横空戦闘指揮所にて、戸口飛曹長とともに。
後方、左＝紫電改、右＝零戦。

三たび横須賀海軍航空隊付

昭和十九年（一九四四年）三月のある日、気晴らしに横須賀航空隊に遊びに出かけた。ちょうどその頃、八木部隊（司令・八木勝利中佐）の雷電部隊が、横空を基地として訓練飛行を行っていた。

指揮所を訪れると懐しい顔ぶれが大勢いた。司令は私の顔を見るなり驚いて「君はインで戦死したと聞いたが、違ったか」と冗談をいい、皆も喜び歓迎してくれた。しばし南方での激戦話でもちきりだったが、別れぎわに司令は「君は、次はどこを希望するんだ」「また横空へ来たいんですが」「馬鹿野郎、戦闘機はまだ無理だ。そんなにあせるな。木更津の一〇〇一空でも、厚木空でも君をほしがっている。どちらかにしろ」「どちらかと言われれば厚木空です」「そうか、それでは俺にまかせておけ」

それから一週間もたたないうちに突然、横須賀航空隊付を命じられ、三たび古巣へ戻ってきた。これには八木司令の助言があったものと、陰ながら感謝したのであった。

この頃の横空戦闘機隊は、あれから八カ月を経て、大分顔ぶれも変わっていた。飛行隊長・中島正少佐、分隊長・山口定夫大尉、私はその下の先任分隊士で、坂井三郎飛曹長、武藤金義飛曹長ら、強者《つわもの》どもが続いていた。

この頃の戦闘機の主力は依然として零戦であったが、実験機は雷電が紫電、紫電改に変わりつつあった。久しぶりに踏む飛行場の芝生、紫電改が軽快に走ってゆく滑走路、すべてが私には懐しく思えた。あんな重苦しい空気の中の戦場と、この内地の静かな安らぎではまったくの別世界、大きなへだたりがあった。南方の戦況は日増しに不利となり、やがて迫りくる敵の重圧をひしひしと感じずにはいられなかった。この頃敵の機動部隊がマリアナ方面にときどき出没するとあって、内地の航空隊でもますます緊張の度合いを深めていた。

「あ」号作戦

米軍は六月十一日からサイパン、テニアン両島に対し艦砲射撃を開始し、十五日には地上部隊がサイパンに上陸を強行してきた。豊田副武連合艦隊司令長官はただちに「あ」号作戦発動を下令するとともに、臨時指揮下に編入した横空主力と第二十七航空戦隊（北海道、千島配備兵力）で編成した、八幡《はちまん》空襲部隊に対し急遽硫黄島への進出命令が下された。

マリアナ諸島を巡る攻防戦となった「あ」号作戦は、日米がほぼ互角の戦力を以て覇を競った最後の戦いとなった。米機動部隊の直前で猛烈な対空砲火により撃墜された日本側攻撃機。

横空は「あ」号作戦に呼応して零戦、陸攻、陸爆、艦爆、艦攻などからなる八幡部隊を硫黄島に進出させたが、目ぼしい戦果を上げることなく、大半の機材を失った。写真は横空所属の陸上爆撃機銀河。

横空戦闘機隊は中島飛行隊長を指揮官として、山口分隊長以下、南方から帰った歴戦の強者たちを加え、横空主力の二個中隊二十四機が編成され、硫黄島進出の機を狙っていた。折からの梅雨期の晴れ間を見て出発するのであったが、小雨や濃霧に阻まれ、連日途中から引き返すという苦難をくり返し、六月二十日、ようやく硫黄島基地に進出したのであった。

敵機はグアム、サイパンを一挙に攻略すべく、連日激しい空襲をかけてきた。これに対しわが機動部隊は、すでに六月十三日、タウイタウイ泊地を出発、一大決戦を望んで現場に急行していた。

わが機動部隊の編成は、空母九隻（大鳳、翔鶴、瑞鶴、飛鷹、隼鷹、龍鳳、千代田、千歳、瑞鳳）、戦艦五隻（大和、武蔵を含む）、重巡十三隻、駆逐艦二十八隻からなっていた。一方、米軍第五八機動部隊は、正規空母七隻、軽空母八隻、戦艦七隻、重巡八隻、軽巡十三隻、駆逐艦六十九隻という大部隊であった。

これらの存在が初めからわかっていれば、他に戦法も考えられたであろうが、艦上や機上のレーダーも敵側が優れており、こちらは極めて幼稚であった。早朝から次々と索敵機を発進させたが、敵の位置や数にも誤報が多く、その上ほとんどが未帰還になってしまった。

六月十九日払暁より大決戦となり、激しい海空戦は翌二十日と続き、この二日間の戦闘で、わが方は、正規空母「大鳳」「翔鶴」、特空母「飛鷹」の三隻を失うとともに、空母「瑞鶴」「隼鷹」「千代田」、戦艦「榛名」、重巡「摩耶」も損傷を受け、艦載機のほとんどを失い、機動部隊としての戦力を喪失してしまったのであった。

　これに対し敵機動部隊の損失も大きかったが、機動部隊の損失は軽微で、僅かに軽空母「バンカーヒル」に火災を起こさせただけに終わった。わが海軍の最後の望みをかけた「あ」号作戦も、悲惨な敗北に終わったのである。

留守部隊の飛行訓練

　私は半ば静養中扱いにされていたので、硫黄島行き戦力からはずされ、残留隊の訓練飛行の指揮官を命じられた。主力を硫黄島に送り出し、急に飛行場は閑散となり、いままで訓練飛行も十分できなかった若い連中には好都合で、絶好の機会でもあった。七十一期兵学校出の飛行学生十数名に、飛行練習生を出たばかりの下士官兵約二十名で、教員といえば私と前後してソロモン方面から帰ってきた大正谷宗市、大原亮治、八木隆次上飛曹など数名の下士官しかいなかった。

　毎日のように零戦十数機を使って編隊訓練を行ったが、三機編成で訓練生を一日一回ずつ搭乗させるには、教員は毎日四、五回乗らなければならなかった。私も病み上がりなどと贅沢《ぜいたく》を言っておれず、毎朝誰よりも早く指揮所に出て、皆が出揃うまでには搭乗割の編成をし、飛行はじめには、その日の訓練内容、各編隊の空域から、風向による着陸コースの設定など、空と地の全般にわたって気を配っていた。着陸して地上にいるときは地上指揮官となり、各編隊長の発着報告を受けていた。

私が飛行中は、学生上がりの古参中尉が、私の代行として地上指揮をとっていた。ところが次第に慣れるに従い、地上指揮官の居心地がよいのか、私が着陸して指揮所に帰ってきても代わろうとしない輩《やから》がでてきた。軍令承行令からすれば、私は少尉であり、若造といえども当然彼らの方が上であったが、実は中島飛行隊長が硫黄島に出発するに当たり、戦闘機分隊の全般の指揮命令は、艦爆隊長の高橋定少佐が兼務するよう手配し、飛行作業については分隊士の私に任せられていた。

このことがいつしか高橋隊長の知るところとなり、さっそく飛行訓練の終わったところで、全員整列がかけられ、きつく説教されると同時に、私の地上指揮官が再確認されるところとなった。

注・軍令承行令については後章で所感を述べることにする。

安部二飛曹の殉職

五月のある日、私は列機を引っぱって相模湾上空の訓練飛行に専念していた。何回目かの訓練飛行を終えて飛行場に帰り、一番機から順次着陸コースに入った。滑走路の左の方から離陸線に向かってくる一機の大型機を見ながら、私は無事滑走路に着陸した。続いて二番機も着陸して滑走路を走っている。私がUターンして列線に向かって滑走している間に、三番機も着陸したことを私は確認した。三番機の行き脚（惰《だ》力《りょく》）の止まらないうちに、かの大型機が同方向に全速回転で離陸して行くのを目撃して、私は三番機の安部機が危ないと直感、後ろを向きながら大型機から目を離さなかった。

次の瞬間、この大型機は前方の安部機を発見するや、これは危ないと見て、とっさにジャンプするように急激に機首を上げたが間に合わず、プロペラで安部機をズタズタにして、かろうじて飛び上がっていった。見る間に安部機の胴体は、くの字型にへし折れ、エンジン全開で暴走しはじめた。搭乗員はと見れば、後頭部を削られ、白い脳味噌が吹き出して見える。首に巻いた白いマフラーが、強風にあおられて長く引きずられ、バタバタと舞っている様は、まさに猛獣が猛《た》けるに似たすさまじいものであった。

機は時速三〇キロ以上の速度で、一定の弧を描いて突っ走っている。方々から整備員らが丸太ん棒や脚立などの障害物を持ってきて置くが、全然受けつけない。いつの間にか横空だけでなく、追浜空からも野次馬たちが出てきて、何百、何千人の人垣が、この暴走機の周りを取り囲んでしまった。搭乗員、整備員など全員出てきたが、手のつけようもなく、ただおろおろしているだけである。

特に私は自分の列機でもあり、何とか大事にならないうちにと、気持ちだけが焦っていた。後方から追いかけても、とても追いつかない。とっさに私は危険を覚悟して、斜め前方より、暴走機の行く手を阻む方向から全力疾走で突っ込んでいった。かろうじて翼端をかわし、次の瞬間、左手で尾翼をつかんで胴体の上に飛び乗った。私が飛び乗ると急にバランスを崩して、機は直進しはじめたからたまらない。驚いたのは野次馬どもで、急に進路を開けて逃げ出した。

私がグサグサに切られた胴体を無我夢中で這い上がり、搭乗員の屍を越えてエンジンスイッチを切るまでの時間、僅か数秒であったが、私には必死の作業であり、観衆も固《かた》唾《ず》をのんで見ていたに違いない。スイッチを切るなり暴走機は飛行場の真ん中で止まった。私は胸に返り血を浴び、真っ赤に染まったが、左掌に僅かな傷を負っただけで大したことはなかった。ジャンプして飛び上がった大型機・銀河も、飛行場を一周して無事に降りていた。

二、三日して安部一飛曹の遺骨は海軍葬儀ののち、丁重に遺族に引き渡された。

私は後日、大勢から療養中とも思えず、若い者も真似のできない離れ業をやったと、もてはやされたが、それよりも列機を犠牲にした責任感で、しばらく沈痛な思いであった。事故の翌日、私は外泊で家に帰った。すると妻が、昨日航空隊で大きな事故があって、どこかの特務士官が暴走機に馬乗りになってとり押さえた、と近所でも評判になっているが、誰でした、と尋ねる。私は驚いて即座に「それは俺だよ」と答えた。まさかと妻はびっくりしたが、この暴走機に命がけで飛び乗って大事故を未然に防止した行為は、その後しばらく近所の噂になっていた。

数年前のこと、二〇四空会の総会の席で、当時横空の分隊員であった大原君や八木君がこのことについて発言、また一昨年の零戦会・長野支部総会の席上でも、誰かがこのことを覚えており、酒席の話題になったが、あれから五十年近くが経過しても未だに私の武勇伝として伝えられている。

敵は「あ」号作戦の圧倒的勝利の余勢をかって六月二十三日から、今度は硫黄島に殺到し、連日激しい空中戦が展開された。敵機は機動部隊の戦爆連合で、戦闘機は新鋭機のＦ６Ｆであった。これに対しわが方は、横空の精鋭部隊を主力として二六五空、三〇一空（戦闘第三一六飛行隊、第六〇一飛行隊）の新鋭部隊が加わり、横空、中島少佐の指揮によって攻防戦が展開された。

敵機の波状攻撃に、そのつど急速発進していったが、レーダーの未熟や敵発見の遅れなどで衆寡敵せず、次々と自爆・未帰還者を出し、僅か半月をもって分隊長・山口大尉以下その大部分を失い、無事帰還したのは坂井、武藤飛曹長以下数名に過ぎなかった。

このほか、このときの硫黄島空中戦では、二六五空、三〇一空など七十余名の搭乗員を失ってしまったのである。

横空の未帰還者の中には、二〇四空で長らくソロモン方面の激戦を戦い抜いて来た、数少ない生き残りの関谷喜芳、坂野隆雄、明慶幡五郎上飛曹など貴重な搭乗員多数がおり、致命的打撃となってしまったのである。

散る桜　残る桜も　散る桜

自爆・未帰還者

昭和十九年六月二十三日
一飛曹　小川三郎　一飛曹　柏木美尾

〃　〃　二十四日
飛曹長　白鳥忠男　上飛曹　二杉利次
上飛曹　関谷喜芳　一飛曹　久保井斌《たけし》
〃　明慶幡五郎　〃　植村寿義
一飛曹　久保貞夫　〃　坂野隆雄
〃　小池欣次

〃　七月三日　一飛曹　金子恒男

昭和十九年七月四日　大尉　山口定夫

制空権、制海権なき島嶼《とうしょ》での戦闘は、まったく一方的な戦いとなり、サイパンは七月八日、テニアンは八月三日、グアム島は八月十一日、次々と攻略されてしまったのであった。

飛行練習生当時から「蒼龍」、横空、十二空といつも一緒で、新型機や新兵器の実験に携り、昭和十五年八月、初めて零戦による重慶、成都の奥地攻撃に参加し、その優秀なる操縦技量には定評があり、上下の別なく信頼され、愛されていた東山市郎中尉も、連日の空中戦により重傷を負い、入院療養中に敵の猛攻に遭い、ついにサイパン島で玉砕したのであった。

雷電について

雷電一一型が初めて空技廠から横空に送られてきた昭和十七年九月頃から、零戦と比較対照され、初めから搭乗員に敬遠されていたが、一番悪評であった視界不良については、風防の形を変え、五〇ミリ高くするなど改良を加えたが、それでもまだ不十分であった。途中から翼内槽の燃料タンクに対し、自動消火装置が装備されたといわれたが、空中で実験することはできなかった。

二一型は、胴体内の七・七ミリ銃を廃し、翼を改造して翼内に二〇ミリ銃を四挺装備し、ベルト給弾式で各銃二百発にしたことや、胴体燃料槽もゴム被覆防弾を装備したことは、搭乗員にとって大変心強いことであった。

三一型は、視界不良問題が根強く、若年搭乗員には無理だとする意見が多く、さらに風防の高さを五〇ミリ高くし、幅を拡げるなどの改良の結果、操縦性は良くなった。反面、空戦性能は悪くなり、航続距離も短くなってしまった。

雷電はその後も三二型、三三型と零戦に劣らぬ改良がくり返され、三菱では全力を挙げてこれに応えた。最後の三三型は最高速力、高度六五〇〇メートルで三三二ノット（六一五キロ／時）、上昇力八〇〇〇メートルまで九分四十五秒と好成績を示している。

本型は発動機の生産が間に合わず、少数機に終わっているが、B－29の邀撃戦には目を見張るような性能を発揮したのであった。

昭和十八年十月、初めて三〇一空雷電部隊（八木司令）ができ、十九年六月、敵のサイパン来攻に際し硫黄島への進出を狙っていたが、折からの天候不良のため果たせなかった。十九年の秋からは日本本土防空用として三〇二空（関東）、三三二空（関西）、三五二空（九州）の各雷電部隊が配置された。

この頃本土防衛の戦闘機隊は、敵B－29の来襲に対し全力を挙げて奮戦したが、高度八〇〇〇メートル以上で来襲する爆撃機に対し有効に対処できるのは、この雷電部隊か、のちの紫電改しかなかった。雷電は、従来の艦上戦闘機よりはるかに大型化され、毛色の変わった戦闘機ではあったが、速力、上昇力、火力の優秀さをもって、戦争末期のB-29の邀撃戦には大なる戦果を挙げている。

使用期間は大変短かったが、十分乗りこなせる技量をもってすれば、局地戦闘機としては米機に劣らぬ優秀さをもっていたと思うのである。

紫電、紫電改について

紫電（N1K1-J）は、川西航空機の製造によるもので、昭和十六年末頃はまだ三菱が雷電の試作中で、航空本部は局地戦闘機として、相互にライバル意識をもたせることで優秀なる飛行機の誕生を願い、川西にその試作を指令したのであった。

もともと川西は飛行艇の製造から発足し、水上機の製作が専門であったが、強風（水上戦闘機）のフロートを脚に変えればかなり優秀な陸上機が作れるであろうと考え、発動機も強力な十八気筒の誉二一型一八〇〇馬力を装備することで出発したのである。

会社側はフロートの抵抗がなくなるので、強風の性能から算出すれば、高度四〇〇〇メートルで三五〇ノット（六四八キロ／時）は出ると予想したが、結果は三一〇ノットしか出なかった。

紫電は水上機の原型のまま中翼単葉であったので、脚が長く、零戦や雷電のようにそのまま内側に抱え込む収納はできず、伸縮式でいったん約三〇センチ縮めてから収納（抱え込む）するので複雑な機構となり、収納時間も長くかかった。邀撃戦闘機は情報により急速発進することが多いので、脚収納時間の短縮は寸秒が問題にされた。

誉二一型発動機は、初めて実用機に使用されたこともあり、重大事故が続き、試験飛行に至るまで二年近くも費して発動機の実用試験に没頭していた。火力も当初の二〇ミリ二挺、七・七ミリ二挺でなく、二〇ミリ四挺が装備されることになり、雷電に比較して航続力も長く、二〇〇ノットで九三〇海里（四・五時間）であったが、四〇〇リットルの落下増槽を装備すれば二〇〇ノットで一三〇〇海里（六・五時間）となり、母艦着艦実験も行い、将来は艦上機としても有望視されていた。

本機は昭和十九年十月、制式機に採用され、紫電一一型と命名されたのであった。

紫電改（N1K2－J）については、川西は紫電の試作中にも次の改良型を考え、性能も一段と向上した新型機の試作に入っていた。のちにその名も紫電改と命名されたのである。紫電に対し改良された主なる点は、次の通りであった。

一、脚を短くするために低翼型とした。これによって脚収納時間も短縮し、故障も少な

紫電11甲型。左遠方の雷電と同じ、対爆撃機用の局地戦闘機だが、主に対戦闘機戦に使われた。

紫電の中翼を低翼式に変更、別機に見えるまで設計しなおした紫電改。これは機首を延ばし13.2ミリ機銃２挺を追加した紫電改３（紫電32型）。

くなった。同時に視界も良好となり、雷電に比較し一段と評判がよかった。
二、直径の小さい誉二一型に合わせて胴体をやや細くし、全長を五〇センチ長くして、より安定性を図った。
三、二〇ミリ機銃はベルト給弾式になったので、四挺とも主翼内に収容した。
四、紫電にはなかったが、正面風防を厚さ七〇ミリの防御ガラスとした。後半になってから燃料タンクをゴム被覆とした。

本機は昭和十八年二月に試作に入り、約一年の短日月で一号機が完成、十九年一月に試飛行が行われた。試飛行の結果、最大速力三二〇ノットを記録し、自動空戦フラップも改良され、有効に働き、空戦性能も紫電よりさらに良好だといわれた。

紫電改三号機が横空に配置されたのは十九年八月頃で、戦闘機隊長も中島正少佐から指宿《いぶすき》正信大尉に代わっていた。

横空では次の日から紫電改の試験飛行が進められた。空技廠のテスト結果のデータに一通り目を通し、二番煎じのようになるが、上昇力、最大速力、上昇限度などのテストをしながら、発動機に関する詳細な記録を取り、調子の良否を鑑定した。

一、上昇力　　　　　　　　　　　　　高度六〇〇〇メートル　七分弱
離陸と同時に全力回転で、一気に一万メートルまで上昇し、各一〇〇〇メートルごとに、速力、時間（分、秒）、発動機諸元（回転数、油圧、油温、燃圧、ブースト圧

力）の記録を取っていった。

二、最大速力
発動機の公称馬力　一速　高度二〇〇〇メートル
〃　二速　〃　六〇〇〇メートル　最高速力三二〇ノット

三、上昇限度
ある程度時間をかけて（三十〜三十五分）最大上昇高度を探る。一万一〇〇〇メートル弱

四、燃料消費
飛行作業の内容と時間を記録し（飛行作業終了時に燃料を搭載する）、同時に燃費を記載する。一定期間をおいて集計算出し、大体の消費の目安をつけた。

四項以外は古い搭乗員三、四人で数日をもって一通りのテストを終了したが、間もなく四号機が入ってきたので、試験飛行に余裕が出てきた。

五、空戦性能
次は空戦性能で、対零戦から進められた。往復の編隊飛行で緩徐な運動は推察できたが、初めは自動空戦フラップの作動に慣れるのが目的で、プラスGをかけることによりフラップは作動するが、そのときの速力と操縦桿の引き具合で、身体に応える感触は違い、フラップが出ると急速に旋回は小回りとなった。零戦のように目が

くらみ、失神するまでにはならなかったし、その前に操縦桿の引きを調節し、機の旋回径の調整と同時に心身の調節を図った。

はじめのうちは零戦に比較し、水平、垂直運動とともに大らか（零戦のひねり込みのような小細工運動は無理であった）で、速力差があったので、不利になれば、いつでも全速降下で避退（引き離す）することができた。しかし回数を重ね、紫電改を乗りこなせるようになり、紫電改の特徴を活かした新しい戦法が、織り込まれるようになっていき、その優劣もつけ難くなっていった。

この頃、敵機との空戦は、単機巴戦はあまり見られなくなり、敵機は優速を利しての一撃戦法が多くなった。初戦のような単機空戦によって敵を制した時代は過ぎ、先に発見して自ら先制攻撃の態勢をとらなければならなかった。零戦が得意とした単機巴戦のような評価は次第に弱くなり、それほど重要視されなくなっていった。

横空の一部、厚木基地へ移動

昭和十九年十一月に入ると、敵機の本土空襲（写真偵察）がひんぱんとなり、横空戦闘機隊も落ちついて実験もできなくなってきた。零戦、雷電、紫電改と実験を要する重要な飛行機を、次々と厚木飛行場に避退させ、同時に塚本祐造分隊長以下、古い搭乗員が移動をしていった。

厚木基地の第三〇二航空隊は、小園安名大佐を司令とする雷電部隊と一部零戦隊で、帝都を守る海軍最大の基地でもあり、搭乗員も粒選《つぶよ》りが揃っていた。横空実験部は飛行場の北側に指揮所を設置し、敵襲の合間に紫電改の空戦性能や、一三ミリ、二〇ミリ機銃の射撃実験を行っていた。

紫電改は速力においては雷電に及ばなかったが、零戦（五六五キロ／時）に対し、紫電改（五九四キロ／時）は約三〇キロ優速で、自動空戦フラップを上手に使えば、単機空戦でも零戦と互角に戦えるので、雷電とは格段の差があった。

私たちはこの新鋭機に期待し、早く実験を完了させて戦地に出してやりたかった。しかし重要な実験の最中に、原因不明の墜落事故が起きた。搭乗員は、二〇四空でソロモン方面の激戦に参加した、少ない生き残りの一人、大正谷宗市上飛曹であった。

この日は秋晴れの絶好の飛行日和《びより》で、紫電改の空戦性能実験に単機で離陸し、厚木基地周辺で飛行中、突然急降下錐もみ状態で墜落、飛行場北側の雑木林に機体もろとも突っ込んでしまった。はっきりとした目撃者もなく、飛行機の故障か身体の急変か、まったく原因も判明せず葬られてしまったのであった。南東方面であんなに長く活躍し、死線を越えてきたのに、こんなところで殉職するとは、と惜しまれてならなかった。

Ｂ－29爆撃機が初めて本土を空襲したのは、米軍がサイパン島に上陸を開始した昭和十九年六月十五日の夜である。中国大陸から飛来したＢ－29の目標は、北九州の八幡製鉄所であったが、重要施設には被害はなく、市街地の被害も軽微に終わった。

米軍資料によれば、「六月十三日、インドのカルカッタ地区から移動した第五八航空団のＢ－29七十五機は、各機爆弾二トンずつを搭載し、六月十五日、成都基地を出撃し、目標に到達したのは四十七機に過ぎなかった。日本の高射砲は不正確で、Ｂ－29六機に軽微な損害を与えただけである。邀撃してきた日本軍の飛行機は、十数機を数えたが、命中弾はなかった。

この空襲で、進撃途中の不時着機を合わせ、Ｂ－29七機と五十五名の人員を失ったが、炎上した一機を除いては、全部操作上の事故によるものである。目的地に到着した四十七機のうち、目標を見分けることができないで、レーダー爆撃を行った機もあるが、七機は爆撃装置の故障のため爆弾を捨ててしまった」と記されている。

Ｂ－29の使用はまだ実用試験の段階で、操作上、航法上のミスが多く、最初の空襲のために爆撃隊は相当混乱していたようである。

七月七日深夜から八日未明にかけて、Ｂ－29十五機が長崎、佐世保および北九州方面に来襲したが、当夜は雲が多く、爆撃による損害は僅少に終わった。佐世保、北九州方面の各基地レーダーが機影を捕捉しているが、この夜の防空戦闘にも前回同様、海軍航

本土に来攻するＢ－29スーパーフォートレス。高性能と強力な防御火器のため日本戦闘機はしばしば返り討ちに遭った。

対弾性に優れたＢ－29はエンジン２基まで止めても容易に落ちず、この機のようにはるか洋上で不時着水するケースが少なくなかった。

空隊は参加していない。

八月十日、成都から出撃したB－29二十四機が、深夜から未明にかけて長崎、佐世保、八幡地区に来襲した。天候不良のため八機がかろうじて目視爆撃をしたが、わが方の被害はなかった。三五二空の月光二機が発進したが会敵していない。

八月二十日、成都から出撃したB－29約六十機が、初めて昼間八幡地区に来襲した。済州島および五島のレーダーが、相次いで目標を探知し、一六〇〇頃三五二空の零戦、月光七機がB－29と交戦したが見るべき戦果はなかった。

陸軍の防空戦闘機十機が、全力出撃し、果敢なる邀撃戦を展開し、その一機（二式複戦）は、敵編隊長機に体当たりし、その誘爆により他の一機も墜落している。陸軍の未帰還二機、大破四機であった。

米軍側資料によれば、「八幡上空で猛烈な高射砲の射撃により、B－29一機墜落、八機が損傷している。また日本機に三機撃墜され、うち二機は体当たり機によるものである。B－29は前述の四機を撃墜されたほかに、途中で十機を失い、九十五名の戦死者もしくは行方不明者を出した」とされている。

本土西部に対するB－29の来襲は、この日の八幡空襲のあと、しばらく中断されている。

B－29の東京初空襲

昭和十九年十一月一日の朝サイパンを発進したF－13（写真偵察用B－29）は、高度九〇〇〇メートルで東京上空に進入し、写真偵察を実施した。これは十七年四月のドゥーリトル爆撃隊の本土急襲以来、初めての侵入であり、マリアナ占拠後初めての来襲であった。

十一月二十四日、第二一爆撃隊のB－29百十機は、サイパンのイスレイ基地を発進した。そのうち九十四機が伊豆半島を北上し、富士山付近から東進して、高度八九〇〇〜一万メートルで東京に侵入してきた。

米軍資料によると「主要な爆撃目標である中島飛行機・武蔵製作所は、ほとんど雲に覆われていた。そのため武蔵製作所を爆撃したのは、僅か二十四機に過ぎず、六十四機が東京の市街地および港湾に投弾し、六機は器材故障のため爆撃できなかった」とある。

三浦半島方面上空で哨戒していた三〇二空ほかの海軍機（雷電、零戦、月光、零夜戦など）約百機は、敵機を発見できず空戦の機会はなかった。横空からも待機中の六機が、この激撃に飛び上がっていった。指揮官機は山本旭飛曹長（現清水市興津町出身）で、やや発進が遅れたので、敵編隊群を左に見ながら東寄りに進路をとり、千葉方面に向かって全力上昇していった。敵機は高度一万メートルから緩降下で京浜地区に侵入し、爆弾投下と同時に、ほとんど全力旋回で南方に退避していったので、零戦ではその捕捉は極めて困難であった。

警報解除と同時に邀撃機は三々五々飛行場に着陸してきたが、列機は全部帰っても山本機の姿は見えない。時間も過ぎ、燃料ももはや欠乏するであろう頃、電話連絡により、千葉県八街《やちまた》付近に識別不明の戦闘機墜落との情報により、急遽、整備分隊士を隊長とする救助隊が現地に派遣された。墜落機はまぎれもなく山本機の残骸で、見るに忍びない無残なる墜落死であった。

後刻、列機の詳細な報告によると、高度七〇〇〇メートルで全速力で敵機に向かって突進中、二番機より五〇〇〜六〇〇メートル先行していた山本機と、敵機との距離はまだ一〇〇〇メートルもあり、とても射距離には達していなかったという。

味方の対空砲火は閑散で、敵B－29からの機銃弾もまだ届かないであろうと思われる距離で、突然山本機は墜落していったという。山本君は身体強健で、操縦もベテラン、そう簡単に墜落する訳もなく、おそらく敵機の無数の流れ弾によるものと判断された。

山本君は私より海軍は一年後輩で、同県人でもあり、誰よりも親しく家族ぐるみの付き合いをしていた。この山本君が関東方面B－29空襲時の横空最初の戦死者であった。このとき私たちは、B－29の高高度空襲に対する交戦のむずかしさを痛感した。

先にもときどき記載している大石英男君も、昭和八年の志願兵で、彼は静岡市三番町の出身、母親と子供一人の母子家庭で、同じく十九年九月十二日、二〇一空のセブ島の空中戦で散華している。

両未亡人とも男児一人を出産しているが、生後間もなく二人とも戦死しているので、子供は父親の顔などまったくわからないまま育てられ、二十数年が経過した昭和四十五、六年頃、相前後してきれいな花嫁に恵まれ、大石家は静岡市の式場で、山本家は興津の水口屋で盛大な結婚式を挙げられ、両家の披露宴にたった一人私が旧戦友として招待されたのであった。私の祝辞の大半は、父親との戦前戦中の昔の話題、未亡人は懐しく涙を浮かべて熱心にきいていたが、花婿たちはどのように受け止めたか……写真でしか見たことのない父親のこと、今さらそんなことをと、隣席の花嫁にいささか照れてか、複雑な表情であった。

話題は少しそれたが、敵はサイパンを基地として、いよいよB－29による本土空襲をはじめた。われわれも新兵器の実験どころではなく、にわかに武装して敵機の邀撃に備えることになり、約五カ月を厚木基地で過ごし、ふたたび横空に引き揚げてきたのであった。

特攻機「桜花」一一型

南方戦線は常にわが方が後手となり、すでにマリアナ諸島は占拠され、次は硫黄島までが危険にさらされるに至った。緒戦時あんなに恐れられていた零戦も、すっかり弱点を読みとられ、憂色濃くなった昭和十九年八月頃、大田正一少尉の発案による特攻機「桜花」が空技廠で設計され、その名も大田少尉の頭文字をとって丸大《まるだい》と命名された。

丸大は小さな翼を付けて頭部に一二〇〇キロの爆弾を装備した一人乗りの機体で、一式陸攻の胴体下に吊るして、敵艦を発見したなら母機から離脱し、ロケット推進、ついで滑空により、操縦しながら敵艦に体当たりする構想であり、操縦員は万が一にも生還はできないのであった。

桜花は比較的早く、十一月末には約五十機が生産され、大型空母「信濃」に搭載して、横須賀軍港からひそかに南方に出撃していった。「信濃」は長らく横須賀軍港につながれ、艤装されていたが、いつも上空からその巨体を見ては、この新型空母に大きな期待をかけていたのであった。完成と同時に特攻機を満載して南方に向かったことを仄聞《そくぶん》していたので、「信濃」の行く先はわからなかったが、この特攻機の活躍によって起死回生までにはならないにしても、敵艦船群にかなりの損害を与えるだろうと想像していた。

ところが十一月二十九日、「信濃」は潮岬沖で敵潜水艦の餌食となり、沈没してしまった。期待が大きかっただけに、この情報は海軍上層部はもとより、われわれにも大きな落胆となったのであった。

昭和二十年に入り、敵のマリアナ基地からのB－29による日本本土空襲はしだいに激しくなり、一月九日に続き、二月十日には関東一円に来襲して来た。わが方も情報により関東周辺の飛行場から、陸海軍の防空戦闘機が一斉に飛び上がっていったが、多数の敵機を撃墜するには至らなかった。

二月になっても敵機の攻撃目標は、軍需工場や重要航空機製作所に向けられていた。二月十五日には、トラック島西方一八〇海里に敵機動部隊らしい艦船群あり、針路北上中、との情報が入った。敵機動部隊が本土空襲を企図していることは明らかであり、内地の防空隊はますます緊張を高め、横空でも敵機の来襲に備えて、零戦と一部紫電改を加え四個小隊十二機を用意していた。

敵機動部隊、本土来襲

二月十六日、早朝から空襲警報が横空隊内に鳴り響き、不吉な予感を抱かせた。搭乗員はそれぞれ飛行場に駆けつけ、飛行服を着て出発準備をしていた。指揮所に来た指宿隊長の情報だと「敵は空母をまじえた機動部隊十数隻で、現在の位置は銚子沖六〇海里(約一一〇キロ)、空襲警報、第一配備につけ。出発までにはまだ時間があるが、搭乗員は指揮所を離れるな」であった。

今日は久しぶりに艦載機にお目にかかれるとあって、指揮所内は急に騒々しくなり、緊張は高まっていった。この日の搭乗割はいつもの編成であったが、零戦十機に紫電改二機が加えられていた。指揮官は塚本大尉、私は紫電改三号機で第二小隊長、二番機・志賀正美飛曹長、三番機・山崎卓上飛曹で、武藤金義飛曹長が紫電改四号機で第三小隊長と決まった。全員が南方帰りの実戦経験者であった。

午前七時三十分、いよいよ出発命令が発令された。「敵戦闘機数十機、野島崎南方洋上三〇海里に発見す」愛機の気持ちのよい爆音が周辺の山にこだまする。

私は列機に合図して塚本小隊のあとに続いた。大空に突き刺さるように紫電改は、たちまち高度五〇〇〇メートルまで駆け昇った。

横須賀軍港がまるで箱庭のように小さい。海上を白い糸を引くように、内火艇らしい数条の航跡が目に入る。敵襲に備えて軍港内のあわただしさが手にとるようにわかる。機はなおも上昇する。高度六〇〇〇メートル、そのとき急に塚本小隊が左右にバンクした。

ハッとして前方を見ると、はるか西方に味方の高射砲らしい弾幕がいくつも認められ

昭和20年２月、関東地方の日本戦闘機と航空施設を襲うため空母「ホーネット」から発艦直前のＦ６Ｆヘルキャット。

横空の戦闘機隊の面々。前列左から山口大尉、大原中尉、後列左羽切飛曹長、阿武上飛曹。

た。私はジッと目を大空の果てにそそいだ。右前方の雲間のわずかな青空の中に、黒いゴマを撒き散らしたような数十の黒点が目に入った。距離は遠い。私はゆっくり翼を左右に振って「敵発見」を列機に知らせた。位置は三浦岬上空か、進路は東北だ。数においては不足ない。「今日こそ、この敵機どもを無事には帰さないぞ」と敵愾心《てきがいしん》が急に燃え出した。進路を北にとって増速する。速力がグングン出る。私は優速の紫電改なので列機を気にしながら、射撃準備をした。

黒点が次第に大きくなってきた。距離一五〇〇メートル、列機もピタリとついてくる。塚本小隊は左前方をまっしぐらに進んでいく。「おうグラマンだ、ヘルキャットだ」正しく敵機は艦載機F６Fだった。胴体がズングリ太く、いかにも強そうだ。〝地獄猫〟の異名をもつ米海軍自慢の戦闘機である。

距離八〇〇メートル、敵編隊も上下運動が激しくなってきた。列機にも攻撃準備を合図する。私の位置からは敵二小隊を捕捉するのが有利とみて、斜め後上方から射撃態勢に入った。列機もそれぞれ優位な態勢から、適当な敵機を目がけて空戦に入っていった。しかし敵もさるもの、こちらに向かって前下方から撃ってきた。敵は初めから無理な態勢で、弾は逸れて遠くの方に消えた。しかし私の射撃も致命弾とはならなかった。続いて私はこの敵機に後下方から強引に食い下がり、連続発射だ。私は完全に敵機の死角に入っていた。四挺の二〇ミリ機銃が同時に火を噴く。曳跟弾が胴腹に吸い込まれる。かなりの手ごたえだ。

やっと白煙を引きはじめ、速力が落ちてきた。間髪を入れず三撃目を発射する。おそらく数十発は命中しているであろう。敵機はたまらずドス黒い煙を吐きながら、地上めがけて落ちていった。

さて次の敵機はと見ると、はるか前方を東方に向かって疾走するグラマン三機に対し、零戦二機が追跡している。その北方では彼我十数機が入り乱れての大空中戦。ときおり機銃弾が花火のように閃《ひらめ》き、そのたびに飛行機から黄色い煙の尾を曳く。すでに彼我不明の数機が火を噴いて落ちてゆくのが目撃された。

ようやく前方に敵機をとらえ、射撃態勢に入ったが、すかさず反撃されて射撃はできない。ふと後ろを向くと、私を目がけて攻撃してくるＦ６Ｆ、私はとっさに敵機の腹の下に入る。ものすごいスピードである。そのあとを零戦が追っていく、敵機は次第に前方遠くに離れ、味方機だけが取り残されていた。紫電改でもとても追いつきそうもない。いつしか横浜上空だ。列機はと探すが、辺りには見えない。近くでもあるので単機で飛行場に帰った。

ソロモンで出合ったＰ系の陸軍機やシコルスキーと違って、Ｆ６Ｆは空中性能も段違い。戦意も旺盛で、これは手強い相手だと思った。

この日の空戦でわが横空戦闘機隊は敵機五機を撃墜したが、わが方もまた一機未帰還、二機被弾という損害を受けた。未帰還機は私の三番機、山崎卓一飛曹である。彼は空戦中に被弾、操縦不能となったので愛機から飛び出し、落下傘降下して、横浜市杉田付近の山林に落下した。ところが傘体が木の枝に引っかかり、飛び降りることができず、中吊りになっているところを、土地の警防団に米軍飛行士と見まちがえられて撲殺されたのであった。

敵味方の識別困難といえども、惜しみても余りある戦死であった。私どもは二度とこのような悲惨な事故をくり返さないよう、飛行服や飛行帽に大小いくつかの日の丸を縫いつけて、味方の識別をはっきりさせたのであった。このことがたちまち全海軍に知れわたり、飛行服に必須のマークとして着用を義務づけられたのであった。

翌十七日も敵機動部隊は本土近海を遊弋していたが、わが方はこれに対して一矢を報いることなく、関東平野をわがもの顔で飛び回る敵機に対し、何ともやるせない気持ちであった。この日も戦闘機第一配備で、早朝から緊張の連続であった。残存する零戦を二直に分けて、交互に空中警戒に当たり、一部は相模湾に敵機をとらえ激戦の末、何機かを撃墜したが、私たちは敵影を見ず切歯扼腕《やくわん》して着陸した。

続いて二十五日、ふたたび艦載機が本土を急襲し、敵機の攻撃目標は航空基地、中島飛行機・小泉および太田工場であった。これに対し横空からも零戦、紫電改など十機が発進し、横須賀付近上空を警戒していたが、敵機と遭遇はしなかった。勢いに乗りきったこの頃のグラマンF6Fに対して、わが方の若武者では、いかんともなし難く、次第に犠牲者も多くなり、優劣の差は大きくなっていった。

一方、敵機動部隊は二月十六日早朝から硫黄島に対し、戦艦、巡洋艦による艦砲射撃を開始し、同時に護衛空母群の艦載機が連日銃爆撃を行い、十九日にはいよいよ上陸開始となったのであった。

この頃、海軍上層部の間でひそかに特別攻撃隊の準備がなされ、二月十九日、六〇一空内に特別攻撃隊の編成ができ、零戦十二機、艦爆十二機、艦攻八機からなる「第二御盾特別攻撃隊」と命名され、指揮官は村川弘大尉と決定した。同特別攻撃隊は二月二十一日朝、香取基地を発進、八丈島で燃料補給し、正午頃から逐次出撃して、夕方硫黄島周辺の敵艦船に突入した。米軍側資料によれば、護衛空母「ビスマルクシー」沈没、空母「サラトガ」大破、護衛空母「ルンガポイント」、防潜網輸送艦一隻、LST二隻が損傷している。

その後も硫黄島に対し、陸攻が少数機で連日の夜間攻撃を加え、延べ七回、二十六機、陸軍重爆隊も数回夜間爆撃を行っている。

硫黄守備部隊は悪戦苦闘しながらも、米上陸軍に大損害を与えたが、敵の圧倒的な物量攻撃により、三月十七日未明、兵団長・栗林忠道中将は、悲壮な告別電を大本営に送り、陸海軍部隊全員が突撃を敢行、玉砕したのであった。

（参考）

第一御盾特別攻撃隊は、零戦十二機（指揮官二五二空・大村謙次中尉）、および彩雲二機が、十九年十一月二十七日硫黄島を発進、サイパンのアスリート飛行場を攻撃した特攻隊である。不意の強襲により、飛行場の混乱している状況が、米側電話傍受により判明した。攻撃隊の零戦は低空で進入し、くり返して銃撃を加え、飛行場にあったB-29四機を破壊し、六機を撃破して全機未帰還となっている。

妻の急逝

昭和二十年二月のある日、私は久しぶりに外泊で金沢八景の自宅に帰った。見ると妻がしょんぼりと冴えない顔をしている。「どうかしたか」と聞くと、「少し微熱があって頭痛がするの」ということであった。が、翌朝は元気よく私を送り出してくれた。次の日も心配しながら家に帰ってみると、相変わらず冴えない顔である。「一度医者に診てもらったら……」とすすめたが、なぜか億劫《おっくう》がっているようでもあった。私は「追浜駅前の済生会病院に行って診てもらったら……」と言って家を出た。

診察の結果は、ただの流行風邪《はやりかぜ》で大して心配はない、ということであったが、四日目の夕方から熱は上がり、夜中に四〇度を超し、とうとう縁起でもない譫言《うわごと》まで言い出してしまった。「あなた、私にだまってまた戦地に行くのね。今度は帰ってこられないので、自分の戒名まで書いて枕元に置いてあるんじゃないの」とまで言うにいたっては、私もびっくりした。

夜中ではあったが、日ごろ仲の良い隣の奥さんの応援を頼み、取りあえず生後三カ月の長男の面倒を見てもらうことにした。翌日、済生会病院に入院させ、同時に田舎から両親に来てもらい、当分の看病を頼んだ。

敵機の空襲は日毎に激しくなり、連日の警戒警報は早朝から夜まで続いた。夜はB－29の空襲で睡眠不足の上に、昼は艦載機の空襲である。横空の戦闘機も交代でこの邀撃に飛び上がった。いつもわれに倍する敵機を相手に、大空中戦を展開、ときには大きな戦果を挙げたが、味方機もそのつど犠牲者が出て、搭乗員もクシの歯が欠けるようにだんだん少なくなっていった。

私は隊長、分隊長には秘密で、毎日昼は空戦、夜は妻の看病で外出していた。二月の地下防空壕は凍てつく寒さで、両親は連日の看病でくたくたになってきた。私も見かねて、昼の空戦のことなどおくびにも出さず、代わって妻の看病に専念していた。入院してから十日余りが経過しても、一向に熱は四〇度を下がらず、半狂乱状態が何日も続いた。夜中に暴れ出すと押さえきれず、可哀想だったが、寝台から落ちないよう縛りつけていたこともあった。一刻も早く病名を突きとめ、適切な治療をと思っても、ご時世が許さなかった。

平常時の病人に加えて、連日の敵襲による重傷患者が、引きも切らず運ばれてくる。すでに敗戦の色は濃く、人手不足に加えて医薬品も乏しく、日増しに衰えていく妻の病態にいかんともなし難く、病名も判然としないまま約半月の闘病生活をもって、三月二日の夜半、二十六歳の若さで他界してしまったのであった。

昭和二十年二、三月の本土は、何十年ぶりかの酷寒に見舞われ、二月末から降り続いた大雪は三月に入り、関東方面では二、三〇センチにもなった。私からの電話連絡により、田舎から父親をはじめ、義父、義弟など七、八人が、その日の晩にかけつけてくれた。ささやかな内輪だけのお通夜を営んだ。

私は翌日の火葬場行きに、前もって横空からトラックを一台用意してもらえるよう、あらかじめ副直将校にお願いしておいた。ところが定刻になってもなかなか来てくれない。しばらくすると、昨夜来の関東方面への敵襲により、航空隊でも大きな被害を出し、お気の毒だがトラックを出すことはできない、と断りの電話であった。やむなく大家さんからリヤカーを借り、火葬場まで妻の柩《ひつぎ》を引っぱって行くことにした。

私は軍服に長靴を履いて、リヤカーのハンドルを握り、慣れない雪道を引いていった。こんな姿を見かねた義父が「松雄、あまり格好がよくないので俺が代わる」と言って交代してくれた。義父のこの言葉の有り難さに涙が止めどもなく流れてきた。

追浜の火葬場は昨夜の空襲で破壊され使用できないので、汐入の坂本火葬場にいくよう連絡を受けていた。坂本といえば金沢八景から六、七キロもあるであろう。遠い雪道を何時間かかったか、ようやく火葬場にたどりついたのであった。到着して見て驚いた。連日の空襲で犠牲者が続出し、狭い火葬場は柩がぎっしり並べられ、足の踏み場もなかった。係員が言うには、今日の受け付けでは茶毘《だび》に付すのは一週間後になるので、何日に引き取りに来てくれという。

遠路わざわざ駆けつけ、汽車の切符もなかなか買えない上に、連日の敵襲でふたたび出直すのもむずかしいこの頃、何とかできないかと哀願したが、らちがあかない。最後の手段として、父に相談した。私たちの田舎では火葬場に行くときは、火夫たちに何らかの付け届けを持参するのが仕きたりになっていたので、父たちはあらかじめ用意してきたのであった。

この頃の日本人の一番欲しいものは、何といっても金より食物であった。田舎から持参した僅かな白米と清酒一本で、二つ返事。「地獄の沙汰も金次第」「仏の道も物次第」で、その日の夕方には茶毘に付すことができたのであった。私はこんなに有り難さを感じたことはなく、終生忘れることはできない。翌日、妻の遺骨と長男を皆さんに託して郷里に帰ってもらうと同時に、金沢八景の家を引き揚げたのであった。

B-29と刺し違え

三月に入るや戦局はいよいよ逼迫《ひっぱく》して、硫黄島の敗戦も決定的となり、三月十日から東京をはじめ主要都市に対し、激しいB-29の夜間焼夷弾攻撃がはじまった。

厚木の三〇二空の夜間戦闘機「月光」が、斜め銃をもって単機で敵大編隊の後下方に食い下がり、毎回二機、三機を撃墜したのもこの頃である。

三月のある日、私は列機とともに、空襲警報と同時に、横須賀飛行場を離陸した。そのときすでにB-29の第一陣は、横浜上空に達していた。本牧の高射砲がさかんに火を噴いているのが望見された。第一陣を攻撃するチャンスを失った私たちは、帰路に先回りするように銚子の方向に全速で上昇していった。高度ようやく五〇〇〇メートル、京浜地区上空は味方高射砲の弾幕が一面に炸裂している。味方戦闘機の空戦のようすが望見された。敵機群の高度ははるかに私たちよりも高かった。私はなおも高度をとりながら、敵機を視界におきつつ南下した。高度八〇〇〇メートルとなった。敵機はもはや爆弾を投下したのか、緩徐な降下でわれわれの方へと避退してくる。「しめたッ」と私は思った。

第一陣には間に合わなかったが、第二陣には十分な攻撃態勢がとれそうだった。高度九〇〇〇メートル、私は列機に気を配りながら、後上方攻撃をかけようと、敵編隊を斜め後下方に見つつ左旋回に移り、深角度攻撃を実施すべく、思いきり前方で急反転した。その頃横空では、B-29に対する新戦法がさかんに研究されていた。まず第一に進めたのが深角度の後上方攻撃であり、若い搭乗員にはむずかしく難点はあったが、味方の被害を最小限に食い止めるには、この攻撃方法が最良とされていた。

射撃態勢もよし、極力肉薄射撃を行うべく、しゃにむに接近していった。敵機が照準器にいっぱいになった。よしこのときとばかりに、発射把柄《レバー》を握らんとすると、すでに敵機の機銃が火を噴き、無数の敵弾がわが機の付近で炸裂した。〝なにくそ、やられてもここは味方の上空だ〟一撃必墜の信念で二〇ミリ弾を力いっぱい敵機にたたきこんだ。角度は少し浅くなったが、後上方射撃としては満点の態勢だった。狙ったのは一中隊の三番機で、わが二〇ミリの曳跟弾はほとんど敵機に吸い込まれていった。もう火を噴くであろうと思うが、なかなか火が出ない。

するとわが機に軽い衝撃があった。危ないッとただちに右に避退し愛機を見ると、右翼に二、三発、エンジンや胴体にも何発か当たっているらしい。みるみるうちに風防が油の飛沫で真っ黒になり、同時に前方の視界が利かなくなってきた。これはいけないッと私は次の攻撃を断念した。くやしまぎれに先ほどのB-29を見ると、敵機は薄い煙の尾を引きながら、一機落伍してぐんぐん高度を下げていく。私はとどめを刺したかったが、あの状態ではとても敵基地の硫黄島までたどりつくことはできまいと思って、残念ながら銚子沖合の地点から引き返した。

帰路、冷静になったところで機体を見まわして見ると、燃料タンクは命中を免《まぬが》れているようだ。薄暗くなった座席内を見ると潤滑油の漏洩《ろうえい》がひどく、飛行服までが真っ黒になってきた。心なしかエンジンの爆音までが少し変に聞こえる。高度四〇〇〇メートル、あと二、三十分の飛行で横空まではなんとかたどりつけるであろう。エンジンをだまし、だまし、不安な飛行を続けていた。左右と後方は見えるが、前方の見張りはできない。ときどき機首を左右に振りながら、かろうじて横空の上空に到着したのであった。すでに何機かの飛行機が着陸していた。

整備員が忙しそうにかけ回っているのが見える。私は飛行場を一周して着陸地点を確かめた。別に滑走路に被爆もなさそうである。私は脚を下げようと脚把柄を操作した。いつもなら数秒にして完全に出る脚が、今日はなかなか出ない。座席内の標示灯も左は青になったが、右は黄色のままである。翼面に突出する標示柱も僅かに残して十分に出きらない。これは変だと手動ポンプをついてみるが、圧力がかからない。どうやら注油タンクをやられたらしい。そこでやむなくエンジンをだましながら、やや高度をとり、プラスGをかけたり、急激な操作をしてみたが、何の変化もなく、脚は出きらない。いっそのこと脚を納めて着陸しようと思ったが、油圧がかからないのに脚が納まるはずもない。

低空に下がって地上から脚の出具合を見てもらうべく、指揮所の上を通過して見たが、やっぱり赤旗が振られた。脚の出ていないことに間違いはない。しかしこうなっては施すすべもなく、片脚で着陸するよりほかに手段はない。左に滑らして着陸すれば、たとえ転覆するにしても、自分の体だけは傷つけないで着陸できると考え、思い切って着陸コースに入っていった。地上には大勢の整備員が集まっている。見れば救急車までが用意されている。

高度三メートル、私は万が一を考えて、極力手足に力を入れて着陸操作に移った。今にも脚がたたまって転覆するであろうと覚悟していたが、なかなか転覆しない……。ついに行き脚が止まった。変だな、と座席の標示灯を見ると、完全に青が点灯している。不思議でならない。どうしても出なかった右脚が、片脚着陸のショックにより完全に出てしまったのである。私はそのまま列線に向かって滑走していった。整備員がかけつけ、私の機の下をのぞき込み、あっけにとられている。そして疑うように私の顔を見る。私はようやく安堵して列線に帰るなり、座席から飛び降りた。

私は指揮所に帰り、指宿隊長にこの日の空戦の模様を詳細に報告した。隊長はとたんに笑顔になり「羽切分隊士、君でなければできない芸当だ。ご苦労、ご苦労」とねぎらいの言葉をくり返した。

すでに先刻帰着した列機の搭乗員は、私が一撃食らわせたB－29は銚子沖三〇海里（五五キロ）の海上に着水したことを確認してきて、すでに隊長に報告していたのであった。

後刻、整備の機体検査の結果判明したのであるが、私の飛行機は機体のほか、エンジンにも数発命中し、その一発は潤滑油タンクを貫通し、すでに油はなく、飛行も不可能な状態であったという。

桜花隊の出撃

三月二十一日早朝、鹿屋を出発したわが方の索敵機の情報によれば、九州都井岬の南方三二〇海里（約六〇〇キロ）付近に、米空母三隻からなる三群の機動部隊が発見された。

この敵は低速で上空哨戒機も飛ばしていないとの情報で、わが司令部の判断では、十九日以来わが方の攻撃で損傷した艦隊であることが予想されたので、司令長官・宇垣纒《まとめ》中将は満を持して待機していた桜花隊に、出撃の好機来れりとして攻撃準備を命じ、同時に戦闘機隊に全力を挙げての掩護準備を下令した。

この桜花隊の隊長は勇猛果敢で知られる野中五郎少佐で、海軍きっての親分肌の隊長

昭和20年３月21日、鹿屋基地を出撃する桜花を下腹に積んだ一式陸攻24型。野中一家はこの攻撃で１機も帰ることはなかった。（©・榎本哲）

４月１日、米軍は圧倒的な物量を以て、沖縄本島に上陸した。

であった。桜花隊は一式陸攻十八機のうち十五機が桜花を装着、直掩戦闘機隊は零戦三十機であった。

野中少佐は私たちが「蒼龍」時代の昭和十三年後期、まだ飛行学校を出て間もなくの海軍中尉で、遅ればせながら「蒼龍」艦攻分隊士として着任してきた。着任早々に甲板士官を命じられ、翌日から「蒼龍」の日常生活の軍規風紀が一変し、厳格でやかましいなどを通り越し、誰からも敬遠され、毛嫌いされていた。搭乗員がちょっとでもふしだらや間違ったことでもすると、頭から決めつけ、「俺の兄貴(四郎)は二・二六事件の責任をとって腹を切って死んだ。貴様らも腹を切れ」と怒鳴ることもしばしばであった。

ところが昭和十四年三月、「蒼龍」艦攻隊は華北方面の攻撃を実施したが、分隊長・渡辺睾大尉が青島《チンタオ》上空で戦死未帰還となり、急に分隊長が欠員となってしまった。そのとき野中分隊士は急遽分隊長に昇格、艦攻大世帯の責任者となったのである。このときの心の痛手やショックから、野中分隊長の性格がガラッと変わり、搭乗員は出撃以外や非番のときは昼でも寝台での休息を許すという、一八〇度転換の変わりようであった。

また野中隊長の出撃前の隊員に対する命令がふるっていた。一段と声高らかに「野中一家の野郎ども、セイレーッ……今日の出入りはデッカイから抜かるでねえぞ……出発」部下たちはこの頃から隊長を信頼しきっていたので、この一言で勇気百倍、いつも旺盛で、どこの隊よりも統制がとれていたのであった。

早くから命名されていた神雷特攻隊は、つねにこの日を予期して指揮所の前に「非理法権天」「八幡大菩薩」の旗を立てて大いに士気を鼓舞していた。

三月二十一日午後一時半、出発前に「湊川だよ」の一言を残し、鹿屋基地を飛び立っていったが、敵はすでにレーダーによって、わが方の進撃を察知して、母艦群の戦闘機F6F百五十機が空中で待機していた。先発隊は数十海里も進出し、大空中戦を展開したのであったが、わが零戦隊の奮戦にもかかわらず、陸攻は次々と火を噴き、桜花を離す暇もなく、墜落していったのであった。

わが軍の大きな期待を担って立ち上がった桜花隊も、敵艦に突入したのは僅かで、その目的を果たさずして全機未帰還となり、南海に散っていったのであったが、野中隊長以下隊員の心中いかばかりであったろうか。桜花の使用については、私ども特准仲間（特務士官、准士官）では、大田少尉が発案者であるので、まず彼がまっ先に突っ込むべきだと陰ながら話していた。このことは実現しなかったが、その後大田少尉も内地の航空隊において戦死していったのであった。

四月一日早朝、敵機動部隊は、太平洋のどの海岸にも加えたことのないような、猛烈極まる艦砲射撃ののち、沖縄本島南西部の嘉手納付近に上陸を開始した。これに対しわが方も、九州方面から陸攻、銀河、彗星などに加え、陸軍重爆などが夜間攻撃を加えたが、米機動部隊の捕捉撃滅ができなかったばかりか、攻略部隊の上陸阻止もなし得ず、ほとんど無傷のまま米軍に上陸を許す結果になったのであった。

四月二日黎明から敵機動部隊に対し、銀河、陸軍重爆、天山、彗星などを発進させ、午後は爆戦三十機が沖縄南方の空母群に特攻攻撃を加えた。以後毎日のように、夜間は大型機の爆撃、昼間は爆装戦闘機による爆撃がくり返され、次第に特攻隊としての出動が多くなっていった。こうしたわが方の消耗に対し、敵は新鋭部隊を増強し、優れたレーダー機器により防御も次第に堅くなり、たまに華々しい大本営発表がなされたが、特攻機の緒戦時に比し、敵艦命中率も次第に低下していったのである。

一方、四月に入って敵は硫黄島基地に新型P－51戦闘機を増強し、マリアナ基地から出発するB－29を掩護し、本土空襲を企図していたのであった。

四月七日、初めてP－51九十六機、B－29百七機が、東京および名古屋方面を攻撃してきた。東京の目標は中島飛行機・武蔵製作所であった。これに対し厚木・三〇二空の雷電三十八機、零戦十七機、月光十五機、彗星十五機、その他銀河、横空など関東方面の残存兵力のほとんど百機以上が邀撃に飛び上がった。わが搭乗員の多くは、陸軍戦闘機の飛燕がいつもより早く飛び上がったと早合点したが、これがすべてP－51で、いざ空戦に入ると、わが方よりはるかに性能がよく、銀河、彗星、月光などは、B－29の夜間攻撃用の斜め銃（後下方攻撃）しか装備していなかったので、格好の餌食となり、わが方は九機の犠牲を出し、陸軍の邀撃戦闘機の被害も多く、十一機を失っている。それに較べて敵はB－29三機、P－51二機を失っただけであった（米側資料）。

二七号爆弾と最後の飛行

この頃横空では、B－29に対する新戦法として、まず第一に進めたのが深角度後上方攻撃であった。これによってある程度戦果を挙げてはいたが、たまに一機ぐらいの撃墜では焼け石に水、気勢も上がらなかった。

そこで考え出されたのが、ロケット爆弾であった。従来の戦闘機の機銃ではB－29の撃墜は容易でなかったので、敵大編隊に向かって一撃で三機、四機撃墜するには、ロケット砲弾を直接敵機群に撃ち込むことが、戦果拡大にもっとも有効だと考えられたのである。差しあたり、六〇キロのロケット爆弾を紫電改の両翼下に一発ずつ取り付け、機銃と同じ方向に軸線を合わせ、OPL照準器で狙って発射ボタンを押せば、電導発射されるという仕掛けであった。

この爆弾は三号爆弾と同じく、焼夷弾は黄燐で、挿入弾子百三十五個、初速毎秒二七〇メートルというものであった。空技廠で極秘裡に実験の結果、ようやく威力に自信がもてるようになり、横空で実用実験するよう強い要請があったが、目標のない空中実験は不可能で、その成果は未知数であった。

この新兵器をB－29の邀撃に使用することになり、紫電改三機に装備して、翌日の邀撃に備えていた。

昭和二十年四月十二日、この日は朝から快晴で、暖かい絶好の飛行日和であった。この頃の敵の目標は東京、名古屋など大都市に集中していた。正午を過ぎると南方基地の電探が、敵B－29の大編隊を捕捉したとの情報が入ってきた。

兵舎に待機していた搭乗員は、われ先にと指揮所に駆けつけた。ロケット爆弾を装備した紫電改三機は、早くも整備員の手によって試運転がはじめられ、快いエンジン音を発していた。一番機・塚本大尉、二番機・羽切少尉、三番機・武藤飛曹長である。指揮所の前に整列して指宿隊長の命令を待った。

やがて隊長が真剣な面持ちで、作戦上の注意を述べたあと、一段と声を高くして「いいか、きょうはわが海軍が初めて使用する新兵器を装備しているのだ。その威力が本物かどうか、一におまえらの腕にかかっている。成果を期待するぞ……」

隊長の命令を聞きながら私は、必ず成功させることを誓ったのである。

四月の午後の日射しは輝いていたが、低空はミストが深く、視界は良好とはいえなかった。しかし高度をとるにしたがって、次第に視界がひらけてきた。横空からは紫電改三機だが、厚木方面からは続々と味方機が上がってきた。早くも高度九〇〇〇メートル、急に寒さを感じる。酸素吸入器の中の息が凍って、露がポタポタ膝の上に落ちてきた。ときどき無線電話で敵情が知らされてくる。「敵戦爆連合大編隊、八丈島西方通過、見張りを厳重にせよ」われわれは江の島上空で、進路をやや西に向けて次の情報を待った。目は大空の果てを探し求めるように、油断なく警戒していたが、なかなか敵機は見えない。すでに離陸して一時間半を経過している。

一番機が列機をふり返る回数が多くなってきた。やがて一番機が進路を変えて降下姿勢に移ったそのとき、「敵大編隊、大島上空通過」の情報がくり返し通報されてきた。一番機はふたたび上昇しはじめた。続いて「下田上空」が報じられてきた。「いよいよお出なすったな、イチかバチか突っ込んでいくだけだ」

一番機の合図で単縦陣となり、全速力で西に向かって突進する。やがて敵の爆撃機の編隊が点々と見えはじめた。その数約百機、高度一万メートル、横へひらいた堂々たる大編隊だ。その上空には無数の戦闘機が掩護している。一番機は敵の真正面に針路をとり、静かにバンクした。〝やるぞッ〟の意気ごみを見せ、私もバンクし、一番機に続き、やや高度を下げて浅い前下方攻撃に入っていった。

距離二〇〇〇メートル、一〇〇〇メートルと、またたく間にちぢまってきた。敵大編隊は屏風をおっ立てたように照準器いっぱいに広がってきた。六〇〇メートル、五〇〇メートル、大小無数の曳跟弾が辺り一面に飛び散った。

私は〝ここだっ〟と無意識のうちにロケット弾の発射ボタンを力いっぱい押した。だがどうしたことか、まったく反応がない。〝畜生ッ、かんじんなときに不発か〟と思ったが、もう間に合わない。あっという間にB－29の巨大な機影が前にはだかった。すかさず左フットバーを蹴とばして急反転した。瞬間バリバリッと背中で音がしたと思うと、身体全体に小砂利を投げつけられたようなショックを感じた。と同時にグラグラッと機は大きく左右に揺れた。ハッと上を見ると、敵の真下で急降下している。

とにかくいったん離脱しなければと、機首をめぐらして敵編隊から離れ、間髪を入れずエンジンのスイッチを切った。座席内に目を落とすと、右足膝あたりの飛行服が破れている。急に痛みを感じる。周囲を警戒しながら右足を動かしてみた。どうやら動く。〝傷は浅いぞ、どこかへ不時着〟とそのまま高度を下げて、不時着場を探した。エンジンを止めているので、あまり遠くまでは飛べない。

高度一〇〇〇メートル、左下方に靄《もや》に包まれた飛行場がぼんやり見えてきた。どこかで見たような飛行場だ。高度を下げて見ると、それは厚木飛行場であった。私は万が一の火災を考え、エンジンを止めたまま厚木飛行場に滑り込んだ。

遠くの方から数人の整備員が駆けつけてきたが、もう私は自力で飛行機から降りる力はなかった。整備員二、三人で座席内から抱えるように降ろしてくれたが、私が負傷をしているのに驚き、すぐ救急車で病室に運んでくれた。応急処置を受けているうちに連絡を受けて、横空から塚本大尉が迎えにきてくれた。

私は分隊長の顔を見るなり、ロケット爆弾が不発であったこと、それに負傷までしたことを詫びると、塚本大尉はニッコリ笑って「なあに、お前ばかりではない。俺も武藤も失敗さ。まあ気にするな」と慰められたが、この重要な新爆弾が三機とも不発とは、急にくやし涙がこみ上げてきた。

翌日、私は横須賀海軍病院に入院の身となった。戦傷名は「右膝関節貫通機銃弾々片創、同大腿介達弾々片創、右手掌機銃弾々片創」という長いものであった。無数の敵弾が座席内で炸裂したため、手足の方々に負傷を負ったが、膝関節（お皿）の一部が粉砕されたのが深手で、三、四カ月の療養を要するというので、熱海の海軍病院に送られたのであった。

この秘密兵器の二七号爆弾が三機とも不発に終わり、関係者の落胆は大きかったと思うが、もしあのとき私の機の爆弾が敵機に命中したならどうなったかを、私なりに反省してみたのである。

江の島上空で、はるか西方に敵編隊を発見したとき、彼我の高度はどちらも一万メートル、とっさに一番機の塚本大尉は前上方攻撃は無理と判断し、徐々に高度を下げながら接敵し、前下方攻撃を決意したのであった。ところが敵機も徐々に高度を下げながら増速し、爆撃進路に入ってきた。これは敵機の予定の行動で、京浜地区爆撃高度は八五〇〇～九〇〇〇メートルに下がっていた。

こちらはさらに高度を下げながら、無理な前下方攻撃になったので、攻撃角度も一〇度足らずの浅い前下方攻撃になり、否応なくトコトン接近したのであった。私が発射ボタンを押し、急反転で避退したときの彼我の距離は、一〇～二〇メートルで、まさに衝突寸前であったことは想像できると思う。

この態勢で敵編隊の五〇〇メートル前方でロケット爆弾を発射すれば、敵速二七〇ノット、こちらが二三〇ノットとすれば、秒速二六〇メートルで接近し、ロケット噴射の爆弾の秒速二七〇メートルがプラスされるので、約一秒で爆弾は敵機に命中、炸裂する。その直後にわが機が至近の直下を通過するので、敵機墜落と同時に、わが方にも致命的な現象が起こったであろうと想像するのである。

二七号爆弾の使用は、私たち横空の紫電改三機が初めてで、その後の使用を聞かないが、発案者、使用者双方とも事前に綿密な研究が必要であることを痛感したのである。

当時、熱海の大きな旅館は海軍に接収され、戦傷病患者の病院になっていた。一番大きな大野屋旅館が本部（第一病院）で、ここで手術、治療、リハビリなどが行われ、岡本、青木、古屋旅館などは病院に指定されていたが、患者の療養所的な病院で、私は第五病院（古屋旅館）に入院したのであった。古屋旅館は木造三階建てで、患者三、四十人に対し軍医一人、看護人十人足らずで、准士官以上の患者は私一人であった。

初めのうちは毎朝、患者搬送車で本部病院に送られ、治療を受けていた。大腿部と掌《てのひら》の傷は日ごとに良くなったが、膝の傷は一向に治らず、いつまでも腫れは引かなかった。ときどき探子を刺したり、レントゲンを撮って見たが、原因はわからず、軍医は思案にくれていた。が、再度切開手術をした結果、傷口の奥深くから一〇ミリ×二〇ミリぐらいの飛行服の切れ端が出てきた。原因はこれであったので、それからは日ごとに快方に向かっていった。

松葉杖が使えるようになってからは、本部までの約四〇〇メートルの往復を街や海岸通りを散歩しながら、歩行訓練のつもりで、時間はかかっても極力歩くことに専念していた。毎日のように頭上を通過するB－29の大編隊に、何ともいえない憤りを感じ、不満足な攻撃に痛惜の念にかられていた。

この頃、熱海の住民の間に誰いうとなく、敵機は熱海を絶対爆撃しないという、まことしやかなデマが飛んでいた。その理由は、やがて米軍が日本を占領すれば、熱海は彼ら高官の休養地、保養地になるからというのであった。そして、夜間こそ灯火管制が励行されていたが、昼間は空襲警報が発令されても、避難するものもいなければ、防空壕らしい施設も作られていなかった。

毎週土曜日になると、横空から従兵が航空食や嗜好品を持って見舞いに来てくれたので、いろいろな情報を聞くことができた。また富士から病院まで一時間足らずで来られるので、ときどき田舎から母親たちが長男を背負って見舞いに来てくれ、病院生活も退屈することはなかった。病院に子供は珍しく、看護婦たちには、いつしか母親《おや》なしっ子のことが伝わり、不憫なわが子を下にも置かず、交互に抱っこして離そうともせず、可愛がってくれる姿には、いつも目頭が熱くなり、陰ながら感謝していたのであった。

この頃私は、従兵から武藤金義飛曹長が、三四三空（紫電改部隊）に転勤したことを聞いた。彼は日華事変以来実戦経歴も長く、操縦技量も抜群で、敵機との空戦の切れ味も良く、何十機となく撃墜しているが怪我ひとつせず、運の良い男であったので、また も華々しい働きをと期待していたのであったが、終戦まぢかの七月二十四日、艦載機との空戦で豊後水道上空に散華したのであった。

私は入院間もなくの五月一日付で、中尉の進級通知を受けた。入院中の孤独の生活で、誰に話すでもなく、喜んでくれる人もいなかったが、三階の中央一室を独占させてくれたことには、心から感謝したのであった。

熱海の夏の夜は暑かったが、誰にも気がねすることなく、窓を開けはなして寝ることができた。昼は相模湾が一望に開けて大島も指呼の間に見えたが、夜は微かに初島が浮かんで見えるだけで、あたりに漁火《いさりび》ひとつなく、静かな海辺に星の光がとてもきれいに輝いていた。戦争からはるか遠ざかった感じで、わが身辺を見つめながら、今後の戦争の進展などしばしば空想するのであった。

思えば十八年九月、ブインで重傷を負い、いったんは戦闘機乗りをあきらめたものの、奇跡的に回復し、ふたたび戦闘機乗りとして、しかも憧れの横空に復帰することができ、互いに生死を共にした親しい連中と、こんどは所を変え、内地で連日敵機と渡り合っていた。が、四月十二日、ふたたび重傷を負うとは、運というより自分の技量の未熟さを悟り、いま一度戦場にと心は逸《はや》るばかりであった。しかし、この間かけ替えのない長女を亡くし、続いて生後三カ月の長男を置き去りに妻にも先立たれるなど、気も心も動転するような悲惨なできごとに遭遇し、戦争の苦難や非情さが身にしみ、虚脱状態になろうとするとき、もはや敗色は濃く、到底勝ち目のない戦争であることは誰にも想像できた。

しかし太平洋戦争を聖戦と信じ、祖国の発展と民族の繁栄を願い、最後の勝利を信じつつ靖国神社で再会を誓って戦死していった、多くの先輩や列機のことなどを思うとき、この安らぎが申し訳なく、いつしかいら立ちに変わり、一日も早く操縦桿の握れる日を、と待っていたのであった。

終　戦

八月十五日の朝食時、私は看護婦から、今日の昼頃重大ニュースがあることを知らされた。ここ数日来、広島、長崎への原子爆弾投下の暗いニュースのあと、こんどはソ連の対日宣戦布告かなと、不吉な想像をしながら落ちつかない気持ちで待っていた。患者たちは皆昼食もとらずに、ラジオの前に集まってきた。正午の時報のあと、「ただ今から重大放送があります。全国の聴取者の皆さま、ご起立を願います」という言葉で、さっと水を打ったような緊張感に引き込まれ、自ら襟を正した。

荘厳なる君が代の旋律は緩やかに万感こめて流れはじめた。じーんと眼頭に熱さを覚えるひととき、暫し特徴ある玉音の響きが耳に触れ、陛下のお声は心なしか、ともすれば淀みがちだったと拝聴したが、残念ながら雑音が多く、詳細は聴取できなかった。終戦に対するお言葉であった。

私はこの日のうちに身の回りを整理し、翌日横空に帰ることにした。まだ歩行訓練が不十分で、足をひいていたが、久しぶりに軍服姿になると気も引き締まり、不体裁なこ

敗戦の日から３週間たった横空の追浜飛行場。彗星、彩雲、月光、一式陸攻、天雷が放置されている。

同日、同じ神奈川県内の厚木基地でスクラップ化を待つ零戦21型。５年前の大空の覇者はただの金属塊でしかなかった。

ともできず努めて威儀を正し、十六日、原隊に復帰したのであった。

私はまず指宿隊長、塚本分隊長に帰隊の挨拶に向かったが、士官室は騒然としており、誰もが緊張し、殺気立っていた。ようやくご両人にお会いすることができ、今日までの病状の経過と現状を報告した。士官室の空気は、これからも全力をもって最後まで決戦を挑もうとするもの、一方、陛下の大御心に沿ってこのまま鉾《ほこ》を納めようとする両論で、一時はどうなるかと案じられたが、日時が経つに従って、漸次静かになり、ひとまず終戦に傾き、同意することになった。が、三〇二空の小園司令が、最後の一兵まで戦うことを宣言し、連日飛行機で関東地方に宣伝ビラを撒いたのもこの頃であった。

八月二十日午前、各分隊とも総員集合がかかり、それぞれ隊長や分隊長からこれまでの経過が詳細に話され、命令によって整備員はさっそく飛行機のプロペラはずしにかかり、夕方までにはペラのない飛行機が方々に散在していた。昨日まで寝食を忘れ命がけで整備してきた飛行機がこんな姿になり、最後はどうなるのか、搭乗員も整備員も万感胸迫るものがあったであろう。

搭乗員は果たして上官の命令に素直に従うかどうか心配された。分隊員の中には、久しぶりに私の顔を見て、懐しく駆け寄ってくる者もいたが、重大な事態だけに落ちついて話もできなかった。

搭乗員はひとまず田舎に帰って、なにぶんの沙汰を待つようにと言い渡され、二十一日から二十二日の間、身の回り品を持たせ、強制的に帰郷させたのであった。この頃から、隊内の空気は殺気立ち、被服庫や糧秣倉庫は着剣した歩哨が立つなど物々しくなってきた。

坂井分隊士は金沢八景の私が住んでいた借家に、新婚生活を営んでおり、しばらくここに落ちつくというので、私は下士官兵の搭乗員を隊外に送ったところで、帰郷することにしていた。今まで生死を共にしていた懐しい同志とも短い会話もすることなく別れてしまい、私は病院に行くか田舎に帰るか思案したが、医師からは自宅療養を取り沙汰されていた時期でもあり、歩行訓練中であったので、独断で郷里に復員することにし、二十三日夕刻に帰郷したのであった。

第7章　その後に思うこと

飛行機事故

現代は国民皆免許時代であり、老若男女を問わず身体障害者に対しても座席内を改造して免許を取らせる方針なので、運転の適性など考える余地はない。しかし前述したように、飛行機の操縦にかんしては初めから適性のない者（二〇〜三〇％）には免許を与えないという方針で、戦前と現在では多少の差はあれ、こうした制度は継続され、残されている。

飛行機事故はそのほとんどが死につながるので当然かも知れないが、それにしても事故を起こす者は少数に限られていたように思われるし、裏を返せば、まだ適性のない者が何パーセントか残ったといえるかも知れない。

卑近な例で恐縮だが、同期生の中にも操縦歴十余年の間、不注意、未熟ともとれる事故で、戦闘機が七〜八機破損（修理不能）しているのを目撃したり聞いたりしている。

過去出版されている戦記物を読んで痛感することがある。増産が戦況を左右し、あるいは勝敗につながるとして学徒まで動員し、終戦まで昼夜を徹して増産した飛行機が、試験飛行の結果、使用可能かどうかもわからないまま飛び立ったり、狭い飛行場に着陸の失敗、あるいは母艦での発着艦ミスの事故、明らかに悪天候を無視し、無謀とも思える強行飛行による多数機の行方不明などで失われた。飛行機と操縦員の消耗も大きかったが、搭乗員はこれらの事故を宿命の如く考えていたし、戦争後半からは、特攻精神が強くさけばれ、若くして有能な士が技量未熟のまま敵艦に体当りして行くなど、悲惨な戦争になったことは大変残念でならない。

天知る、地知る、己れ知る。

私は幸運にも十一年近い操縦歴の間、自分の不注意や失敗で起こした事故はなかったと思っているが、あえて告白するならば、

その一

昭和十年（一九三五年）十二月、館山航空隊当時九〇艦戦（二型。上反角のない機）で夜間飛行の初期、何回目かの着陸が落下着陸となり、脚の一部を破損し、約一週間の修理を要し、元に復帰した。が、その頃九〇艦戦は館空でも貴重な虎の子的存在であったので、板谷茂大尉の飛行後の注意が身にしみて感じられた。以後、落下で着陸をすることはなく、母艦着艦にも貴重な経験として生かされたと思っている。

その二

昭和十一年一月、下北半島大湊地方の冬は寒く、毎朝零度以下の日が続いた。朝のエンジンの始動には、整備員の苦労は並大抵ではなく、前もってエンジンには石綿で作られた分厚いロングスカートを穿かせ、下から一晩中炭火でエンジンを暖めていた。潤滑油は下ろしておき、暖めたものを始動直前にタンクに注入するという、念の入った手順を毎朝くり返していた。

ある朝、私が座席に入って始動した。整備員がエナーシャを回し、何回目かでエンジンはかかった。初めはスロー回転（毎分六〇〇〜七〇〇回転）で暖気すれば良いことはわかっていても、ままエンジンが停止してしまうので、つい一〇〇〇回転以上出してしまった。すると僅か二、三分でプロペラは「ナギナタ」（焼き付きの停止状態）になり、エンジンはピタリと止まってしまった。

そばにいた整備員は大声で「アッまた、やっちゃった！」とさけんだ。私は大失敗をしでかしてしまい、恐縮して座席から降りてきた。後で本間整備班長の話だと「こんなことも時々あるが、エンジンを下ろして再点検し、焼き付いたシリンダーを換えなければならない」ということであった。整備員は何日かかけてふたたびエンジンを装着したが、私はこの経験を今でも忘れず、冬の寒いときなど、自動車の暖気運転には時間をかけて十分やるよう、口やかましく大勢の従業員に注意しているのである。

その三

昭和十七年十月頃、横空では零戦の型式や発動機が変わるつど、綿密な性能実験が行われた。零戦二二型の性能実験飛行で高度一万メートルまでの全力上昇中、八〇〇〇メートル付近からエンジンが不調になり、爆音も悪くなり、回転数も落ちてきたが、無理して一万メートルまで上昇した。結果としてエンジンは半ば焼き付いてしまったが、着陸には支障なく、無事着陸した。あとで空技廠係官などの立ち会いのもと調査した結果、栄二一型エンジンの弱点、不備が指摘された。

その四

昭和十八年七月、二〇四空に着任間もない頃、コロンバンガラ島上空での空中戦で、敵地上砲火により高射砲破片が左翼端に当たり、約三〇センチ四方の大穴が開いていたが、空戦に夢中で上空ではまったく感知しなかった。着陸してから整備員に知らされ気がついた次第で、大変面目なかったが、翼下面だけの穴で上面には傷はなかったので、修理可能で再度戦場に使われたと思っている。

その五

昭和十八年九月二十三日、ブイン上空邀撃戦で、私が不覚にも重傷を負ったときの愛機であるが、私は翌日ラバウル病院に直行してしまったので、あの機がどう処理されたか定かでない。が、エンジンを停止して着陸したのは火災が心配になったからで、機体には無数の弾痕を目撃しているが、エンジンには支障がなかったと記憶するので、修理され、ふたたび戦場で活躍することを願っていた。

その六

昭和二十年三月のB－29邀撃戦で、敵機はすでに京浜地区を爆撃し、南方に避退中のところを銚子付近で捕捉した。深角度後上方攻撃で極力肉薄攻撃を敢行したので、双方ともに多数被弾し合い、その後間もなく敵機は海上に不時着したが、わが機も油の漏洩がひどく、かろうじて横空に帰着。右脚の出が不十分であったが、慎重にやや左に傾けながら着陸したところ、着地の衝撃で脚は完全に出てしまい、事なきを得た。このときはエンジン、機体ともに無数の被弾があったので、この愛機の最後はどうなったか、残念ながら聞かずに過ぎてしまった。

その七

昭和二十年四月十二日、B－29に対し紫電改に初めてロケット爆弾を搭載して敵編隊群に突入したときは、電導スイッチ不備にて三機ともロケット弾は不発であった。私は愛機に無数の敵弾を受け、厚木飛行場に不時着した。このときも私はエンジンのスイッチをオフにして飛行場に滑り込んだが、ブイン上空と同じように、空中火災を警戒しての処置で、エンジン故障は認められなかった。私は手、足に重傷を負っていたので、そのまま病院に直行となり、病院で終戦を迎えたので、この愛機がスクラップになったのか、修理してふたたび戦場に参加したかは確認のしようがなかったのである。

以上自分の事故例を列記した。私はパラシュート降下の経験もなければ、海上に不時着水したこともないが、こうした経験はやろうとしてできるものではない。

よく優勝したスポーツ選手がインタビューで、取材者の質問に「いろいろとありますが、最後に今日の勝利はとてもラッキーでした」と結んでいる。私はこのような選手にいつも関心をもって聞いているが、偶然の勝利など考えられず、常に非凡の努力が最後の勝利をつかませたと思うのである。

郷土訪問飛行

大志を抱き、あらゆる努力をもって、ようやく飛行機乗りになった感想は、また格別で、誰にも話せない優越感が心のどこかにひそんでいた。同時に、一度は郷土の上空で晴れやかな雄姿を披露したいという気持ちは、誰ももっていたのである。しかし日常の飛行訓練で郷土訪問飛行などあり得ないので、軍規を犯し、命令に違反しないかぎり、実行することはできなかった。

と言うのも、内緒で訪問飛行をやり、失敗して取り返しのつかない事故を起こした例は多く、練習生時代からくり返し聞かされていた。だが人間の欲望から、いつかチャンスがあればと虎視眈々としていたのであった。私もその一人で、横空在隊中は何度も関西、九州方面の飛行もあり、特に名古屋からは九〇艦戦の完成機や報国号の受領に編隊で、あるいは単独で何回も往復したし、新型機零戦の受領で出張したこともたびたびあった。

横空から関西方面への飛行コースは、天候の悪いときは相模灘上空から伊豆半島沖を通過、御前崎、遠州灘上空のコースをとったが、天候さえ良ければ直線コースをとり、箱根を越せば奥駿河湾は眼下に開け、郷土・田子浦海岸はコース上にあったので、チャンスには恵まれていた。

昭和十五年三月頃から零戦の試飛行が進められたが、まだこの頃は中国戦線はもちろん、母艦、基地航空隊とも九六式艦戦の全盛時代で、前述したように月に一、二回は東京、名古屋、大阪飛行場のどこかで報国号の命名式が行われていたので、チャンスは容易に到来した。

第一回目は、九六戦で名古屋から空輸の単独飛行であった。命名式のページェント飛行はいつも編隊で、今様のアクロバット飛行に近いものであった。これらの特殊飛行を単機で真似て実行しても五、六分を要した。

前もって自宅や知人に通知したわけでもなく、まったく不意の訪問飛行であったが、いつも静かで平和な片田舎のどこからこんなに大勢の人がと思うほど、各家々から人々が飛び出して来た。いつの間にか小学校の男女も運動場いっぱいに参集しており、私の飛行機を追うように西に東に、雪崩のように移動するのが手に取るように見られ、役場前の火の見櫓《やぐら》から日の丸が振られるなど、あまりの反響に驚き、私は半ば興奮もした。何の支障もなく無事横空に帰ったが、誰に打ち明けることもなく、ひそかに呵責《かしやく》の念に耐えかねていたのであった。

この飛行が郷里では大好評だったらしく、実家や友人からの手紙も、しばらくは大半が私の訪問飛行で埋められていた。

〝百聞は一見に如かず〟私の華やかな特殊飛行が近隣町村の若者たちの評判、人気を呼び、以後海軍少年飛行兵の志願者が急増したということであった。

私は再度の戦地勤務を経て三たび横空勤務となり、今度は零戦で郷土訪問飛行のチャンスはあったが、一回目のような派手な特殊飛行をやることはなかった。このことは戦後になっても忘れられることなく、ときどき私の武勇伝が話題にされるが、中には、羽切さんの訪問飛行に魅せられ、家の息子も海軍少年飛行兵に志願していったが、南方の航空戦で、あるいは沖縄特攻隊員として戦死しました、など、胸の痛む話も一再ならずで、私の弟もその一人だったのであった。

軍令承行令

海軍に於ける指揮系統はすべて「軍令承行令」によって形成されてきた。この規定によって、かつての特務士官、准士官たちはいかに辛い悲しい処遇に甘んじてきたか、一般にはなかなか理解できないと思う。

軍令承行令とはいかなる法令であったか。第一条「軍令とは将校官階の上下、任官の先後により順次之を承行す」即ち指揮権の継承順序を詳しく定めた規程である。海軍将校とは、海軍士官名簿に明記された海軍大将から少尉候補生までで、海軍特務士官は将校でもなければ、将校相当官でもない。したがって予備士官のあととなり、最下位に甘んじていた。このため今次大戦における作戦行動上、戦力、特に士気に影響したことは大変なものだったが、ついに根本的な改正が行われることなく終戦となってしまった。

この弊害は今次大戦に入ってから航空隊や、陸戦隊などに顕著に現れてきたため、急遠指揮官の定めるところによって対処されたというのが、実情であった。平時編成では分隊長として勤務する特務大尉も、ひとたび作戦行動を開始した場合は、部下分隊士に海兵出身の中、少尉や学徒出身の予備少尉がいたとしたら、今度は分隊士が上になって指揮をとるという、実に奇妙な制度であったのである。何十年も海軍に奉公し、体験によって得た実績がまったく評価されなかったことは、まことに残念でならなかった。

私たち特准クラスは、各兵種を問わず、誰もみな心に感ずるところがあったと思うが、初めから十分承知の上で海兵団に入団し、航空隊に入隊してきたのである。

昭和一桁の時代に海軍少年航空兵制度ができ、昭和五年六月一日に第一期予科練習生が横須賀航空隊に入隊して以来、年一回の採用により、昭和十二年の八期生の入隊と同時に、これまでの高等小学校卒業生を、旧制中学校卒業資格者からも募集することになった。そこで前者を乙種飛行予科練習生、後者を甲種飛行予科練習生と呼称するようになった。

また昭和十五年四月、一般水兵から採用したものを丙種予科練生と称し、さらには昭和十八年五月から乙種「特」制度ができ、それぞれ教育期間も違い、進級年限も異なり、大変複雑なものになっていた。

私たち操縦練習生制度は、これら以前からの制度で、大正九年四月の第一期航空術練習生から、昭和五年六月に操縦練習生と改称され、五十六期生まで続いたが、昭和十六年四月の丙種飛行予科練制度制定により廃止されている。

ちなみに私は昭和七年海軍志願兵で横須賀海兵団に入団して、軍艦「摩耶《まや》」乗り組みの二年を経て、昭和十年八月、二十八期操縦練習生を卒業して以来、航空兵から航空兵曹と順調に進級し、昭和十七年四月一日に准士官に任官しているが、二年後の昭和九年に入隊した第五期乙種予科練生と同時に進級となったのである。

ただ飛行科以外の兵科、機関科、整備科などの進級と比較すれば飛行科は早く、前述した私と同郷出身で、昭和五年十一月に海兵団を首席で卒業の市川義友さんは、以来工機学校普通科、高等科と順調に進み、いつもトップクラスで進級していたが、准士官には同じ十七年四月一日で、准士官学生も私と同期生であった。

朝晩の整列や作業順序も同じ准士官でも席順があった。即ち食卓番号である。兵科、飛行科、機関科、整備科、主計科、看護科、軍楽科の順で、市川さんより私の方が先に呼ばれ先に立っていた。久しぶりにお会いしたので、後輩の私が先に敬礼し、話しかければよかったのに、その時機を失ってしまい、とうとう卒業まで口もきかずに終わってしまった。一別以来いつもこのことが心に残り、残念に思っていたのであった。

五十二機の零戦空輸

長らく母艦や航空隊に勤務していると、いろいろな出来事に遭遇するが、平時では飛行機隊編成も理想的に組織され、士官、准士官が大隊長、中隊長となり、下士官兵は列機、もしくは小隊長で、長期間同一編成が続いたのでお互い気心もわかり、特に空中での小隊長、中隊長の態度や仕種《しぐさ》は、一事が万事を悟り、先々のことから空中戦法まで読み取ることができた。

ところが出発直後に一番機がエンジン故障で引き返したり、天候急変により正常な編隊を組んでいられず、バラバラになったときなど、誰が指揮すべきか、誰と編隊を組むべきか、とっさの判断に非常に苦しむ場合がある。せめて無線電話で編隊間の連絡がとれればと思うこともしばしばであった。平常時ならこうしたことも良い経験としてのちに生かされるが、こと戦場ではちょっとした判断ミスが、大惨事を引き起こすことが多かった。

私は戦時、平時を問わず、自分が出発前の試運転でこれならばと、自信をもって離陸した以上、引き返したという経験もなく、この点、列機にも指揮官にも迷惑をかけたことはなかった。

先にも述べたが、私がラバウルの二〇四空に着任早々、玉井司令からトラック島から零戦を空輸するよう命じられ、搭乗員三十名は一式陸攻二機に分乗してトラック島に着陸した。飛行場には母艦に搭載してきた零戦が、ところ狭しと並べられていた。幸いにも二〇一空や二〇四空行き転勤者が大勢次の輸送機便を待っていた。この中には青木恭作飛曹長や大久保良逸飛曹長らもおり、私は古い搭乗員数名を指名し、その日から試飛行をはじめた。この日の夕方、ラバウル方面への転勤者を加え、戦闘機搭乗員五十二人が集合した。青木、大久保飛曹長より私が一年先輩であったので、指揮の上でも異論は出なかった。

さっそく玉井司令に連絡したところ、少しでも多く全員で零戦を空輸せよ、という命令であった。私はこれまで八〜十二機程度の中隊長経験しかなく、五十二機とは飛曹長の分際では重荷であったが、誘導機（九六陸攻）がいるので、天候さえ良ければと願っていた。

トラック基地で整備分隊士の話だと、つい先頃陸軍の隼戦闘機七機が、ここからラバウルに空輸していったが、出発前に「誘導機は」と尋ねると、「そんな必要はない」という。何しろラバウルまでは一一〇〇キロ余りで、四時間以上もかかるので、「海軍の誘導機をお願いしては」というと、「海軍機が飛んだコースを陸軍機が飛べないことはありません」と、その翌日には勇躍飛び立ったが、途中の天候も悪く、全機行方不明になったと聞かされた。

私は身の引きしまる思いであったが、私たちには九六陸攻二機が待機していたので、早朝に天候偵察機を出し、コース上やラバウル方面の天候次第で、悪ければ見合わせ、少しは日が延びても無理しないことにしていた。

搭乗員の五十二人は一部戦地勤務経験者もいたが、ほとんど一飛曹、二飛曹という若い連中であった。

私は出発前に細かい注意はせず、

「今早朝出発の九六陸攻（天候偵察）の情報だと、途中にやや雲はあるが、ラバウル上空は晴れで飛行適である。

離陸後の集合地点は飛行場上空二〇〇〇メートルで、緩やかな左旋回で待機し、全機集合したところでラバウルに向かって直進する。今日は九六陸攻一機が先頭に立ち、ラバウルまで誘導してくれることになっている。

零戦五十二機、全機試飛行を終わり、大丈夫だと思うが、離陸して集合するまでにエンジン、その他に不安が生じ、自信がもてなかったなら、すぐに引き返しトラック飛行場に着陸せよ。ラバウルに定針し、後ろをふり返ってトラック島が見えなくなったら、そのあとは、絶対編隊を離れることなく、最後までついてこい」と、力強く列機に命令した。

トラック飛行場を離陸直後に一機が引き返したのを私は目撃した。飛行中ときどき後ろをふり返り、列機の動静に注意するが、操縦しながらいつまでも後方を見ておられず、五十一機の機数はいくら数えても正確な数はつかめなかった。途中の天候は晴れ、のちに曇りで大した不安もなかったが、ニューアイルランド島がかすかに見えてきた頃から、その先はドス黒い雲にさえぎられ、何となく不安になってきた。頼れるのは誘導機だけであった。九六陸攻には電信員も乗っているし、天候の状況などたえず基地との連絡をとっているので、私は最後まで誘導機について行くつもりでいた。東西に延びる細長いニューアイルランド島は、トラック島からの飛行には格好の目標で、この島を越せばラバウルは眼下に開けてくる。ところがラバウルは真っ黒い雲に覆われていた。誘導機は三〇〇〇メートルから徐々に降下をはじめた。雲は厚かったが、八〇〇メートル、五〇〇メートルと低空に下がると視界も良く、大した混乱もなく全機無事に着陸することができた。その後間もなく、南方特有のスコールが、気持ち良く飛行場を洗い流していった。

予期していたとは言え、一度に五十一機の空輸、飛行場狭しとばかり並べられた零戦を見て、玉井司令も大変喜び、満足のようであったが、翌日から搭乗員とともにブイン基地への補充が激しくなっていった。

第三次ブーゲンビル島沖航空戦

十一日〇四四五、わが索敵機はブーゲンビル島西岸ムッピナ岬の二三〇度三〇海里に敵空母部隊が西進しているのを発見した。これはモンゴメリー隊である。〇六五八、ラバウルに空襲警報が発令され、二分後には零戦隊が続々と邀撃《ようげき》に向かった。一航戦三十九、基地航空隊六十八（二〇一空十九、二〇四空二十四、二五三空二十五）、計百七機である。指揮官は翔鶴飛行隊長・瀬藤満寿三大尉、二〇一空・相曽幸夫少尉、二〇四空・森田平太郎中尉である（二五三空は、十一月の行動調書が存在していないので、指揮官名不詳）。

敵機数は空母機と陸上機を合わせると約二百五十機で、零戦隊の二倍以上の兵力である。米側資料によれば、シャーマン隊は悪天候に妨げられ、モンゴメリー隊の百八十五機だけが攻撃したとなっている。

零戦が手強い米戦闘機を相手に取り組んでいる時、敵の雷撃機と急降下爆撃機の攻撃によって、港内外のわが艦船に被害が出てきた。わが方は地上砲火によるものを含めて計約六十機の撃墜を報じ、零戦十一機（うち一航戦三）を失った。

〇八三〇、ラバウルの空襲警報解除を待って、米空母部隊（モンゴメリー隊）に対する攻撃隊が発進している。基地航空部隊の制空隊三十二機は、天候不良のため、空中合同ができずに空しくラバウルに帰投し、航空戦に参加できなかった。

基地航空部隊からの参加は、彗星艦爆四機だけとなった。一航戦の艦爆二十機、艦攻十四機、零戦三十三機と合わせ七十一機が瑞鳳飛行隊長・佐藤正夫大尉指揮の下に進撃した。攻撃隊は、セントジョージ岬の一五五度一一〇海里に空母三隻から成る機動部隊を発見した。

モンゴメリー隊のレーダーは一一九海里でわが攻撃隊を発見し、米戦闘機隊は空母の四〇海里前方でわが攻撃隊を邀撃した。米側資料によればモンゴメリー隊には、着艦訓練の経験のあるF４U二十四機とF６F十二機がニュージョージア島から派遣され、直衛を増強している。F４Uは、F６Fにも劣らない優れた戦闘機であり、前方視界不良に対する改良が進められ、この時には空母に発着艦できるようになっていた。

米戦闘機群の執拗な攻撃から逃れて、空母に突入した艦爆隊、艦攻隊を待ち受けていたのは、熾烈な対空砲火であった。最も狙われた空母「バンカーヒル」の発射弾数は、五インチ砲五百三十二発、四〇ミリ機銃四千八百七十八発、二〇ミリ機銃二万二千七百九十発である。

この時の対空砲火には、近接自動信管（VT信管）が装備されている。発射された砲弾が、目標の一定距離以内に接近すると、弾頭内の電波信管が感応して自動的に砲弾を炸裂させる。もともとこの信管は昭和十四年から英国で研究していたもので、その後この研究は米国に譲渡されて完成し、昭和十八年春から大量生産に入った。わが方がVT信管を知ったのは戦後になってからである。この頃になると米国と日本の技術の格差は大きくなっていった。日本はレーダーとVT信管で戦さに負けたという人も少なくない。

この戦闘で、わが攻撃隊は米艦には何らの損傷を与えていない。米側資料によれば、モンゴメリー隊が、ラバウル空襲と本戦闘で失ったのは十一機の飛行機だけである。

わが方の大被害は目を覆わせるものがあった。艦攻十四機は全機未帰還、艦爆二十機のうち十七機が帰らず、総指揮官・佐藤大尉を含む零戦二機、彗星二機も未帰還となっている。

モンゴメリー隊は、わが昼間攻撃の結果、ラバウル再攻撃を取りやめ、飛行機隊を収容して急速に戦場を去り、シャーマン隊とともにギルバート作戦に参加するため、北上急行して第五艦隊に復帰した。

大本営は、本航空戦を第三次ブーゲンビル島沖航空戦と呼称し、その戦果（巡洋艦一隻轟沈、戦艦一隻中破……）を発表している。

このとき二〇一空戦闘機隊指揮官の相曽少尉は、三期乙飛予科練出で、私とは同年兵でもあり、浜松出身で同県人でもあった。彼は土地柄水泳の達人で、スポーツも万能で予科練仲間では、相曽君の名前は広く知られていた。戦闘機乗りには私の方が一年早かったが、飛曹長、少尉の進級は彼の方が一年早かった。相曽君は長らくの母艦勤務を経て、二〇一空分隊士に着任し、ラバウルに進出してきたのは、私が病院船「高砂丸」で内地に送還された十八年十月頃だったと思う。

前述したように空襲警報発令と同時に、戦爆連合百七機がいっせいにラバウル飛行場から発進したが、天候不良のため制空隊の零戦三十二機が合同できず、途中から引き返したというのであった。敵は初めてVT信管を使用したとはいえ、爆撃隊三十四機中、三十一機の未帰還機を出したのは前代未聞で、のちの沖縄戦特攻攻撃以外には例はなく、司令、飛行長をはじめ司令部の沈痛、激怒がにわかに爆発し、その責任は一に相曽少尉にふりかかってきたのであった。

百戦練磨の特務少尉がおりながら、合同できなかったとは何事だと、その責任を追及され、揶揄《やゆ》されたのであった。

彼がそのとき側近者に洩らした言葉に、初めから私を指揮官にしたなら、きっと合同したのに……と。経験は未熟でも相手が大尉であれば、彼の行動に従わざるを得なかったと、相曽君はこのことが痛く心に残っていたようであった。それから六日目の十一月十七日、トロキナ岬上空に散華したといわれるが、列機の話だと、この日は敵影を見ず、どうして途中で引き返したのか、その原因は謎に包まれている。あとで私はこの話を聞き、人一倍責任感の強い彼だけに、ひそかに心に期する行動であったと推察している。

ちなみに、このときの二〇四空戦闘機隊指揮官・森田平太郎中尉は、私ども操練出の大先輩で、人格、識見ともに高く、技量も抜群で、戦闘機乗りの亀鑑に足る人物であった。私が負傷したあと二〇四空に着任し、この戦闘に参加した。それから間もなくのラバウル上空の空中戦で被弾、空中火災により落下傘降下しているが、全身火傷を負い内地に送還されている。

海軍制裁

海軍の体罰、制裁は若い新兵時代の記録や物語には必ず出てくる話題で、今さらとの感もあるが、私の海軍生活からこのことに触れないではいられない。

私は少年時代から外柔内剛的であったが、いざとなれば誰にも負けないという勝気な性格でもあった。

その一

軍艦「摩耶」に配属になった第十一分隊一班は一号缶の担当で馬場班長（二等機関兵曹）以下十数名であった。その内訳は下士官三人、一等兵五、六人、以下二、三等兵数人であった。

私たち新三等兵（新三）は各班に一〜二人が配置されたが、一班は私が一人で、私の上に旧三等兵（旧三）が一人いて、この二人が班長以下先任一等兵数人の身の回りの世話をするのが、海軍、否、摩耶機関科分隊の仕来りとなっていた。新参のお客様扱いはほんの一日、二日で、何かと言いがかりや因縁をつけ、毎晩のように激しい制裁が加えられた。同年兵並みの制裁には甘んじて耐えて来たが、私が特に槍玉に上げられたのは、次のような理由からであった。

缶兵は職場から、艦底で作業をしていたし、重油との戦いで、純白の作業衣の汚れはすぐに目につき、毎晩のように洗濯をしなければならなかった。艦内の真水の節約はやかましかったが、バスの担当が缶分隊であったので、巡検後の当番入浴の終わった十時頃から新三は、われ先にと作業服から下着、靴下など、抱えきれないほどバスの中に持ち込んで、浴槽の上がり湯で洗濯をするのが日課となっていた。旧三の風間軍治（仮名）も同じように沢山抱え込んで、一緒に洗濯をはじめるが、終わらないうちに、あとは私に任せさっさと床に入ってしまった。私が洗濯を終え、缶室に乾して寝るのは、いつも夜中を過ぎ午前様になってしまった。

ところが旧三の朝起きは早く、私が総員起こし前に缶室に行っても、いつも洗濯物はなく、彼は朝食前にチャンとたたんで上司に手渡すことをくり返していた。しばらくたったある晩、洗濯をしながら私は何となく旧三に愚痴をこぼした。これに彼が激昂して、口喧嘩にまで発展してしまい、その晩はお互いに後味の悪い気持ちで終わった。

ところが、翌日このことが一等兵の知るところとなり、旧三がどのように話したかは聞く由もなかったが、新三のくせに旧三と喧嘩し、小突き回したという噂にまで発展してしまい、一班内で収まることなく、分隊内の出来事として一等兵たちの激怒はますますエスカレートしていった。

その晩から分隊員全員の前で、殴る蹴るの大制裁が加えられた。手を変え、人が代わり、連日真っ先に私が呼び出され、若い兵隊に見せしめのためだといいながら、倒れても息の根のある限りという、それこそ言語に絶するすさまじいものであった。

平手で殴るなら限度もあったが、どこからか改心棒（竹刀《しない》様の樫棒）、ストッパー（長さ一メートルぐらいのロープ）、フランジパイプ（消火栓の筒先）など、制裁用具があちこちから出てきた。

毎晩の仕置きに熱は上がるし、尻の痛さで腰掛けて食事ができないばかりか、まともに階段の昇り降りもできなくなってしまった。だがどんなに苦しくとも診察を受けることもできず、いかな私も毎晩釣り床に入ると悔し涙が止めどなく流れてきたのであった。

次の新三が来るまでの半年間は、地獄の苦しみにじっと耐え、死んでも缶兵にはならないと心に誓い、飛行機乗りになるべく努力をしていったのであった。
私が飛行機乗りになったのは若い頃からの憧れもあったが、こうした残酷な仕打ちにより、二度と「摩耶」には帰らないという不退転の決意があったからである。

その二
練習生卒業後間もない館山航空隊時代の昭和十一年六月、連合艦隊の本土攻撃に、館空戦闘機隊は陸軍明野飛行場を基地として九〇艦戦で参加。演習終了後たまたま梅雨時期とあって、思いがけなく逗留し、夜遊びの行き過ぎから憲兵に往復ビンタをやられたことについては、先に記したので、ここでは割愛する。

その三
航空母艦「蒼龍」は、昭和十四年の艦隊行動中、台湾海峡から、福州、厦門方面の敵陣地攻撃に参加し、戦闘機隊はこれら爆撃隊掩護に母艦から発艦していった。冬の寒いときの長時間飛行で、常に心掛けていなければならない生理現象、用便についても、搭乗員は朝の食事からなるべく湯茶を飲まず、味噌汁の量まで加減していたが、それでも思いがけない長時間飛行になると耐えられなくなる。前もって小便袋も用意し、座席に備えておいたが、落下傘バンドから飛行服、下着類のボタンを外して小便袋を差し込むのは容易ではなく、機上ではなかなか小便は出てこなかったし、出ても風圧で巻き上げられ、顔にかぶるなどの失敗も多かった。

母艦に着艦し、いつも駆け込むのは便所であった。「蒼龍」には艦橋の飛行甲板から降りると、すぐ下にトイレがあり、便器は下士官、兵用三つ、士官用一つがあった。

私はある日、着艦と同時に耐えられず、艦橋下の便所に飛び込んだ。ところが、先客で兵隊用三つがふさがっていたので、つい失敬して士官用を使いヤレヤレと鼻唄気分で用足ししていた。すると運悪く甲板士官が用便に来て、私の等級マークを見ていきなり「貴様、下士官の分際でなんだ」と怒鳴りながら、往復ビンタを食わされた。私はとっさにアーア運が悪かったと反省したが、それほど悪いことをしたとも考えなかった。

ところがこの出来事が、その日の中に横山分隊長の知るところとなり、わざわざ甲板士官を搭乗員室まで呼び出し、「貴様らには搭乗員の気持ちがわからんかァ」と大勢の前で横山大尉から、私に加えた何倍かの返礼を受けたのであった。兵学校出の若い中尉であったが、搭乗員室で制裁を受け、こんどはこちらが同情する羽目になったのであった。

その四

横空の審査部（旧・空技廠飛行実験部）は、横空戦闘機隊の滑走路から発着していたので、搭乗員は毎日のように顔を合わせていたが、口をきくことは滅多になかった。搭乗員も部長（士官）以下、下士官の四、五名で小人数であったが、皆知り合った同士で、転勤のつど歓送迎会などは合同で開いていた。

昭和十九年末頃の異動による送別会が、いつも金沢八景園で開かれた。まだ酒宴半ばで、それほど酒が回っていたとも思えない頃、審査部のY大尉がやおら立ち上がってきて、何やら一言二言いいながら私に襲いかかり、いきなりビンタを打ってきた。そのため一時は騒然としたが、中に入る者もいて間もなく静まり、元に返ったが、すっかり座はしらけてしまった。せっかくの送別会も早々に散会してしまったが、おさまらないのは私の気持ちであった。

その席上で塚本大尉に意見具申したが、酒席でもあったので、あまり食い下がってもと、その晩はあきらめて引き揚げた。翌日冷静になったところで、塚本大尉の私室を訪ね、双方わだかまりをもって同居するより、過去の言い分や話し合いを越え、私が他に転勤することを決意し、進言したのであったが、塚本大尉とは同期生でもあり、平生酒癖の悪いこともあり、彼の否を認め、自分からY大尉に十分注意するからということでお茶を濁されてしまったのであった。

思うに私は、この頃鼻下に大きな無精髭をおいていたし、Y大尉とは反《そり》が合わなかったというか、あまり親しく口をきくこともなかった。等級は私が少尉で、向こうは兵学校出の大尉、いつも私の態度が大きかったとは思いたくないが、先に敬礼するだけではなく、軍令承行令からしても、私が先に敬意を表していればよかったかなとは、のちの反省でしかなかった。

終戦と同時に復員し、以来今日なお互いに存命でありながら、疎遠になっていることはまことに残念ではある。

その五

以上、私は自分の殴られたことばかり、臆面もなく羅列したが、次は私の部下、下級者への制裁についても一言触れなければならない。

私は過去の体験から、部下といえども殴ることを良しと考えていなかった。

昭和十一年の館空時代、私は善行章一本の一等航空兵、いわば花の一等兵時代であった。搭乗員といえば、同期生、あるいは一期先輩か一期後輩たちで、等級の差はあっても、お互いに切磋琢磨《せっさたくま》する修業時代であり、少々の過ちや行き過ぎも黙認しあっていたのであった。

しかし同じ分隊内でも、整備員とは親しい中にも一線をへだてていた。先にも触れたように、海軍の軍規風紀の厳格さは甲板士官によるものであり、また、その分隊の一等兵の指導、躾《しつけ》教育によるところが大きかった。だが搭乗員はこういうことには比較的無頓着で、他人や部下のアラを探し出し、制裁をするなどは好んではいなかった。

だが、ある日の夕食後の甲板整列に、板垣班長（一整曹）が、やおら出て来て、一等兵がやらなければ俺がやってやるといいながら、「小池三等兵出て来い」と呼び出し、一分隊全員の前で平手で両方のビンタを幾つか打ったのである。さあこれを見ていた私ども一等兵は責任上、黙してはいられなかった。聞けば小池三等兵は燃料車の運転手で、毎日午後鷗島倉庫に燃料搭載に行くが、いつも向こうで昼寝してなかなか帰って来ないという。板垣班長はよほど業をにやしたのであろう。

その晩の巡検後、格納庫へ二、三等兵全員集合をかけ、私ども先任一等兵四、五人で真っ先に小池三等兵を前に出し、徹底的に制裁すると同時に、他の二、三等兵全員に対してもいくつかずつ殴打した。私も交代し、いくつ殴ったか数えていなかったが、すこぶる後味が悪く、部下、下級者といえども、二度と制裁しないことを心に決めた。

幸いにもその後こうした機会はなかったし、筑波空時代にも先任教員であったので、自分から直接手を下すことはなく、あとにも先にもこのとき以外、兵隊を殴ったことはなかった。

終わりに

私は昭和七年の海軍志願兵で、六月一日の入団を控え、その準備に落ちつかない毎日を過ごしていた。その頃突然、天をもゆるがす大事件が起こった。忘れもしない五・一五事件で、海軍青年将校の主導のもと、犬養毅首相が暗殺された。

続いて昭和十一年二月二十六日の二・二六事件は、皇道派の陸軍青年将校による事件で、歩兵第一、第三、近衛歩兵第三連隊の兵を率いて首相官邸、警視庁、朝日新聞社などを襲撃するという一大事件であった。政府はただちに軍隊を出動させて反乱軍を包囲し、二十七日には東京市内に戒厳令が布告されたのである。

これら類似した二大事件は政府に対し大きな圧力となり、当時の世相をより軍国主義へと進行させたのである。この主謀者たちは、その責任をとって自害した者、軍法会議にかけられ処刑された者、あるいはその罪は軽くとも遠く中国大陸の第一線で死に場所を与えられ、潔く死んでいった者、さまざまである。

昭和一桁といえば日本は不況のドン底で、巷《ちまた》には失業者があふれ、大学は出たけれど職はなく、国民のほとんどは一次産業の従事者であった。農家の若い次男、三男は満蒙開拓義友軍に憧れ、率先志願していったのであった。

その良き指導者が加藤寛治先生で、満州の広い不毛の地を若い力によって開墾し、その地に生活権を得て永住させるのが狙いであった。この訓練所が茨城県水戸市と友部町の中間にあり、筑波飛行場を東に向かって離陸すると、すぐ眼下に無数の大きな丸屋根が見えてくる。これが義友軍の内原訓練所であった。私も筑波航空隊での僅かな教員生活で、加藤先生の講話を聴いたことがあるが、当時の玉井司令は大の崇拝者であったので、ときどき先生を航空隊に招聘し、隊員に対する精神教育や情操教育に役立てたのであった。

しかしこうした教育の正否は別として、資源の乏しい小国に一億国民が生活し生きて行くには無理があったことは事実で、大陸に進出しようとした当時の思想や、国政が間違っていたとは言いきれないし、科学技術、機械の進歩により、豊かな生活のできる今日では想像もつかない時代であったと思うのである。

確かに太平洋戦争は侵略戦争であったかも知れないが、それ以前にアメリカや欧州列強は軍事力を利用して多くの植民地をつくっていた。ちなみに日華事変当初、私たちが上海、南京、漢口などの戦跡見学や外出時の散歩などをすると、街の各所がフランス租界、イギリス租界、アメリカ租界など、街の目抜き通りの広範な地帯が各国に占有されており、一歩も立ち入ることができなかった。中国住民は裏通りの難民地帯に貧困な集団生活をしているのを見るにつけ、当時の世界は弱肉強食の時代であったと思う。

八月十五日の終戦記念日には、ありし日の英霊のご遺徳を偲び、黙禱を捧げることや、広島や長崎の原爆記念日に多くの物故者に対し黙禱を捧げることも当然ではあるが、慰霊の辞を拝聴していると、あたかも日本の飛行機が原爆を落としたかの如く錯覚を起こしてしまうような内容のものもある。

侵略戦争といわれ、敗戦国なるが故に、その主謀者や指導者の多くは、現地で、あるいは内地で、連合軍の軍事裁判により処刑されたことを思うとき、その罪は決して軽いものではなく、あれで終わったわけではないにしても、大きな犠牲であり、償いであったと思う。

靖国神社に参拝するのに、公人であろうと私人であろうと、かつて祖国の礎となった英霊に対し、その遺徳を偲んでお参りすることが、日本人として当然だと思うのだが、どこに気がねするのか、戦後五十年が経過しようとする今なお、すっきりしないとは真に残念に思えてならないのである。

戦後日本人は瓦礫の中から這い上がり、最低の生活から立ち上がり、国民の英知と勤勉によって今日の経済大国を築き上げた。こうした繁栄の中で、ふたたび戦争を起こしてはならないという思想が根強く、一時は国旗や君が代までが敬遠されたのであった。

二百七十万人の同胞を亡くし、加えて残された遺族のご苦労や、中国大陸に残された多くの戦災孤児が、身寄りもわからないまま望郷の念耐え難く、一生を大陸に果てようとする悲惨な事実を思うにつけ、ふたたび過ちはくり返してはならない。日の丸掲揚や君が代の愛唱も日本国民として当然だと思うのだが、口を開けば軍国主義の復活だとか、戦争誘因者だとか誤解も甚だしい。日本国民の誰が戦争を好んでいるであろうか。私ども体験者こそ、ふたたび戦争をくり返してはならないと、骨身に徹し、声を大にして叫びたいのである。

ゼロ戦の〝里帰り〟

第二次大戦中、連合国側に「ゼロファイター」と恐れられた旧海軍の零式艦上戦闘機(ゼロ戦)が昭和五十三年七月二十四日、日本に里帰りした。このゼロ戦は、サイパン島を根拠地にしていた旧海軍第二六一航空隊の五二型で、昭和十九年に侵攻してきた米軍に奪われた十二機のうちの一機。

米軍に持ち去られた同機は、昭和二十四年、スクラップ寸前のところを、カリフォルニア州で航空博物館を経営しているエドワード・マローニーさん(昭和五十三年当時五十歳)が払い下げを受け保管していた。マローニーさんは五年前に来日した際、日本人に「あなたの保管しているゼロ戦は空を飛ぶのか」と聞かれたことがヒントになり、修復を思いついた。作業はゼロ戦設計者の堀越二郎氏(同七十五歳)のアドバイスを受けたりして、エンジンなどほとんどの部分を復元、米国でのテスト飛行では、設計当時と変わらない時速五五〇キロを記録している。

今回の〝里帰り〟は、過去ゼロ戦に関係ある多くの人たちのご努力によるものと信じられていたが、意外にもゼロ戦にまったく関係のない中小企業の若い社長・加藤博明さん（同三十六歳）のご努力による。加藤さんは第二次大戦の記録映画を製作、自主上映していたから、ゼロ戦に対する憧れは人一倍で、何とか一度日本の空を飛ばしたいという夢と熱意が、マローニーさんをはじめ関係者を動かし、ようやく実現したのである。

私はゼロ戦が日本へ来たことを知り、船から木更津飛行場に陸揚げされる勇姿をテレビでも見た。間もなく第一回目の飛行は終戦記念日の八月十五日、厚木飛行場で行われると新聞発表されたので、さっそく厚木基地に問い合わせてみた。すると、ゼロ戦については一切の計画は実行委員会でやっているのでここではわからない、という。都内にある実行委員会の所在を聞いたので、すぐその方へ問い合わせた。

私は先方に、私とゼロ戦について少しでも理解していただこうと思い、詳細に説明し、なお岳南水交会の存在についても話してみた。すると先方から、実は昨日、藤沢市在住の田中悦太郎さんがここに見え、設計者・堀越二郎さんほか数名を紹介して、この方々には必ず案内状を出すように依頼されましたので、羽切さんにもさっそく郵送しますという。田中先輩のいつもながらの友情に感謝し、なお、せっかくの機会なので、一人でも多く参加できたらと思って、電話で失礼とは思いながらも、お願いしてみたところ、入場の人員が制限されていて、すでに案内状が不足しているので、実行委員長の名刺を入場券代わりにと五枚郵送してくれた。どなたにしようかと思案したが、結局、影島副会長他、井出、遠藤、井上の四氏にお願いし参加同行していただいた。

終戦記念日の八月十五日。十時入門、十一時平和祈念慰霊祭、十二時飛行の予定である。

私たちは十時五分過ぎに東門に到着した。すでに飛行場周辺は相当の人だかりで、門の入り口には許可証のない大勢の人たちがとまどっていた。私たちはすぐ入門を許され、駐車場に案内される。大きな格納庫の入り口に受付があり、それぞれ署名して入場した。私は飛行予科練関係者の名簿に署名した。すでに先着の名前に目を通したが、懐しい名前は一人も見当たらない。そのうちに誰か見えるであろうことを期待してゼロ戦の方へ向かった。

大格納庫の一隅に翼を休めているゼロ戦は、沢山の人だかりで機体の上部しか見えない。近寄って見ると、どこも光っていて新品のようである。全容をみた一瞬、感極まり、懐しさに胸迫る思い。真夏の日差しは強く、風のない格納庫の中はまるで蒸し風呂のようで、汗が止めどなく流れた。飛行機の前では先着の堀越二郎さんと坂井三郎君のインタビューがはじまっていた。テレビの撮影中なので終わるのを待って、何年かぶりに会うご両人に挨拶をした。お互いに懐しく、健康で再会を喜び合う。

格納庫奥の正面には平和祈願慰霊塔が備えられ、両側には〝ゼロ戦故郷を飛ぶ〟の名誉会長、福田赳夫総理大臣をはじめ、石原慎太郎、小島静馬氏など名士の献花がずらっと並んでいる。

式典はゼロ戦が日本に帰るまでの経過報告、実行委員長挨拶、続いて源田實参議院議員、自衛隊代表、在日米軍代表、厚木市長、遺族代表の挨拶、最後に各界名士代表の献花で終了し、いよいよ飛行準備にかかる。

源田参議院議員挨拶要旨

「かつてゼロ戦に深い関係をもつ一人として、三十余年ぶりにゼロ戦に対面できたことは誠に大きな感激です。過去の戦争において、このゼロ戦と生死を共にし、あらゆる激戦に参加し、異国の空に散って行った幾多戦友を思うとき、英霊の安らかな御冥福を祈らずにはいられません。世界にたった一機しかないゼロ戦を、遠いアメリカから日本に〝里帰り〟を実現して下さった加藤様ほか実行委員会の皆様方に深く感謝と敬意を表するものです。

本日は設計者の堀越二郎さんをはじめ、ご遺族の方々、当時の優秀な搭乗員も多数ご列席ですが、特に小中学生や高校生の少年たちに申し上げたい。三十数年前の戦争中のゼロ戦は、性能、航続距離など艦上戦闘機としては世界第一を誇る優秀な飛行機でありました。戦後三十余年を経過し、この間科学技術は著しく進歩し、今やジェット機の時代であり、マッハ二・何という超高速機も出現する時代で、この飛行場にも沢山ジェット戦闘機が配置されておりますので、その辺の認識と理解がないと、意外に思うかもしれません」

と結んだ。

誰に聞いたのかテレビ朝日、NHKテレビが私の所に取材に来た。「あなたはゼロ戦のパイロットだったと聞きますが、いつ頃から乗りましたか……戦地はどの方面に参加しましたか……その頃のゼロ戦の性能は敵機に比べてどうでしたか……」など、矢つぎ早の質問攻め。最後に「三十三年ぶりにゼロ戦が内地の空を飛ぶのですが、あなたの感想は……このことが国民に及ぼす影響をどう考えますか……ゼロ戦の〝里帰り〟に実行委員会は多額の出費をしていると聞きますが、その費用の援助のお気持ちは……」以上四、五分のインタビュー。

「〝ゼロ戦祖国に帰る〟を、国民の一部にはまたぞろ再軍備、軍国主義の再現かと苦々しく思う者、またこのことが自衛隊の増強につながるとする考えがあり、誠に残念なことです。

私たちは戦後三十三年、戦後史の区切りの一コマに、そして空に散った幾多勇士たちの鎮魂、また平和を願うすべての人々、さらに日米親善の絆にもなるであろうことを信じ、このゼロ戦の飛行を喜び心から歓迎するものであります」

格納庫の外に搬出されたゼロ戦は、軽快なエンジン音を発して試運転がはじまった。

多数のカメラがいっせいにゼロ戦に向けられる。やがて大勢の人垣を縫うようにして滑走をはじめ、離陸線に向かう。長い滑走路の北端でUターン、さあ離陸だ、大観衆の眼はじっとゼロ戦に向けられた。やや高い滑走路を滑るように走り出した。みるみる機影は大きくなる、車輪が地面を離れた。数メートルの高さで頭上を通過、その瞬間、私は何とも言えぬ衝動にかられた。脳裡に焼きついていたゼロ戦の「爆音」が彷彿《ほうふつ》と甦ったのである。万感胸に迫るとは、まさにこんなときを言うのであろう。

機は全速上昇、高度約二〇〇〇メートル、静かに右旋回、今度は高度を下げながら低空飛行、翼を左右にふって頭上を通過した。次は急上昇、今度は特殊飛行かと期待したのだが、ついに見られず、十数分の飛行で着陸、ふたたび格納庫の前に帰った。またもや大勢の人だかり、強い日差しにもかかわらず、いつまでも観衆はゼロ戦のそばを離れようともしなかった。

思えば昭和二十年四月十二日、私は紫電改に特殊弾を装備して敵の大空襲部隊を邀撃しに飛び上がった。このときの六〇キロ・ロケット爆弾こそ隠された新兵器、この未知の爆弾に大きな期待をかけて、高度一万メートルで待つこと約一時間、江の島沖上空で敵の戦爆大編隊を捕捉し、B-29の前下方より肉薄攻撃。満点の照準で発射するも一発も出ず、逆に敵の集中砲火を浴び、愛機に多数の被弾があり、同時に私も重傷を負って、無我夢中で飛行場を求め不時着をした。そこがこの厚木航空基地であり、今その同じ滑走路で、永久に忘れることのできないゼロ戦と逢い、いつまでも離れがたい気持ちを押さえつつ別れを告げた。

解説

渡辺洋二

日本の戦史や航空史に取りたてて関心のない方々も、「零戦」の名は知っているに違いない。戦艦「大和」とともに、日本軍の兵器の、いや太平洋戦争そのものの代名詞とすら言いうる存在なのだから。

かくも名高い零戦だが、それではこの飛行機に関わりのある人物は、と問われると、即答できる人（もちろん飛行機ファンでも戦記ファンでもない人で）は多くない。そして、おそらく一割に満たない回答者の口から出るのは、設計者として堀越二郎技師、運用側として山本五十六司令長官か源田実参謀、搭乗員として坂井三郎兵曹のいずれかだろう。

堀越氏は選ばれて当然の存在。山本、源田両氏はちょっとピント外れながら、ハワイ攻撃以後の作戦面での立役者だ。

零戦乗りの代表に坂井氏が選ばれるのは、自身の戦闘記録を書いた本を何冊も出版し、それが映画化され、さらにしばしば戦記雑誌に寄稿したり、講演まで行って、名を知られているからだ。確かに氏の空戦技術はきわだっており、自認の撃墜機数も多く、そのあたりをうまく文章で表現して著作は版を重ねた。

第二次世界大戦の航空戦史と飛行機にふかい関心を持つ私が、零戦関係者の名をいくつも並べられるのは当然だ。しかし搭乗員名を関心の大きな順に語っていくとしたら、坂井氏はずいぶん後まわしになってしまう。今日にいたるまで坂井氏に取材したいと思ったことはない。理由はここでは述べないが。

ぜひ体験談を聞きたい搭乗員の一人が、本書の著者の羽切松雄氏だ。

羽切氏とは取材の面談を一度しており、電話でも数回、質問させてもらった。それでも、いまなお伺うべき事がらが少なからずあるのは、一つは氏の経験の豊富さによる。

まず空母の九五艦戦、九六艦戦で日華事変を戦う。ついで零戦の実用テストと、ふたたび中国空軍機との空戦。一転、練習機の教員を務めたのち、雷電および爆弾の実用テスト。「搭乗員の墓場」と呼ばれたソロモン、ラバウルに転じ、性能的に押され始めた零戦で優勢な米戦闘機に対抗して重傷を負う。驚異的な努力のすえに操縦勤務に返り咲き、三たび実用テストに従事しつつ、紫電改で本土を襲うF6FヘルキャットやB－29を迎え撃った。

一〇年の戦闘機乗り生活は文句なく長いが、それにも増して、ほかに類を見がたいこのキャリアがすごい。経験せざるは無しと言っていいほど変化に富み、しかもハイレベルな内容だ。質問事項は次から次へとわいてくる。

さらなる取材をしたいもう一つの理由は、羽切氏の人がらにある。偉ぶるところがなく、やや抑えた冷静な雰囲気。少なめの言葉で要点を外さず、過不足なく答えてくれる語り口に、また接したい気持ちが心のどこかにいつもあって、ときおり顔を出すからだ。

海軍の本土防空戦の写真集を作っていた一九八一年六月、初めて羽切氏のお宅へ電話をかけた。本書にも掲載されている、横須賀空の待機所で戸口飛曹長と出動を待つ写真を、借りるのが目的だった。

写真集の刊行までに、もう間がなかった。以前から借用を申し込もうと考えていたが、りっぱな髭をたくわえた戦時中の顔写真からの印象がなんとなくおっかなそうで、一日延ばしにしてきたのだ。

受話器からざわめきが聞こえ、少しして羽切氏が出た。依頼を述べると、貫禄と味のある声で「なつかしい横空時代の写真は、あまりありませんが」の返事に続いて、写真送付を快く承諾。紫電改と零戦による邀撃《ようげき》状況を三〇分あまり語ってもらえた。

それから四年をへた一九八五年の九月に、零戦を書くための取材で羽切氏のお宅を訪問した。電話で聞いたのと同じ太い冷静な声。誠実な対応、落ち着いた所作は、強い意志を示す面立ちとともに、想像していたとおりだった。

「零戦と九六艦戦の差は九六艦戦と九五艦戦の差に等しい」

「グラマンF4Fは零戦に匹敵する性能で強敵」

「火ダルマになって目立つためか、ソロモンの空戦では零戦が落ちるほうが多いような気がしました」

「ブインで負傷しなければ（そのあとのこの方面の空戦で）戦死したでしょう」

「自分が戦闘機に望むのはまず速力、つぎに上昇力、それから旋回能力」

零戦の性能と味方搭乗員の腕を買いかぶらない、客観的かつ迫力に富んだ回想の連続。三時間がたちまちすぎた。

駅まで車で送ってもらう。あたりまえだが、操縦員だった人は例外なく運転が非常にうまい。

車中では雑談が主だった。羽切氏は県会議員を一六年務め、湾を埋める製紙工場のヘドロの清掃に、ずいぶん努力し成果を上げた、と言う。だから、数年前の県議選挙で落ちたときは驚いたそうだ。

「まさか落選するとは思いませんでした。こんども大丈夫、と安心していたのがいけなかった」

長時間の面談と見送りの礼を述べ、構内へ。新幹線の座席について取材ノートを見直していたとき、ハッとした。

四年前に写真依頼の電話をかけたおり、受話器の向こうに聞こえたのは、選挙の開票直後のざわめきだったのではないか。もしそうなら知らぬこととは言え、とんでもない迷惑をかけてしまったことになる。羽切氏の応答が冷静で、時をわきまえない無理な頼みを受けてくれたのは、氏の人となりゆえと思えば納得がいく。

無論、全然別の理由のざわめきだった可能性も小さくはない。しかし時期が合うし、ふと浮かんだ直感が当たった例はいくつかある。直感のとおりだったとしても、氏はとうに忘れてくれているだろうが。

こんなことは改まっては尋ねにくい。知らないままでいたい気持ちもあった。確かめる機会がないまま八年余がすぎた。

羽切氏の回想記を刊行する編集作業が始まったのは一九九三年の末。全体をチェックする役目が私にまわってきた。

氏はそれまでに、航空部隊での経験を小冊子や雑誌記事のかたちで発表していた。それらはみな、空戦が主体のハイライトを記述したもので、操縦訓練や日常のできごとなどは省かれている。唯一、古参搭乗員仲間で作った私家版に、海軍入隊から搭乗員になるまでの経過が書いてあった。

羽切氏の著作のほとんどを読んで私がまず感じたのは、文章のうまさだ。高い競争率をくぐり抜けて選ばれる搭乗員の知能が、水準をこえるのは当然と言えるが、記述には向き不向きがある。氏の筆は変に技巧を弄さず骨太で、男の世界、戦いの様相を描くのに好適だ。かといって大まかでは決してなく、細部の表現も行き届いている。人情の機微を捕らえる点でも遜色がない。

文は性格を表す、と言ったところだろうか。

じつは既存の氏の著作のうち、単行本になったものが一冊だけある。出版は一九六七年。文章量からも大いに期待を抱かせるが、残念ながらプロの書き手によるリライトなので、単に読みやすいだけのシラケた表現に堕ちてしまった。おかげで、内容にまで大幅に手が入っているのではと疑念を持たざるを得ず、せっかくの素材の価値が失われている。

羽切氏と面談し、また電話で何回か話して、実施部隊における活動以外のできごとをいくつか知ったために、氏の海軍生活の全体を綴った回想記を読んでみたくなった。そんなところへ刊行の話が持ちこまれたのだから、一も二もなくチェック役を引き受けたのだ。

チェックといっても、高い所から検閲するような出すぎた行為などでは無論ない。羽切氏の手記の長所の一つに、時期と内容が正確な記憶に基づく点があげられるが、戦史家ではないから、第三者や他部隊に関したことがらにまで高い精度を求めるのは無理な話だ。そのあたりの調査を私が担当させてもらうというわけだ。

四〇〇字詰め原稿用紙にマス目を無視して書きこまれた小さめの文字を、どんどん読んでいく。なれ親しんだ氏の文体に、手を入れる箇所はほとんどない。

史実的な面では、いくつかミスがあった。戦友たる搭乗員の在隊時期が違っていたり、月光によるB－29撃墜で名高い遠藤大尉が戦死後の一九四五年（昭和二十年）四月に活躍したり、など。これらは訂正、削除によって事実に即した内容に改めた。

作業に要した一カ月は充実した時間だった。なによりも文章を読み進むのが興味ぶかく、取材協力の厚意へのささやかなお礼（あるいはお詫びと言うべきか）にもなると考えたからだ。

「大空の決戦」と題したこの作品は戦記文庫の一冊として、一九九四年三月に朝日ソノラマから刊行された。小粒でもピリリと辛い、いい本ができたと私もうれしかった。

一九九七年一月に羽切氏が八十三歳で逝去され、永久に追加取材は叶わなくなった。氏の回想記も、もう新しい著作は出ないから、この文庫本が決定版として残る。それだけの中身はあるけれども、文庫のシリーズが完結し、古本でしか手に入れられなくなったのが難点だった。

その不満に応えたのが本書だ。飛行機好きの小林昇氏が編集者として目をつけ、企画して新たな刊行にこぎつけた。

内容は同一ではない。一般の読者には難解で不要と考えられる表や報告書の部分を取り除き、ほかの著作にあった一項を加えた。結果的に、本書のほうが回想記の観点からはまとまりがいいと思う。

私のような職業（趣味？）の者には全編読みごたえがあるが、読者の方々のご参考までに、いくつかの部分を選んで説明を加えてみよう。

第二章の最後の部分に、零戦の試作機である十二試艦戦を横空でテストする場面がある。この部分だけを読むと、あれほど優秀だった戦闘機に対する羽切一空曹らの感想がいささかにぶいように感じられるのではないか。

だが人間なら誰でも、道具や機械の新製品をもらったとき違和感があり、それまでの使いなれたもののほうが適していると思いがちだ。また、十二試艦戦のころは故障、不具合があいつぎ、フルパワーのテストを行いにくかった。このあたりの状況を、氏は巧みに描写している。

海軍がメーカーから新型戦闘機を受け取ると、まず航空技術廠飛行実験部が性能テストを実施し、ついで実用テストのために横空戦闘機隊に引き継がれる。どちらの組織も横須賀基地の追浜飛行場を使用した。

未知の能力、特性を持つ新機材を飛ばし、さまざまなデータを取るのがいかに大変か、想像するのは難しくない。ちょっとのミスが取り返しのつかない事故に直結するし、貴重きわまる試作機が失われてしまう。効果的な運用法の判断を誤れば、航空兵力の強化を阻みかねない。

並の能力では処理しきれないから、両組織とも辣腕搭乗員がそろえられた。三度も横空への転勤辞令を受け、要職を担った羽切氏の、操縦技量と処理能力の高さが知れるだろう。

氏の判断力を窺わせる描写が、第五章の冒頭に出てくる。横空からラバウルの二〇四空に転勤してすぐ、不調機の試飛行を受け持つくだりだ。

実施部隊で一人前の搭乗員として七年近くをすごしたベテランだと、第一線に来てこんな地味な仕事をあてがわれた場合、プライドが邪魔をして、すなおに従えなくても不思議はない。それを、まず未知の戦地に慣熟することと納得し、試飛行をくり返して原因を追究。燃料の濃度に誤りありとつきとめる部分は、人格と年季のなせる業で、下手な実戦譚よりもよほど味わいぶかい。

第六章の後半に、紫電改に装備した二七号爆弾が登場する。全備重量六九キロ、全長一メートル三六センチの大型ロケット弾で、主翼下面に取り付けたレールから敵機（主として大型機の編隊）へ向けて発射する。目標の手前で内蔵した一三五個の弾子を散らし、弾子の炸裂と黄燐の燃焼による破壊をめざす、新型の火器だ。同じタイプで、一〇キロとずっと小型の二八号爆弾もある。

現在までの私の調査では、二七号爆弾を実際に敵機に放った例は判明していない。したがって、羽切少尉らの発射が成功していれば希有な攻撃例になったわけで、一読者としても残念な気がする。

水兵や機関兵が操縦員に転科するには、操縦練習生の試験に合格せねばならない。見ための颯爽とした飛行機乗りにあこがれる者は多く、競争率はいつも数十倍だった。難関を承知で羽切二等機関兵がこの試験に挑んだ直接的な原因は、艦内の常軌を逸した制裁にあった。第一章の初めにそれが略記され、第七章の〔海軍制裁〕の項に具体的に述べてある。

戦記や戦争映画で陸軍の内務班のリンチがしばしば紹介される。同じ若い日本兵の集団たる海軍の隊内で、同様の行為がないはずがない。あまり表面化しないのは、ノスタルジアの強さゆえか、体験者（やる者もやられる者も）の記述、談話から除外されてしまうからだ。これが海軍善玉説に拍車をかける。

羽切氏はこの惨状を書いた。勝ち気で正直な性格から、暴力の標的にされやすかったに違いない。氏にとって憤りの対象の最たるものだろうが、ずいぶん抑えた書き方になっている。本書の最重要部分の一つと思って、私は氏への手紙に、もっと詳細に記述してほしかったと書き添えたほどだ。

同じ項目の中に、横空審査部のＹ大尉に酒席でいきなり叩かれたことが記してある。横空審査部は一九四四年七月に、空技廠飛行実験部を改編してできた。横空戦闘機隊とは指揮所も異なる別組織だが、任務上の連携は当然あった。

突然のビンタの理由は、羽切氏が推定したとおりだろう。ときおり目にする羽切少尉の言動に、カチンときていたようだ。

大尉を匿名にしたのは氏の配慮だが、私は誰なのか気がついた。同じ部隊で勤務した下士官から、戦時中の芳しからぬ批判を聞いていて、ありうることだと思った。だが人には好き嫌いがある。取材した人（上官、部下ともに）からY氏をほめる談話も聞いている。私自身、Y氏と面談して、さばけた面と怒りやすい面の両方を感じたものだ。二人は相性が悪かった、とも言えよう。

羽切氏はこの話を書いて、「五〇年も昔の事件だから、せっかく生き残った同士、水に流したい」と譲歩を申し出た気持ちだったのではないか。しかしY氏は朝日ソノラマ版が出た翌月に亡くなり、現世での和解は果たせなかった。

いまは彼岸の園で、仲よく懐旧の言葉を交わしていることだろう。


（航空史研究家）

この文庫は『大空の決戦』（一九九四年三月・朝日ソノラマ刊）を底本に、著者の未発表ノート、『さらばラバウル』（一九六七年十一月・山王書房刊）などを参考に、ご遺族の了解を得て、編集されたものです。

文春文庫

大《おお》空《ぞら》の決《けつ》戦《せん》

定価はカバーに
表示してあります

零戦搭乗員空戦録

2000年12月10日　第１刷

著　者　羽《は》切《きり》松《まつ》雄《お》

発行者　白川浩司

発行所　株式会社 文藝春秋

東京都千代田区紀尾井町 3-23　〒102-8008

TEL 03・3265・1211

文藝春秋ホームページ　http://www.bunshun.co.jp

文春ウェブ文庫　http://www.bunshunplaza.com

印刷・凸版印刷　製本・加藤製本

Printed in Japan

ISBN4-16-717303-4

( )内は解説者

松原惇子
ひとり家族
独身女性・男性、離婚者、老人。「いつかみんなひとりになる」。そのとき、ひとりひとりの生き方が確立してこそ、高齢者が安心して暮らせる社会が生れる。いまこそ個の意識革命が必要だ。
ま-11-5

宮田親平
毒ガスと科学者
「悪魔の霧」の創造者は、天使のごとき善意と愛国心に満ちた科学者たちだった……。人類と科学の関係の皮肉なねじれを、読みやすく描破した、サリン事件解読の基本書。(山崎幹夫)
み-20-1

水木楊
エコノミスト三国志
戦後経済を創った男たち
池田内閣に迎えられた下村治は自らの経済理論を信じて「所得倍増」計画を打ち出す。だが日銀の吉野俊彦は安定成長論に拠って反対する。戦後経済を決定づけた男達の闘い。(半藤一利)
み-21-1

平泉渉＋渡部昇一
英語教育大論争
読む英語か、話す英語か? 日本の英語教育はこのままでいいのか。いまだ解決されないこの大命題の歴史、現状、展望から上達法までを論じ、海外にまで反響をよんだ日本人必読の大論争。
わ-3-3

柳田邦男
零式戦闘機
太平洋戦争における日本海軍の主力戦闘機であった零戦。外国機を凌駕するこの新鋭機開発に没頭した堀越二郎を中心とする若き技術者の足跡を描いたドキュメント。(佐貫亦男)
や-1-1

柳田邦男
失速・事故の視角
ロッキード事件、パリ郊外のDC10墜落事故、雫石事故——一見無関係なこれらの事件を航空産業というマクロなスケールでとらえ、安全問題を新しい角度から追及するドキュメント。
や-1-2

（　）内は解説者

柳田邦男
零戦燃ゆ（全六冊）

第二次大戦の勝敗を決したともいえる零戦とグラマンの対決は日米の技術と国力の対決でもあった。両国の技術者・搭乗者を巡るドラマを軸に日米決戦を複眼の視点で描く。（秦郁彦）

や-1-9

柳田邦男
犠牲（サクリファイス）
わが息子・脳死の11日

「脳が死んでも体で話しかけてくる」。自ら命を絶った二十五歳の息子の脳死から腎提供に至るまでの、最後の十一日間を克明に綴った、父と子の魂の救済の物語。（細谷亮太）

や-1-15

山崎朋子
サンダカン八番娼館

近代日本の底辺に生きた海外売春婦〝からゆきさん〟をたずね、その胸底深く秘めた異国での体験と心の複雑なひだとを聞き出す。〝底辺女性史〟の試みに体当りした大宅賞受賞作品。

や-4-1

山崎朋子
サンダカンの墓

「サンダカン八番娼館」が契機となって発見されたからゆきさんの墓をたずね、日本のアジア侵略の〝肉体資本〟であった女性の実態を目で見た紀行。「サンダカン拾遺」を併録。

や-4-2

山崎朋子
あめゆきさんの歌

心ならずも身を沈めたアメリカの娼館街から出発して、第一級の女性運動家、評論家として女性解放思想史上に大きな足跡を印した山田わかの数奇な運命、感動の生涯を描く。（尾崎秀樹）

や-4-3

山崎朋子編
「女の生き方」四〇選（上下）

激動の時代を、愛に仕事に逞しく生きた女たちを、本人あるいは身近な人々が綴る感動の記録。美智子さまの時代から樺美智子、李香蘭、黒柳徹子、俵万智、吉本ばななまで四十八名登場。

や-4-6

（　）内は解説者

山崎章郎
病院で死ぬということ
人間らしい、おだやかな時間と環境の中で、生き、そして最期を迎えるために——人間の魂に聴診器をあてた若き医師の厳粛な記録。これがホスピスを考える問題提起となった。（柳田邦男）
や-26-1

山崎章郎
続 病院で死ぬということ
そして今、僕はホスピスに
人の九十パーセントが病院で死んでいる。その末期医療のなんと粗末なことか——医師のこの痛切な反省が、日本にホスピスの理念をもたらした。生と死の核心に迫る心の書。（永六輔）
や-26-2

山崎章郎
ここが僕たちのホスピス
避けられない死といかにつきあうか。ホスピスとはどんなところで、ホスピスケアはどのような考えをもとに行なわれるのか。自らの「ホスピスへの旅」を通して率直に記した〝死の受容の書〟。

や-26-3

山崎章郎
僕のホスピス1200日
自分らしく生きるということ
「あなたが死ぬ時まで快適に、あなた自身の意思と選択で生きるために」と願ってホスピスはもたらされた。担当医として末期がんの患者に尽す著者が見た生と死のドラマ。（日野原重明）
や-26-4

矢貫隆
自殺——生き残りの証言
自殺を図ったのに生き残ってしまった未遂者たち——彼らの心に巣喰った闇とは？　自殺未遂者たちの肉声を軸に「人はなぜ自殺を図るのか？」を考察した異色ルポ。（香山リカ）
や-28-1

吉野せい
洟をたらした神
阿武隈山麓のきびしい自然の中で貧困とたたかいぬいてきた農婦の年代記。七十歳を過ぎてから初めて筆をとった作品で、他に十六篇。大宅賞、田村俊子賞受賞作品。（扇谷正造）
よ-3-1